⑦ 大战云岚宗

天蚕土豆 著

图书在版编目（CIP）数据

斗破苍穹. 7 / 天蚕土豆著. -- 杭州：浙江文艺出版社, 2025. 3. -- ISBN 978-7-5339-7808-2

Ⅰ. I247.5

中国国家版本馆CIP数据核字第2024UX1662号

| | |
|---|---|
| 策划统筹 | 许龙桃　周海鸣 |
| 责任编辑 | 柳聪颖 |
| 营销编辑 | 宋佳音 |
| 封面设计 | 嫁衣工舍 |
| 版式设计 | 吕翡翠 |
| 责任印制 | 吴春娟 |

**斗破苍穹7**

天蚕土豆　著

| | |
|---|---|
| 出版发行 | 浙江文艺出版社 |
| 地　　址 | 杭州市环城北路177号 |
| 邮　　编 | 310003 |
| 电　　话 | 0571-85176953（总编办） |
| | 0571-85152727（市场部） |
| 制　　版 | 浙江新华图文制作有限公司 |
| 印　　刷 | 浙江新华数码印务有限公司 |
| 开　　本 | 710毫米×1000毫米　1/16 |
| 字　　数 | 223千字 |
| 印　　张 | 15.75 |
| 插　　页 | 2 |
| 版　　次 | 2025年3月第1版 |
| 印　　次 | 2025年3月第1次印刷 |
| 书　　号 | ISBN 978-7-5339-7808-2 |
| 定　　价 | 49.00元 |

版权所有　侵权必究

# 目录

001 第一章 最后的胜利者

015 第二章 七幻青灵涎

024 第三章 药老苏醒?

034 第四章 晋级大斗师

050 第五章 萧家,萧炎!

065 第六章 白热化的战斗

081 第七章 暴露

095 第八章 风波再起

105 第九章 一触即发

111 第十章 三名斗王强者

**121** 第十一章
七彩吞天蟒出场

**133** 第十二章
云烟覆日阵

**142** 第十三章
斗皇,凌影!

**148** 第十四章
云岚宗的底牌

**164** 第十五章
回家之途

**181** 第十六章
萧家变故

**206** 第十七章
再上云岚宗

**213** 第十八章
击杀云棱

**223** 第十九章
生死之局

**244** 第二十章
大逃亡开始

# 第一章
## 最后的胜利者

巨大的广场上,一片沉默。好半晌,两边的观众席上方才响起连片的惋惜之声。

"唉……"小公主用纤手轻轻拍去衣袍上被迸射来的灰尘,抬起头,望着萧炎那边的白色雾气,低声叹息着摇了摇头。谁也没想到,这个本来是这届大会中堪与那神秘少年比肩的最大黑马,竟然会因为一个乌龙而宣告失败。

"这次,公会可真是要颜面大损了啊!"

"哈哈,法玛会长,既然岩枭已经失败,那么还请宣布大会最后的成绩吧!"炎利狂笑了一阵之后,终于按捺住了心中的那份狂喜,抬起头来,望着贵宾席前的法玛等人,大笑着道。

"怎么办?"海波东微皱眉头,阴冷的杀意在脸上若隐若现,森然地瞥了一眼下方的炎利,低声道。

"还能怎么办?难道我们还能在大庭广众下,将他给击杀了吗?"法玛脸色同样极为难看,不过此时的他也毫无办法。

"早知道如此,那昨天晚上就该直接把他给……"加老手掌斜着切了下来,冷漠地道。

"唉,杀了也麻烦啊,那家伙捏着我们没办法让他暴露身份的软肋呢。"摇了摇头,法玛叹息了一声,苦笑道,"看来只能让他拿到冠军了,众目睽睽之下,公会总不可能以一些莫须有的罪名,将他扣留下来吧?"

闻言,海波东和加老都眉头紧皱,对视了一眼,却没有半点办法,当下也只得阴沉着脸点了点头。

法玛缓缓上前一步,目光在广场中扫过,声音中的那分无奈,却是任谁都能够清楚地听出来。

"按照大会规矩,谁在这一轮炼制的丹药品阶与实用程度最高,那么谁便是最终的胜利者。小公主和柳翎虽然也炼制出了四品丹药,但是在品阶与实用程度上,都逊色于炎利炼制的紫心破障丹,所以……"

偌大的广场上空鸦雀无声,只有法玛那无奈的声音缓缓地响着。

"所以……这一届加玛帝国的炼药师大会,胜利者……"

双臂抱在胸前,炎利笑眯眯地望着高台上那脸色阴沉的法玛三人,伸了一个懒腰。他几乎能够想象得到,当他回到出云帝国后,将会受到何种追捧,到时候,公会会长之位,将再无人能与他争夺!

"胜利者……便是炎……"缓缓地闭上了眸子,法玛终于咬牙切齿地念出了最后几个字。

"等等!"

突如其来的喝声忽然在广场上响起,打断了法玛即将说出的话。

无数人的视线顺着声音传来的方向望去,最后锁定在了那被包裹在白色寒气之内的石台处。

声音落下,那片笼罩在石台周围动也不动的白色寒气,忽然开始缓缓变淡。半晌后,白色寒气已经淡得不能再遮掩众人的视线,里面的景象就这样出现在所有人的视野之中。

坚硬的青石台因为先前药鼎的爆炸，已经裂开了不少缝隙，石台上一片狼藉。衣衫破碎的青年正手扶着石台，不住地喘着粗气，他的身体上隐隐有血迹，想来应该是先前药鼎忽然爆炸，射出的碎片伤到了他。

似是察觉到最后一缕寒气的消逝，青年抬起了那张有些苍白的平凡面庞，对着高台之上的法犸，声音嘶哑地道："距离比赛结束，应该还有十几分钟吧？"

"还有十四分钟！"望着那已经极为虚弱的萧炎，法犸点了点头，回道。

"岩枭，你的药鼎都已经炸了，就算还有十几分钟时间，你又能如何？难道现在更换药鼎，重新开始炼制吗？哈哈！我劝你还是直接认输吧，这般磨磨叽叽，可不像是男人所为。"望着再次出现的萧炎，炎利忍不住讥讽道。

"有力再战，却选择退缩，才不是男人所为。"淡淡地笑了笑，萧炎微偏着头，嘴角噙着一抹嘲弄，冷笑道，"再者，谁告诉你，我需要重新炼制的？"

"你什么意思？"望着萧炎那神秘兮兮的模样，炎利逐渐收敛脸上的笑意，有些不安地喝道。

没有回答炎利的喝问，萧炎在广场周围上万人的注视下，缓缓举起了右手，掌心微曲，一股吸力猛然对着天空涌出……

顺着萧炎掌心所向，众人的视线开始缓缓上移，最后皆错愕地停在了天空之上悬浮的一团白色火焰之上。

因为火焰的颜色与周围云层相同，所以若不细心观察，还真发现不了那是一团燃烧的白色火焰。

这团白色火焰，正是药鼎爆裂之前，萧炎击打在药鼎之底的。他用出巧劲，将三纹青灵丹用一团骨灵冷火包裹着送上天空，方才使得丹药躲开了药鼎爆炸的冲击。

在那紧急的最后关头，竟然能够临危不乱地想出这般化险为夷的办法，甚至连萧炎都有些佩服自己。那看似莽撞的一拍，却生生地将整个大会的局面扭

转了过来!

"这是……"法犸愕然地望着天空上那团白色的火焰,他能够察觉到这火焰周围缭绕着冰冷的寒气。当然,最重要的还是那火焰中心位置竟然有一枚青色丹药若隐若现!

"呵呵,看来此时言败,还尚早啊。奇迹,往往是在最后一刻才发生,况且在这个家伙身上,从来不缺奇迹这东西。"望着那团白色火焰,海波东心中松了一口气。他就知道,想击败那个小妖怪,凭炎利的实力还差了一些。

"好小子……果然是看低了他!不过,为什么每次他都要把比赛搞得这般一波三折?"加老拍着手掌,笑着赞叹道。

法犸深有同感地点了点头,看这个家伙的比赛,若是没有强悍的承受力,恐怕真的会被玩死。仅仅是这一场,便不知道有多少人的心提了起来,又放下去,然后再提起来……

"恐怖的家伙,在最后一刻,居然还能够想到这种保全丹药的法子,唉,不服不行啊!"纳兰桀捋着胡须,赞不绝口地笑道。

纳兰嫣然长长地吐了一口压在胸口的闷气,微微点了点头,旋即不着痕迹地将光洁额头处的冷汗抹了去。没想到这即将成为定局的比赛,现在又发生了大逆转。

"这是什么东西?"炎利脸色阴沉地望着天空中的白色火焰,比先前更加浓郁的不安之感萦绕在他的心中。

天空上的白色火焰,在萧炎所释放出的吸力之下,开始急速下坠,火焰团表面的白色火焰迅速消散,其中的那枚青色丹药越来越明显……

当丹药距离萧炎手掌仅半米时,火焰终于完全消散,青色的圆润丹药稳稳地落进了萧炎掌心之中。

缩回手来,萧炎低头望着掌心处那枚经过一波三折方才顺利出炉的青色丹药,忍不住仰头吸了一口略微有些冰凉的空气。

丹药呈青色，龙眼大小，在圆润的丹身表面，一青一紫一白三道圈纹极为有序地排列着。握着丹药，萧炎甚至能够察觉到其中所蕴藏的澎湃能量。

"终于成功了！"萧炎苍白的脸上浮现一抹欣慰的笑容，这是他第一次费这般大的精力来炼制一枚丹药。

"成功了吗？是什么品阶啊？"瞧见萧炎脸上的笑容，旁边的小公主等人忍不住开口询问道。因为寒气太重，这枚三纹青灵丹居然连丹香都未飘出，便被冰冷的寒气冻僵了，所以小公主等人并不知道萧炎所炼丹药的确切品阶。当然，虽无丹香飘散，可他们也不至于蠢到认为这是普通的低阶丹药。

萧炎轻笑，目光扫了一眼不远处脸色阴沉且有些暴躁不安的炎利，将手中的青色丹药高高举起，他凝视着高台上微笑的法犸等人，喝声在广场之上响彻不散。

"四品丹药，三纹青灵丹！"

"哈哈……好！"

望着下方手举丹药的青年，法犸终于抑制不住内心的兴奋之情，大笑起来。

"三……三纹青灵丹！"

耳边响起的声音宛如惊雷一般，在炎利心中猛地炸响起来。他的双耳嗡嗡作响，原本挂着得意的脸霎时间变得惨白，他目光涣散地盯着萧炎手掌中的青色丹药，双腿一软，一屁股坐在了地上。

紫心破障丹虽强，可炎利清楚，三纹品阶的青灵丹绝对比它更强！

即将到手的冠军，在短短五分钟之内，化为泡影！

这，便是奇迹！一个年纪不到二十岁的青年，所创造的奇迹！

巨大的广场上，除了萧炎那略有些虚弱的朗笑声外，便再没有其他杂音了，所有听说过三纹青灵丹这个名字的人，都满脸错愕地望着场中的青年。谁能想到在最后关头，这个外貌平凡的青年竟然真的凭借一己之力，将那即将跑到国外去的冠军之位给生生地拉了回来！

"老天,他竟然在炼制三纹青灵丹,难怪要几次转换火焰……"纤手不由自主地捂着嘴,小公主的声音中有着难以掩饰的惊骇。身为一名炼药师,她比那些观众更清楚,这东西的失败率以及炼制难度究竟有多高。

"这个家伙……居然还隐藏着第三种火焰?"柳翎抽搐着嘴角,眼中有难以掩饰的震惊。想炼制出三纹青灵丹,需要用三种不同的火焰,可前面萧炎使用的火焰,只有那青色和紫色火焰,很明显,他将实力隐藏了起来。

事情忽然峰回路转,小公主等人清楚地明白,若是萧炎手中的丹药真是三纹青灵丹的话,那么这次大会的冠军,绝对会稳稳地落在萧炎手中。虽然紫心破障丹能够接连服用两次,但是三纹青灵丹那种能够让实力一跃三星的效用,会让任何人愿意为之冒险!

若是拿二纹青灵丹与紫心破障丹相比较,恐怕很多人会因为两者所带来的提升效果相同但代价不同,从而选择后者;但是三纹青灵丹的提升效果大不一样。为了三星连跳,很多人都会选择冒险一试!

虽然两者只相差一星之效,但是三纹青灵丹对斗灵级别的强者依然有效,而那紫心破障丹,却只能作用于大斗师。在这一点上,紫心破障丹逊色了三纹青灵丹不止一筹。所以拿这两种丹药相比较,无疑是三纹青灵丹胜出!

因此,此次比赛萧炎将会是最后的胜者!

高台上,法玛虚眯着眼睛,可任谁都能从那平日里满是淡然的眼瞳中瞧出难以掩饰的笑意。法玛开怀大笑了几声,目光再度在广场中一扫,瞥了一眼那坐在地上、脸色惨白的炎利,笑吟吟地道:"三纹青灵丹和紫心破障丹,想必在座的各位都听过,它们谁优谁劣,我就不必详说了吧?呵呵,既然如此,那么我宣布,这一届加玛帝国炼药师大会的冠军是……"

"等一下!"听到那在耳边响起的刺耳声音,脸色惨白的炎利忽然抬起头,尖声叫道。

被打断了话语,法玛微皱眉头,淡淡地瞥了一眼脸色惨白、双眼赤红的炎利，冷声道："你还有何事？"

"我不信他炼制出了真正的三纹青灵丹，我要亲自检查！"炎利指向萧炎，大喝道。

"抱歉，按照大会规定，你并没有权利检查别的参赛者炼制出来的丹药。"摇了摇头，法玛淡漠地道。

"嘿，万一他随便拿出一枚外形和三纹青灵丹差不多的丹药来充数，难道也能让他成为冠军？哼，我看你是因为我并非加玛帝国的人，才这般刁难，不过今日这么多人在场，我想要不了多久，你加玛炼药师公会仗着主办方权力禁止检查丹药的事，就会传遍大陆了，到时候……"炎利冷笑道。

炎利的话刚落，周围的观众席上便响起了窃窃私语声。按照常理来说，炎利这个要求，也并不算太过分。

听到周围传来的窃窃私语，法玛脸色微沉，他没想到这个家伙到这个时候还冥顽不灵。

"等大会结束后，最好一出帝都，就找个机会把这人渣给……"加老双手插在袖间，低声喃喃道。

"他若是能活着离开加玛帝国，我也不用再当这个会长了。"法玛嘴唇微微嚅动，声音中充斥着不加掩饰的森冷杀意。能够将一向和善的法玛逼到这般地步，看来炎利是真的把他给激怒了。

"现在怎么办？真要检查吗？万一岩枭的丹药真有问题，虽说那种概率很小，可现在这种局面，由不得出半点差错啊！"加老迟疑地问道。

法玛沉默，虽然他对萧炎有信心，但是刚才药鼎爆炸时，谁能保证爆炸的冲击波没对丹药内部造成任何损害？

"法玛会长，既然他要检查，那就让他检查吧，不然倒显得我们心虚了。"萧炎忽然抬起头，对着犹豫不决的法玛等人微笑道。

听到萧炎的话，法玛一愣，望着那张微笑的脸，略微沉吟了一下，方才无

奈地道:"好吧,那就检查一下,不过这检查之人不能是炎利本人。按照大会规定,同为参赛者,并没有资格与权利去检查别人的炼丹成果。

"就从公会长老中挑出几位来检查,当然,如果检查员全部由我们公会组成,自然是有些不妥,所以我们会再从一些在帝国内拥有不错名声的自由炼药师中选出几名大师,让他们在这里,共同检查参赛者的炼丹成果。各位,应该能够相信吧?"

闻言,炎利脸色微沉,虽然想再说些什么,但还是强行忍了下来。他现在借着周围的观众来施压,方才使法玛派人成立检查团,若是继续刁难的话,周围的观众恐怕也能看出他的花招了,到时候,群情激愤之下,遭殃的还是自己。

"我就不信,经历了药鼎爆炸,你的丹药会没有半点损害!"咬着牙,炎利恶狠狠地盯着不远处的萧炎,那模样犹如一头孤注一掷的恶狼。

将检查规矩定下来之后,一支七人组成的检查团便从高台上走了下来。这七人大多都是在加玛帝国内拥有不小名声的炼药大师,等级基本在四品左右,由他们来充当检查员,倒是没多少人有异议。

在众人的注视下,七人缓缓走下来,萧炎目光扫了扫,有些错愕地发现,那领头之人竟然是奥托。

检查团先是来到炎利身旁,从他手中将紫心破障丹取了过去,然后围成一团,各自使用灵魂感知力,探测着丹药的品阶以及是否有缺陷。

检查持续了将近五分钟,奥托拿回丹药,将之丢给炎利,然后抬头对着两边的席位,淡淡地道:"紫心破障丹,成功,并未有缺陷!"

"哼,这还需要你们废话,赶紧过去检查那家伙的三纹青灵丹!"握着丹药,炎利不耐烦地催促道。

奥托冷冷地瞥了他一眼,瞟到被他握在手中的紫心破障丹时,嘴角忽然拉起了不易被察觉的诡异弧度。

将炎利的丹药检查完毕之后,奥托等人又依次检验了一下那些愿意拿出炼制丹药的参赛者，其中也包括小公主和柳翎。他们的丹药，除了色泽不太精纯之外，并没有太大的问题。

将小公主的丹药检查完毕后，检查团终于在万众瞩目下，来到了萧炎的石台之前。

对着奥托轻声笑了笑，萧炎将手中的三纹青灵丹递了过去。奥托双手接过，低声道："好样的，小家伙，干得不错！"

接过丹药后，奥托七人便又围成了小圆圈，一个个仔细传看着，脸上的表情略微有些凝重。

"莫老，这次，便由你来宣布吧。"丹药传递了一圈之后，再度回到奥托手中，奥托忽然微笑着对一名头发雪白的老者笑着说道。

这名被称为莫老的老者，虽然并不属于炼药师公会，但是他在加玛帝国的名声颇为响亮，因为他曾是某一届炼药师大会的冠军。

"唉……不佩服不行啊，看了这么多届大会，这一届最惊心动魄。"白发老者叹息着摇了摇头，然后面向观众席，略微沉默了一会儿，方才淡笑道，"检查已经完毕，虽然说出来有些丢人，但是我倒是无所谓，这位岩枭小友所炼制的三纹青灵丹，即使是我也根本没可能炼制得这般完美。小家伙年纪轻轻，却潜力无限，我想，日后超越古河，指日可待！"

白发老者这番突如其来的评语，让整个广场瞬间变得鸦雀无声，所有人都满脸错愕地望着那同样因为老者的评价而一脸愕然的萧炎。丹王古河在加玛帝国的地位几乎是立于巅峰，在无数初出茅庐的炼药师眼中，那是一座不可翻越的高山！

而现在，老者居然当着上万人的面，郑重地宣布一个年龄不足二十岁的青年，将会翻越那座难以攀登的高山！

岩枭之名，以后恐怕将会真正地威震整个加玛帝国！

这位莫老在加玛帝国成名较古河要早上许多，他的评价自然很有分量。因

此，除了少数人外，倒也并未有太多人觉得他是信口雌黄。

炎利铁青着脸，莫老的这番评价，无疑直接地肯定了萧炎炼制的三纹青灵丹没有丝毫问题，这番话让他彻底输了。

炎利咬了咬牙，袍袖一挥，将石台上的药鼎收进纳戒中，然后在无数人的注视之下，转身向场外急匆匆地走去。高台上法玛等三人眼中射出的阴冷之意已经让他明白，如果他此时不趁机溜走的话，一旦法玛三人忙完这里的事，恐怕就该自己倒霉了。

高台上，法玛双手插在袖间，淡漠地望着急匆匆朝场外走去的炎利，不由得冷笑了一声，道："现在想起走了？会不会晚了点？"

"需要跟上他吗？反正这里并不需要我们。"海波东笑着问道。

"不用。"微微摇了摇头，法玛淡淡地笑道，"刚才我已经吩咐奥托在检验他的丹药时，在丹药上附上灵魂印记，他跑不掉的。"

"出云帝国炼药师公会这次要大出血了，一名四品炼药大师可不是那么好培养的啊。"加老笑吟吟地道，笑容中有些幸灾乐祸。

"既然来了，自然要有这种准备。"

法玛笑了笑，望向场中，轻咳了一声，待所有目光投射过来后，方才笑着朗声道："既然检查完毕，那么现在，我宣布，这一届大会的冠军……"

他的手掌探出袖间，手指霍然指向场中那身形单薄、脸色有些苍白的青年，大喝道："那便是，岩枭！"

法玛的声音刚落，观众席上猛然响起震耳欲聋的兴奋吼声，无数人激动得涨红着脸从椅子上站起，挥舞着双手，一时间，整个广场陷入了喧闹与激动的海洋之中。

无怪乎观众会变得这般兴奋与狂野，这一次的争夺与以往的大会不同。以前的大会，都是国内的炼药师争夺冠军，因此观众并没有太强烈的同仇敌忾的情绪；然而这一次，突然成为黑马并差点儿就将冠军之位取走的炎利，却将加玛国人那种不愿被别国之人在自己国家取得冠军的情绪，完全地激发了出来。毕竟，谁也不想看见自己国家举办的大会，最后却成就了别国，特别是敌对国家的选手。

因为别国选手得到的荣誉，是建立在加玛帝国受辱的基础上的！

在炎利即将夺得冠军之时，萧炎横空而出，将那马上就要跑到国外的冠军之位给夺了回来。这一反转对周围的观众来说，无疑是在绝望时刻猛然被洒下的希望。广场上加玛帝国的人会这般忘情激动，倒也在常理之中。

当然，顺着民心，击败了炎利夺得冠军之位的萧炎，自然获得了无数人的注意与尊敬，今日之后，岩枭的名头将会响彻整个帝国！

从某一方面来说，萧炎能够得到这种出人意料的声誉，炎利功不可没，没有他的忽然出现，即使萧炎拿到了冠军，可在人们心中也只是一个普通的冠军而已。每八年一届的大会，说短不短，说长也不长，以人类的年龄，一生看个七八次也正常，所以有没有炎利，带来的意义截然不同。

炎利的参赛以及他的失败，成全了萧炎的名声，或许萧炎对这个名声并不在意，可日后当人们谈起炼药师大会时，那个曾经力挽狂澜、名叫岩枭的青年，会率先出现在他们的脑海中。

"哈哈，我就知道，这个小家伙会成为最后的胜者！"望着场中那在无数道敬畏、崇拜甚至爱慕的目光中，旁若无人地收拾着石台上的残留药材的萧炎，纳兰桀忍不住大笑道。

"嗯。"纳兰嫣然微微点了点头，美眸盯着场中那身形虽然单薄，却显得颀长的青年，俏脸上忍不住流露出些许异样的笑容，"他真的很出色！"

"何止出色啊！"纳兰桀咂了咂嘴，道，"从今天开始，稍有实力的势力，都会对这个小家伙抛去橄榄枝了，先前那莫老头儿的评价，可是传进很多人心里了啊。"

"他所说也不假,虽然不敢肯定岩枭日后如何发展,但是在这般年纪便能够炼制出三纹青灵丹,即使是当年的古河长老也办不到。"纳兰嫣然明眸流转,忽然又笑吟吟地道,"若是能够让他加入云岚宗,恐怕他日后的成就会比古河长老更大!"

"嘿,怎么,现在就打算替云岚宗拉人了?"闻言,纳兰桀翻了翻白眼,道,"别怪我没提醒你,这个小家伙似乎与米特尔家族的雅妃关系有些暧昧。那个妮子也的确是个能让男人为她上刀山下火海的祸水,你想从她那里将岩枭拉过来,似乎很有难度啊。而且,别忘记岩枭对你是什么态度。"

听到纳兰桀这话,纳兰嫣然微微蹙着柳眉,有些苦恼与疑惑地说:"唉,我也不知道怎么回事,总觉得他似乎对我很有偏见,看见我就是一副爱理不理的冷淡模样。与雅妃甚至夭夜在一起的时候,他都能笑着谈几句,可一旦我加入进去,他就直接变冰块了。"

纳兰嫣然的确很郁闷,论起身份,她比雅妃甚至夭夜都要高上不少,论起美貌,她也自信不会逊色二女,可偏偏岩枭就是对她不理不睬。当然,追求纳兰嫣然的人中,也不乏一些剑走偏锋故意装冷漠的人,可惜这些佯装冷漠的人,全都因为装得不到位,而被纳兰嫣然觉察,列入黑名单。因此,纳兰嫣然对于那些佯装出的冷漠,倒还有几分应付的经验,可面对萧炎,她却真真切切地感受到了对方话语中的那股冷漠,甚至厌恶……

"厌恶我?"想起这个,纳兰嫣然俏脸上浮现出一抹古怪的神色,这对于这个天之骄女来说,的确太打击人了。

"唉,我没得罪过他吧?"苦笑着摇了摇头,纳兰嫣然在心中嘀咕道,"算了,这些事还是让宗门的长老或者老师来办吧。这个家伙,如果真是哪里得罪了你,说出来不就得了。"

"我也不知道他为什么会对你那样,不过日后与他接触,你尽量放低点姿态吧,别拿出云岚宗少宗主的身份压人。一些有本事并且性格强势的男子,对你这种女人，一向都是敬而远之。"纳兰桀摇了摇头，道。

"我什么时候拿少宗主的身份压他了？"闻言，纳兰嫣然不由得有些委屈，从在纳兰家族一见面，她就对他保持着客气的态度吧？

"我怎么知道？"无奈地摇了摇头，纳兰桀不想在这个问题上继续纠缠，看向场中那正接受万人喝彩的青年。

手掌扶着石台，耳边传来山洪暴发般的欢呼声，萧炎缓缓地吐了一口气，转过身来，抬头望向高台上的法犸，冲着他笑了笑。

"恭喜了。"小公主微笑着走过来，对萧炎笑吟吟地道。

"好运而已。"萧炎微笑道，再次将那不知道被他当借口使用了多少次的话说了出来。

"哪儿是好运，这是你自己的真实实力。呵呵，说真的，现在连我和柳大哥，都很佩服你呢。"小公主轻笑道。

一抬头，萧炎扫了一眼不远处的柳翎。此时的他正盯着萧炎那边，瞧见萧炎望过来，他愣了一下，脸上旋即露出一抹勉强算是友好的笑容，并且对着萧炎做了一个僵硬的拱手之礼。向来性子高傲的柳翎能对着同龄人做这般礼节，想必也是真正认同了萧炎的实力。

"这次的确输得不冤，等此次回去之后，我会跟着老师安心修炼。以前倒真的是狂妄了，希望日后还能有和岩枭先生交手的机会。"缓缓走向萧炎，柳翎低声道。经历过这场大会，他的性子似乎收敛了一些。

"应该会有的。这里太过吵闹，我就先告辞了，日后有机会再见。"

萧炎微微笑了笑，目光在这片经历了惊心动魄的比赛的场地上扫了扫，然后他向小公主两人打了声招呼，便自顾自地朝着广场外走去。大会既然已经结束，再留在这里接受喝彩已无用处，他还急着去找法犸拿冠军的奖励——融灵丹的药方呢。

"唉，我们也走吧。"望着萧炎缓缓消失在通道处的背影，柳翎苦笑着摇了摇头，对小公主说了一声，缓步跟了上去。

三人依次退场，帝都这几日最受人瞩目的炼药师大会，终于落下了帷幕……

# 第二章
## 七幻青灵涎

　　走出走廊，萧炎碰见早已等待在此的奥托等人，几人笑谈了几句，其间雪魅倒是插了几句话，那看向萧炎的目光略微带着疑惑。而琳菲，则是期期艾艾地不怎么敢说话，每当萧炎目光扫过来，她都会有些脸红，显然，先前萧炎的表现着实将这个一向风风火火的女孩给震慑住了，令她心中原本的偶像柳翎悄悄崩塌了下去，取而代之的是这个安静、单薄的青年。

　　和雪魅几人没谈多久，奥托便强行终止了他们的谈话，然后将萧炎带出广场，快速地回到公会，给他安排了一处静室，让他先调养一下，因为萧炎那苍白的脸色表明他实在是虚弱得很。

　　望着被关上的房门，萧炎无奈地摇了摇头，看了一眼手中那被奥托塞过来的绿色丹药。从丹药的色泽上来看，至少也是三品等级，看来这一次自己获胜的确让奥托极为欢喜。对奥托来说，这种级别的丹药也算珍贵了，如今他却随手递了过来。

　　盘坐在柔软的床榻上，萧炎将手中的丹药塞进嘴里，感受到那股在体内迅

速化开的精纯能量，缓缓闭目，开始调养自己的精神。

萧炎先前一直强撑着，这一次的比赛的确已经耗费了他所有的精力。转换三种火焰消耗的灵魂力量实在太过庞大了，若非先前状态极好，恐怕三次火焰还未转换完毕，萧炎就得因为灵魂力量耗竭而昏迷了……

调养的时间一晃已过去了五个多小时，当萧炎从修炼状态中醒过来时，瞟了一眼窗外，发现原本高悬的太阳即将落下地平线，温暖的空气逐渐变冷。

缓缓地吐了一口气，萧炎揉了揉额头，略有些诧异。他原本以为要恢复大半精力至少需要一天时间，没想到这才五个小时，便几乎完全恢复了，想来是奥托给的那枚丹药的福吧。

双掌撑在床榻上，微微一用力，萧炎的身体跃起，然后稳稳地落在了地面上，他轻拍了拍手，对自己的恢复速度颇感满意。

嘎吱……

萧炎下床后不久，房门忽然被轻轻推开，萧炎抬头一望，瞧见一个身穿炼药师学徒袍服的清秀少女正端着一盆清水，小心翼翼地走进来。

"岩枭先生，奥托大师吩咐我在这里照顾您……"少女的年龄不过十四五岁，身姿娇小。

此时的她，清秀白皙的小脸上有些羞涩的绯红，而盯着萧炎的明亮大眼睛却闪烁着一股炽热。先前偷着空，她悄悄溜出去，看了大会的比赛，自然清楚地瞧见了萧炎力挽狂澜，击败炎利，最终扭转了整个大会的局面。在这个年纪的少女的心中，萧炎无疑是她们的英雄和偶像，那张以前看上去很平凡的面孔，现在看起来也充满了魅力。

先前忽然被奥托叫来守着这里，少女心中还雀跃了许久，想起几个伙伴那羡慕的目光，少女眼睛中的火热更甚了。

被一个少女这般火热地盯着，萧炎不禁干咳了一声，少女惊醒之后，萧炎微笑着接过水盆:"谢谢,还是我自己来吧。"

"哦。"虽然少女心中有些怅然,但是她不敢拒绝,乖乖地将水盆递过去,然后站在一旁,眼睛眨也不眨地盯着萧炎。

被人盯着洗漱的确很不自在,所以萧炎胡乱地在脸上抹了几把,便有些无奈地问道:"小姑娘……"

"我……我叫荀儿。"少女脸红红地道。

苦笑了一声,萧炎只得道:"荀儿小姐,能带我去见法犸会长吗?"

"嗯,请跟我来。"脆生生地应了一声,心满意足的少女方才转身上前带路。

出了房间,萧炎紧跟在少女身后,周围偶尔路过的公会炼药师都停下脚步对他露出和善的笑容。在楼梯拥挤处,大多数炼药师还会主动地让路。被如此客气地对待,萧炎倒有些不自在了。

"岩枭先生,您的面子真大,平日里他们见到我们可都是板着脸呢,哪儿还会让路?"又走过一条走廊,前面的少女忍不住轻笑道。

听到少女这有些俏皮的话,萧炎笑了笑。世界是现实的,尊敬与敬畏,永远是被留给有实力的人。在这以前,他来炼药师公会不一样没这种待遇吗?

跟着少女转过几条走廊,最后终于在一处宽敞的房间外停了下来。少女低声道:"这里便是会长的书房了,他现在应该还在里面,您自己进去吧,岩枭先生。"

"多谢荀儿小姐了。"萧炎点了点头,笑道。

"不用。"甜甜一笑,少女转身走了几步,忽然转身笑吟吟地道,"岩枭先生,今天您真的好帅!嘻嘻,再见。"

望着那个双手负在身后,犹如小鹿一般蹦跳着消失在走廊尽头的少女,萧炎愣了愣,旋即笑着摇了摇头。看来这次大会还真为他凝聚了不少人气呢,竟然连这般平凡的面容都会让小姑娘动春心。只是可惜,这个身份、名字都是假的。

　　收回目光与思绪，萧炎敲了敲房门，待里面传出法玛的声音后，方才推门而入。

　　书桌旁，法玛、海波东和加老三人正坐着，瞧见萧炎，皆对他笑了笑。

　　"小家伙，恭喜了啊。"望着走进来的萧炎，法玛三人对他拱手道。

　　"你们就别寒碜我了。"萧炎缓步上前，苦笑道，"这次可差点儿丢了小命。"

　　"呵呵。"法玛轻笑了笑，也不再说废话，手掌在纳戒之上抚过，旋即一卷紫银色的卷轴出现在掌心中。缓缓抚摸着卷身，法玛微笑道："有付出，自然有收获，这便是六品丹药融灵丹的药方。小家伙，从此以后，它归你了。"

　　说着，法玛屈指轻弹在卷身之上，卷轴化为一道银色的影子，飞向萧炎。

　　萧炎有些激动地接过卷轴，忍不住上下把玩了一番。卷轴呈紫银两色，握上去，略有些冰凉的感觉，光洁的卷轴表面上还绘制着一些繁复的纹路以及古朴的印记，看上去有种唯美的感觉。萧炎小心翼翼地握着卷轴，缓缓地将之打开，粗略地看了一下卷轴上所写的内容，确认其上所写与当初奥托所说无异，心中方才松了一口气。

　　"我劝你最好现在不要用灵魂力量阅读里面的药方，不然的话，你会当场昏迷过去。六品药方，就算是我，在阅读之后也会头脑昏沉好一段时间。"望着萧炎那激动的模样，法玛笑着提醒道。

　　"呵呵，知道。"萧炎笑着点了点头，将融灵丹的药方谨慎地收进纳戒中，抬头瞧见法玛将一块紫色金属牌递了过来，不由得有些疑惑。

　　"这是公会荣誉长老的令牌，也是给冠军的一种奖励。你拿着这令牌，可以在加玛帝国每一个分会得到帮助。"法玛笑了笑，道，"我知道你不喜欢被职位约束，这所谓的荣誉长老，并不需要你付出什么，只是挂个虚名而已，你可以不听任何人的调遣，包括我。"

　　微微点了点头，萧炎这才顺手将令牌接了过来。

"好了，小家伙，奖励也到手了，接下来，你可以在公会或者帝都逛逛，虽然大会已经结束，但是帝都还会热闹好一段时间。你现在也是一个大名人了，想认识你的人，恐怕都要排队了，哈哈。"法犸打趣道。

萧炎无奈地摇了摇头，目光扫过三人，忽然道："你们打算去干吗？"

"呵呵。"海波东笑了笑，看了法犸两人一眼，笑吟吟地道，"接下来打算去找那位炎利朋友谈谈违背大会规矩的代价。"

"可怜的家伙，注定回不去了。"摊了摊手，萧炎可不认为那个炎利能够从法犸三人手中逃出生天。

"既然你们有事，那我就不耽搁你们了，我也正好还有些事要办，告辞了。"对三人拱了拱手，萧炎不再停留，转身出了房间。

"呵呵，走吧。这两日，我被那家伙气得挺窝火的，现在该他还账了。"见萧炎走了，法犸从椅子上站起来，冷笑道。

海波东笑了笑，站起身来。三人相互看了一眼，身体颤抖间，狂风猛然在房间内刮起，吹得书页哗哗作响。待风停下来时，房间中的三人已然不见了踪迹。

在那一道道泛着各色意味的目光中，萧炎缓缓走出了炼药师公会，站在大门口，望着逐渐暗下来的天色，有些愣神。大会一结束，他全身忽然轻松了许多，没有了必须夺冠的压力，他方才能真正地松一口气。

"唉，这东西，实在是太耗人心神了。"萧炎苦笑了一声，若不是当初美杜莎女王忽然来了那么一句，他也不想这么拼死累活地参加这个大会。

想起美杜莎女王，萧炎的手掌不由得悄悄摸了摸那缠绕在自己手臂上，还在沉睡的七彩吞天蟒。不知道是不是美杜莎女王的力量越来越强大的缘故，现在的它，时不时就陷入沉睡。在感官最敏锐的修炼状态时，萧炎能够偶尔察觉到这小小身体中，两个灵魂在彼此压制与斗争。

"唉,到处都有麻烦啊。"萧炎轻叹了一口气,他没有实力帮助七彩吞天蟒,所以只能看着二者争斗。虽然这种争斗,最后的胜利者绝对会是美杜莎女王,但是至少现在,七彩吞天蟒帮萧炎取得了能够与美杜莎女王谈条件的资格。

美杜莎女王上次忽然表态,想必这融灵丹对她极为重要,现在药方到手了,可要炼出丹药,还必须依靠萧炎。所以现在的他,至少不用再担心哪天女王陛下忽然苏醒,把自己给宰了。

吸了一口有些湿凉的空气,萧炎将那些纷乱的情绪抛出脑海,站在街道上略微踌躇了一下,便抬腿向纳兰家族所在的方向行去。今天是最后一次给纳兰桀祛毒了,如果一切顺利的话,今夜应该便能将那七幻青灵涎拿到手,到时候,就可以试试那东西究竟能否将药老唤醒了。

如果能唤醒,那他此次上云岚宗,就有了最安全的保护罩;若是唤醒失败,那他就只能自己硬着头皮上了。已经到了这个时候,萧炎不会因为任何事情而选择放弃。

"明天还有最后一天的空闲时间。如果可以……唉,可惜,这东西也有反噬概率,而且已经被我炼制成三纹了,斗师级别的人服用,反噬更大。若是在这种时候倒霉,降了实力,那会更让人郁闷。"萧炎微抿着嘴唇,手指轻轻摸了摸纳戒,那里面有一枚才出炉不到半天的三纹青灵丹。

虽然萧炎察觉不出纳兰嫣然的真正实力,但是从那天晚上她忽然出手的凌厉气势来看,想必她的实力不会低于木战,甚至犹有过之。

木战是九星斗师,若是纳兰嫣然能超过他,那么她应该是大斗师级别了。

"三年之前,她仅仅是三星斗者,这才不过三年时间,她居然晋阶到了大斗师?如果我判断无误的话,想必这三年间,她服用过某种能够直接提升实力的丹药吧?以云岚宗的丰厚财力及收藏,再加上丹王古河的协助,虽然这种丹药极其难得,但是要炼制出来,也并非不可能。不然的话,即使她的天赋同样很优秀,也不可能比我还要快上这么多。"萧炎低头沉思着。

"虽然老师的能力高深莫测,但是炼制那些丹药,需要各种稀奇药材,凭我的能力,很多东西都搞不到手;而没有足够的药材,任凭老师再强悍,也不可能炼制出这种丹药。因此这些年,他一直在使用那种便于炼制的催化类型的丹药,比如涂在身上极其疼痛,却能激发人体潜能的液体。直接提升实力的丹药,老师却从没炼过。"

综合双方的条件因素,纳兰嫣然的实力能突飞猛进,倒也让萧炎稍稍释然了。

"唉,到时候再看吧,如果能唤醒老师,那就不用冒险服用三纹青灵丹了,若是唤醒失败……"叹了一声,萧炎喃喃道,"那就只能拼命试一试了。为了这一天,我已经准备了三年,绝对不能因任何差池而导致失败。"

萧炎甩了甩头,将这些令人烦躁的事情暂时压下,抬头望了望,在视线的尽头,纳兰家族的府邸若隐若现。

萧炎缓缓来到纳兰家族门口。这几日每天都来替纳兰桀祛毒,萧炎也成了这里的熟客,因此那些守在大门两旁的护卫并未阻拦,而是冲他谦卑地笑了笑,又将他恭敬地引了进去。

萧炎顺着碎石小道缓缓地前行着,在大厅中他见到了早已在此等待的纳兰桀。纳兰桀笑眯眯地站起身来,对他拱手笑道:"恭喜,现在你可是帝都的风云人物了,可谓是无人不知无人不晓啊。"

萧炎笑了笑,目光在周围扫了扫,有些奇怪地发现往日一直在场的纳兰嫣然没了踪影。

"呵呵,嫣然回宗门去了,今天云岚宗来人催她回去。"似是明白萧炎的疑惑,纳兰桀笑着解释道。

"哦。"面上微笑着点了点头,萧炎的心中却泛起了冷笑,"三年之约到了,她自然要回去。"

"纳兰老爷子,我们开始今天的祛毒吧,这是最后一次了。今晚过后,那烙

毒就能彻底离开你的身体了。"

"呵呵，好，这次多亏岩枭小友了。以后若是有什么需要帮忙的地方，尽管来找我纳兰家便是，只要我还当家一天，就绝对不会拒绝。"纳兰桀感激地笑道。

"各取所需而已。"笑着摇了摇头，萧炎跟在纳兰桀身后，走进一旁的侧房，然后开始最后一次的祛毒。

最后一次的祛毒，轻松得有些出乎萧炎的意料。当然，他也清楚，这是今日大会时灵魂力量暴涨的缘故。经历了那种考验，如今他对青莲地心火的控制，无疑得心应手了许多。

用袍袖掠去额头上的冷汗，萧炎的手指离开了纳兰桀的后背。望着他那忽然间变得红润了许多的脸，萧炎微微点头，笑道："恭喜你，纳兰老爷子，那烙毒彻底离开你的身体了。"

说这话时，萧炎嘴巴略有些苦涩，烙毒的确离开了纳兰桀的身体，却跑进自己身体里了。

"呼——"纳兰桀长长地吐了一口浊气。这次的浊气中，没有了往日的那种黑色分子，想来真如萧炎所说，那烙毒被彻底清除了。

"大恩不言谢，老夫我知道岩枭小友是冲着那七幻青灵涎来的，可我的命，不是那棵草能比的。我纳兰桀向你承诺，日后若是有机会，必报此恩！"缓缓站起身来，纳兰桀对萧炎沉声道，看那模样，竟然极为认真。

笑了笑，萧炎不置可否。

啪啪！纳兰桀忽然拍了拍双手，片刻后，紧闭的房门被推开，一名侍女手捧一株用玉质花盆盛装的植物走了进来。

这株植物出现之后，整个房间之中立刻弥漫开了一股令人心神安定的淡淡异香。

闻到异香，萧炎的目光瞬间停顿，被这株植物吸引了。这株植物整体呈青色，看上去宛如是用一块上好的青玉雕成的，在植株顶端，一朵拥有着七种颜色花瓣的花朵，正徐徐盛开着。随着花朵的舒展，萧炎惊异地发现，那七种颜色竟然在逐渐地转换着，看上去极为绚丽。

"岩枭小友，这便是七幻青灵涎。据说，用炼药师的火焰将之提炼成液体，能够使衰竭的灵魂快速恢复。当年为了弄到它，我可没少费力气，中那烙毒，也是摘取这东西的缘故。"纳兰桀笑道。

萧炎强忍着内心的激动，微微点了点头，他舔了舔嘴唇，不想让自己显得太过忘形。

"呵呵，岩枭小友，既然你已经将我治愈，那么这东西就属于你了。"虽然萧炎将心头的那分激动隐藏得很好，但是依然没能瞒过纳兰桀这个老狐狸，他笑吟吟地道。

"多谢了。"对纳兰桀感激地拱了拱手，萧炎不再忍耐，上前两步，从侍女手中将它接了过来，激动地上下打量着。

"这七幻青灵涎虽然能够装在纳戒中，但是你每天都得让它晒一个小时的太阳，否则它就会枯萎，你可要切记这点。"纳兰桀提醒道。

"嗯。"闻言，萧炎点了点头，这才将七幻青灵涎装进纳戒，转过身来，对着纳兰桀道，"纳兰老爷子，今夜我还有些事情急着办，既然你这里的事已经处理完毕，那在下就先告辞了。"

"呃？这么快？"纳兰桀一愣，想挽留一下，可瞧见萧炎眉宇间的那分急切，只得咽下挽留的话，笑着点了点头，道，"以后有需要帮忙的地方，尽管来找我。"

"呵呵，好的。"萧炎笑了笑，对着纳兰桀拱了拱手，转身急匆匆地走出了房间。

房间内，望着那心急火燎地离去的萧炎，纳兰桀只得无奈地摇了摇头，他原本还打算宴请对方，打牢双方的关系呢。

# 第三章
## 药老苏醒?

一路风风火火地离开纳兰家,刚欲回旅馆的萧炎,却忽然止住了脚步——要将七幻青灵涎炼制成液体,当然需要药鼎,可他的那尊药鼎已经在大会上爆炸了。

无奈地摇了摇头,萧炎略一踌躇后,便急匆匆地向着米特尔拍卖场行去。因为怕遇见雅妃耽搁时间,所以他只在拍卖场外围购买了一个和先前那药鼎差不多品阶的,然后就马不停蹄地跑回了旅馆。

进入房间后,萧炎反手将房门紧紧关上,快步进入内房,喘了几口粗气后,才将那株七幻青灵涎拿出来放在桌面上。

萧炎坐在桌旁,目光直直地盯着这株绝美的植物。半响,他方才长长地吐了一口气,费了这么大的劲,终于弄到手了啊,就是不知道能否对老师有用。

缓缓平复下激荡的心情,萧炎小心地将窗户关好,来到桌旁,凝神望着那不断变幻色彩的七幻青灵涎,手掌一招,一尊红色药鼎便出现在桌面上。

手掌轻贴着盛装七幻青灵涎的玉盆,萧炎掌心劲气暗蕴,旋即猛然一放,只听咔嚓一声，玉盆表面的裂纹犹如蜘蛛网一般，迅速地蔓延开来。

萧炎屈指弹在布满裂缝的玉盆上，玉盆顿时破裂开来，露出了里面被泥土包裹着的七幻青灵涎根茎。

望着那湿润的泥土，萧炎略微沉吟，手掌再度贴了上去，淡淡的青色火苗释放出炽热的温度，迅速将湿润的泥土烘烤得干燥了。此时他手掌轻拍，那些包裹在七幻青灵涎根茎上的泥土，便全部脱落下来，露出了里面丝毫无损的根茎。

掌心微曲，一股轻微的吸力将七幻青灵涎缓缓地拉扯而起，萧炎小心翼翼地把它装进药鼎之中。

手掌微旋，青色火焰在掌心中吐缩，萧炎屈指一弹，火苗迅猛地蹿进药鼎之中，围绕着七幻青灵涎转了几圈。

青色火焰的炽热温度让本来犹如青玉一般的七幻青灵涎迅速枯萎。虽然枝叶枯萎了，但是七彩花朵的颜色越来越鲜艳。枝叶完全枯萎，化灰而散了，花朵的颜色却鲜艳得似能刺疼人的眼睛。一股浓郁得仿佛久埋大地的佳酿一般的芳香，缓缓地从药鼎火口处透了出来。

深吸了一口浓郁的芳香，萧炎浑身一个激灵，他错愕地发现，经过休养但依然存在的疲惫感，现在竟然完全消散了。

"啧啧，的确是个好东西，光是花香便有堪比二品丹药的奇效，想必对于衰竭的灵魂，它会有不小的作用吧。"赞了一声，萧炎将目光投向药鼎之中，手指微动，那缭绕在七色花朵之外的青色火焰便猛然扑涌而上，将之包裹，开始猛烈焚烧。

火焰不断翻腾，紧盯着药鼎的萧炎，忽然轻咦了一声。他发现，在火焰开始煅烧七幻青灵涎时，那不断变幻的七彩光芒竟然能够与青莲地心火相抗衡，意图使自己不被火焰焚烧。

"嘿，这东西果然不是寻常之物，居然连异火的温度都能抵御这么久，不过

也仅此而已了。"轻声笑了笑,萧炎发现,随着青莲地心火不断升腾,那与之抗衡的七彩光芒正逐渐减弱。看来七彩光芒的能量也是有限的。

萧炎轻挥手掌,又一团青色火焰从指间喷涌进了药鼎内,顿时,青色火焰的温度再度暴升,片刻之后,终于一举将那试图反抗的七彩光芒全部吞噬。

七彩光芒消失之后,那七色花朵立刻就变得柔弱不堪了,火苗一个蹿动,花瓣便急速枯萎,一滴滴七彩的小露珠从枯萎的花瓣中渗透而出,闪烁着奇异的光泽。

随着七色花朵的尽数枯萎,那一滴滴细小的七彩露珠,缓缓地融合在了一起,变成一颗大的七彩露珠,宛如散发着七彩霞光的明珠,极为绚丽诱人。

"应该就是这样了吧?"自言自语地喃喃了一声,萧炎在七彩露珠出现后,便收回了火焰,手掌一招,鼎盖被掀开,七彩露珠飞出,在半空中画出一道七彩弧度。

飞出的七彩露珠缓缓悬浮在萧炎手掌上空半寸处,浮动间,微弱的七彩毫光悄然涨缩着。

"这个……怎么使用?"疑惑地眨了眨眼睛,萧炎用灵魂力量扫视了一遍,发现这七彩露珠中倒还真的蕴藏着一种能够让灵魂为之雀跃的奇异能量。不过,要如何才能让药老吸收?

右手下移了一些,萧炎将悬浮的七彩露珠靠近左手上的漆黑戒指,苦笑道:"不会就这样丢进去吧?"萧炎知道这个漆黑戒指有着与纳戒相同的储存功能,可这东西似乎只听药老的命令,萧炎的灵魂力量根本进不去。

皱眉苦恼了半晌,依然没有半点头绪的萧炎,只得小心翼翼地将七彩露珠朝漆黑戒指贴去。

两者间的距离越来越近,萧炎忽然发现,那一直古朴深沉的漆黑戒指,竟然微微亮了少许!

"果然有用!"发现这一现象,萧炎心头大喜,不再迟疑,他移动手掌,将那七彩露珠对着戒指碰了上去。

两者相碰，七彩露珠却并未滑落，而是有些奇异地黏附在了戒指之上，一时间，漆黑的戒指仿佛变成了七彩颜色。

七彩毫光绽放后，那漆黑的戒指也逐渐散发出黑色光芒。在黑色的映衬下，七彩毫光犹如被吞噬了一般，开始以肉眼可见的速度变得微弱，而黑色光芒则越来越盛。

望着这奇异的一幕，萧炎满心狂喜。他能够模糊地感觉到，那个他熟悉的灵魂，正在缓缓地恢复着。

戒指的黑色光芒越来越浓，到最后，几乎变得犹如见不到底的黑洞一般。忽然，戒指从萧炎手指上掉落，然后缓缓飘浮在他面前，漆黑的光芒一收一放，循环不休。

"老师，您苏醒了？"望着面前的漆黑戒指，萧炎忍不住有些激动。

萧炎的问话没有得到回答，漆黑戒指就这样飘飘荡荡，萧炎想象中药老的身影并没有出现。

"怎么回事？"微微张着嘴，萧炎有些茫然，刚欲伸手将戒指取回来，一直安静的戒指却猛然一颤，浩瀚恐怖的灵魂力量呈涟漪状，猛然以戒指为中心，轰然爆开！

骤然出现的灵魂爆炸能量，让萧炎脸色大变，若这股恐怖的灵魂冲击波击中了他，恐怕能将他的灵魂瞬间轰杀！

萧炎眼瞳紧缩，死盯着那扩散而来的灵魂冲击波，强行忍住内心的惊恐。这种近距离的攻击，他根本不可能逃脱得了，但是他相信药老不会伤害自己。

灵魂冲击波以闪电般的速度涌出，在即将接触到萧炎身体时，那一处涟漪却骤然一颤，然后瞬间消失。

灵魂冲击波跳过了萧炎，向房顶狠狠地撞了上去。

噗……

虚幻的灵魂波动没有摧毁任何物体，然而在房顶上，一道人影突然被弹射了出去，那人影忍不住地喷了一口鲜血。月光洒下，那是一张有些黝黑的苍老面孔。

"糟了，那家伙又醒了，以后不能靠得这么近了。这浑蛋，明知道我没恶意，竟然还下这么重的手！"黑影抹去嘴角的血迹，骂骂咧咧的，脚尖在虚空轻点，身形几个闪烁，便消失在了黑暗之中。

距离帝都几十里外的一处偏僻小道上，海波东淡漠地望着下方的一具人形冰雕，随手对着冰雕丢出了一片落叶，落叶飘飘荡荡，缓缓落下。

"走吧。"海波东抬起头，对树枝上的两道影子笑道。

"嗯。"法犸和加老微微点了点头，刚欲动身，两人脸色却骤然一变，霍然转头，将目光投向了远处那庞大的帝都。

"好强大的灵魂力量！"惊呼声从两人口中不约而同地发了出来，旋即两人对视，皆从对方眼中瞧出一抹凝重。

"帝都怎么会忽然冒出这等强者？为什么我们没听到半点风声？"加老低声疑惑道。作为皇室的守护者，任何忽然出现在帝都的强者，他都必须第一时间知晓。

"不知道，这灵魂力量太强大了，远非我等可比。"法犸低沉的声音中隐隐噙着一抹骇然。

另外一棵树上，海波东也转头望向帝都的方向，嘴巴微微张了张，眼中逐渐流露出一抹惊喜："这灵魂力量，好像是萧炎那个小家伙体内的吧？他……他实力恢复了？"

"走吧，回去看看！"海波东微眯着眼，并未对法犸二人细说这股灵魂力量的来历，便闪身向帝都飞去。

"嗯。"法犸两人点了点头，腾身紧跟而上。

随着三人的消失，那片飘飘荡荡的落叶，终于缓缓落在了冰雕之上。顿时，随着一道清脆的咔嚓声，人形冰雕猛然爆裂成漫天冰尘，在月光的照耀下，逐渐消散……

房间之中，萧炎将双手护在脸前，好半响，余光方才透过手指缝隙，望向面前已经没有反应的黑色戒指，他将手臂放了下来，然后摸了摸身体，似乎没哪里有残缺。

此时萧炎身上被灵魂波动吹得胀鼓鼓的衣袍，已经落了下来。感觉着身体并没有什么不适，萧炎才微微松了一口气，抬头望着面前漆黑的戒指，依然未见到药老的身影。

"究竟是怎么回事？"皱着眉头疑惑地喃喃了一声，萧炎呼唤了几声，可漆黑戒指却只散发着深沉的黑色光芒，没有任何回应，也再没有一丝灵魂力量的波动，安静得犹如一潭死水。

"难道失败了？可先前那股灵魂波动，的确是老师的啊。"等待许久之后，未见戒指有所反应，萧炎不免感到有些茫然与失望。如果药老真的苏醒了，想必第一时间就会在自己心中回话的，现在这一幕似乎只能说明，药老的灵魂依然受着某些局限，方才不能像以前那般随意与自己交谈。

不过无论如何，从黑色戒指散发出的光芒来看，药老的状态要比当初沉睡的时候好了许多。看来那七幻青灵涎确实有用。

盯着悬浮在面前的戒指良久，萧炎长长地叹了一口气，伸出手来，将戒指抓进手中，又戴在手指上。这一次，戒指没有反抗，漆黑的光芒继续亮了一会儿之后，便完全收敛了，变得和以前一般，极不惹人注意。

手指缓缓地抚摸着恢复平静的黑色戒指，萧炎揉着额头，半响，苦笑了一声，轻声喃喃道："老师，放心吧，我会继续想办法让您恢复的。"

叹了一口气，萧炎刚欲调息修炼，目光忽然扫向窗户处，一道破风声携带着寒气从外面扑涌而来。窗户被强行推开，海波东的身形出现在房间中。他望着萧炎，惊喜地道："恢复了？"

闻言,萧炎一愣,旋即释然,想必是先前那股恐怖的灵魂波动的缘故吧,像海波东这种级别的强者,对这些强大的灵魂波动感觉是极为敏锐的。

"拿到了七幻青灵涎,刚才服下了,灵魂力量倒是猛然恢复了过来,不过可惜,不知什么缘故,一会儿后,又沉寂了下去。"萧炎摇了摇头,无奈地道。

"啊?"海波东一怔,苦笑道,"那你的意思是还没有恢复?难道那七幻青灵涎没效果?"

"我也不太清楚,不过至少现在我能感受到那股恢复的灵魂力量了,以前是半点感应都没有,这样看来,七幻青灵涎还是有一些效果的。"萧炎有些无奈地道,"似乎只能另寻他法来恢复灵魂力量了。"

"唉,亏我白高兴了一场。"海波东失望地摇了摇头,一屁股坐在椅子上,道,"你若是恢复了实力,这次上云岚宗,安全系数倒是能提升许多,没有恢复的话,就算有我护持着,也危险得很哪。云岚宗传承了这么多年,那些长老的实力强得离谱,再加上云岚宗的人擅长合击斗技,那般叠加起来,就算是我,也不得不暂避锋芒啊。"

"呵呵,有你这么一个斗皇强者在,就算打不过,跑总是没人能拦住吧?"萧炎开玩笑地道。

"你倒是想得简单。"海波东摇了摇头,沉默了一会儿,忽然盯着萧炎,低沉地道,"小家伙,再过一天,就得上云岚宗了。我想,有些事情,得与你事前说好。"

望着海波东那忽然变得凝重的表情,萧炎微微一怔,旋即默默地点了点头:"你说。"

海波东缓缓地道:"当初我说了,会尽量护持你的安全,不过是在尽量不得罪云岚宗的前提下。你应该也知道,我和米特尔家族渊源不浅,所以我的任何举动都会牵扯到米特尔家族。虽然他们在加玛帝国是三大家族之一,看上去是个颇有分量的势力,但是论起实力雄厚,云岚宗当占鳌头,这千百年的传承饶是加玛皇室也比不上，当然，这是排除了整体'势'的说法。不管怎么说，加玛皇室还统治着整个帝国。但在加玛帝国一些古老的宗门所拥有的实力，也并非表面上那么简单……

"你也清楚，在斗气大陆上，虽然人的寿命是有限的，但若是在寿限之内提升了品阶，便能够将寿限延长许多。上一届的云岚宗宗主云山，在将宗主之位传给云韵之时，是八星斗皇实力，当时，距离他的寿限，还有很长时间。这些年，很少再听过他的名头，不过没听过并不代表他已经陨落。"

"你的意思是……上一任云岚宗宗主还活着？"萧炎抿着嘴，轻声道。

"虽然不敢肯定，但是这种概率并不小。若他还活着，想必已经突破了斗皇的障壁，成为斗宗强者了。"海波东叹息了一声，道，"所以，如果有可能，你尽量不要与云岚宗起太大的冲突。否则到时候，即使你与法犸、加刑天有一些交情，可为了大局，他们也不会为你得罪云岚宗！"

萧炎面容平静，丝毫没有因为海波东的这番话而动容。他从未有过这般奢望，他与法犸、加老相识才半个月不到，要是这就想让人家为了他与加玛帝国最强大的势力为敌，未免也太异想天开了。

"如果真走到双方为敌的那一步，想必海老也会选择抽身而退吧？"萧炎忽然低声道。他清楚，他与海波东之间，其实也只是交易关系，若不是复灵紫丹的缘故，恐怕两人早就分道扬镳了。

海波东沉默不语，抬头盯着萧炎那平静的脸，半响后，道："只要云山不出现……"言下之意很是明了，若是上一任云岚宗宗主云山出现的话，那么他为了米特尔家族，他将不再插手萧炎与云岚宗之间的事。

"唉，小家伙，你还年轻，以你的天赋，日后潜力无限。在未成为真正的强者之前，你需要忍耐。锋芒太利，对自己并无太大的好处，等你什么时候能够自由控制体内那股强大的力量时，再与云岚宗一较高低也不迟。"海波东拍了拍萧炎肩膀，语重心长地道。

萧炎默默点头。若是抛开老师的力量，他不过是斗师级别而已，在强者如云的云岚宗内，斗师一抓便是一大把。不过也正如海波东所说，他还年轻，这是他最大的本钱。

"呵呵，好了，说这些也只是提醒你一下，让你在上云岚宗时，尽量小心点。"笑了笑，海波东站起身来，对着萧炎笑道，"不早了，你休息吧，明天休息一日，便上云岚宗！"

萧炎微微点了点头，目送海波东走出房间。半响，他长长地吐了一口气。海波东的这番话，让他清醒了许多。法玛、加老等帝国巅峰强者看似对他极为和善，可这是建立在摸不清萧炎的底细以及尚不知道他身后那神秘老师的存不存在的前提下，一旦出现他与云岚宗对抗这种会将他们拉进旋涡中的大事时，法玛、加老等强者绝不会因为萧炎而与云岚宗为敌。

现实，始终是残酷的。

躺倒在柔软的床榻上，萧炎枕着手臂，怔怔地盯着上面的床帘，眼睛缓缓闭上，半响后，骤然睁开。漆黑眸子中，却再未有半分畏忌。说他初生牛犊不怕虎也好，狂妄自大也好，他早就想过，这次的云岚宗之行，不会因为任何东西任何事情而放弃，别说云岚宗里或许有一个斗宗强者，就算是斗圣，他也绝对会如约而至！

"人不犯我，我不犯人。"

萧炎把嘴唇紧紧地抿成一条线，执着而倔强。如果云岚宗真打算仗势欺人的话，那他萧炎只能用事实告诉他们，他可并非泥捏的。

"无论如何，这次的三年之约，必须胜利！因为我要用它来证明我三年苦修的价值！若是失败，三年修行，无异于付诸流水！"

猛然紧握拳头，萧炎深吸了一口气，腰杆一挺，便跃身而起，盘腿坐在床榻之上。

"纳兰嫣然，等着吧！"

萧炎在心中轻轻呢喃了一句，双手摆出修炼印结，身体微颤，将激荡的心情平复，然后迅速进入修炼状态。

　　既然药老并未如期望的那样出现，萧炎决定，今夜将状态调至巅峰，明日服用三纹青灵丹，突破斗师障壁，向大斗师进发！

　　这一次，他绝对不允许自己失败！

# 第四章
## 晋级大斗师

　　翌日清晨,温暖的晨晖从窗户缝隙间倾洒而进,在房间地板上蔓延出一条细小的白色光线。光线缓缓延伸,最后爬上了床榻,照耀在了盘腿而坐的青年的脸上。

　　感受到那缕晨晖的温热,安静的萧炎微微一动,片刻后,紧闭的眼睛缓缓睁开,漆黑的眸子里满是淡然与平和。

　　扭动了一下身子,萧炎从床榻上矫健地跃下,打开房门,望着空无一人的厅房,怔了怔,想必海波东有事出去了,不过这样也好,免得自己受到打扰。

　　在厅房中随意洗漱了一下,萧炎将房门口那个两面分别是红绿两色的牌子换成红面朝上——这是请勿打扰的标志。

　　做完这些,萧炎才略微放心地回到自己的房间,打开窗户,任由清晨温暖的阳光倾洒在身体上。暖洋洋的感觉让人有些慵懒,也让萧炎的心境归于宁静,波动难起。

　　萧炎安静地站在窗边,好半晌方才转身,平静的脸上看不出丝毫情绪。他缓缓伸出手掌，纳戒之中，一点儿青光忽然缓缓升腾而起。青光迎风见涨，眨眼间就变成了一朵散发着淡青毫光的青色莲座，悬浮在萧炎面前，微微飘荡着。

脚尖轻点地面，萧炎腾身而起，身体不急不缓地落在了青莲之上，盘腿坐下。

身体一接触到青莲，萧炎就能够清晰地察觉到，自己对周围天地间能量的感应变得敏锐了许多，不愧是与青莲地心火同根同茎诞生的东西啊。

萧炎手指一晃，一枚周身环绕着三条丹纹的青色丹药出现在了双指之间。低头凝视着这枚费尽自己所有力气方才炼制成功的丹药，萧炎沉默了片刻，低声道："这次，可不能失败啊，不然的话……"

摇了摇头，萧炎吐出一口浊气，缓缓闭上眼睛，双手结出了修炼印结，胸膛的起伏越来越平稳。

萧炎闭目之后不久，周围平静的空间便犹如被忽然投入的石头打破了平静的湖面一般，悄然波动了起来。一缕缕肉眼可见的能量气流从虚空中渗透而出，在青莲周围盘旋了一阵，然后化为万千能量丝条，朝着萧炎涌去。在穿过青莲散发出来的青色光罩时，能量被迅速地初步提纯了一次，然后携带着少许青莲本身的精纯能量，顺着萧炎的呼吸钻进了他的身体内。

这些能量一入体，就被萧炎的心神所掌控，沿着功法路线运转了一圈，其中的斑驳杂质已彻底被净化，只余下少许精纯的能量，被灌注进了气旋之中。

萧炎缓缓地吸收着外界的能量，半晌，待一切正常后，手指猛然轻弹在双指所夹的那枚三纹青灵丹上，借一股巧劲将之弹进了微张的嘴巴之中。

三纹青灵丹入口，萧炎尚未反应过来，它便迅速化为三股一波强于一波的精纯能量，犹如奔腾的河流一般，顺着喉咙，一路汹涌滚下，然后怒声咆哮着，灌注进了经脉之中。

在三股能量进入经脉的那一霎，萧炎保持着修炼手印的手掌猛然一颤。他发现，三股能量中的两股猛然释放出了堪比火焰的炽热温度，而另外一股白色

能量则忽然变得犹如冰块一般冰冷，冷气所过处，经脉壁上竟然出现了薄薄的冰霜。

这般忽冷忽热，让措手不及的萧炎差点儿从修炼状态中退了出来，好在他反应快，急忙稳下心神，咬牙忍受着这怪异的疼痛。感受着三股温度不一的能量，他模糊地明白了：这三种能量，不正是自己当日炼制丹药时使用的三种火焰吗？

"难道这所谓的三纹青灵丹，便是将火焰的力量吸取而进，然后用灵丹自身蕴藏的能量模仿前者吗？"萧炎恍然大悟，旋即将心神迅速沉进体内，心念一动，气旋之中，一股股汹涌的青色斗气顺着经脉涌出，最后在经脉中某一处与三纹青灵丹的能量狠狠地碰撞在了一起。

嘭……

听到体内传出的那声轻微闷响，萧炎喉咙间也闷哼了一声，脸上涌上一股红潮，手印变动，心神开始引导这三股被斗气冲去了些许锐气的能量顺着功法路线运转。

运转之间，一冷两热的三股能量彼此纠缠，居然极为融洽地融合在了一起，并且还时不时地释放出冷热不同的温度，这让萧炎吃尽了苦头。若是早知道服用丹药会与炼制的火焰有关，那他使用骨灵冷火时，就不会那么干脆了。虽然先前斗气的主动出击，让三纹青灵丹的药力收敛了一点儿，但是当三股能量沿着功法路线运转时，再度完美地融合成了一股拥有三种性能的能量。随着融合的加深，能量的体积猛然暴涨了许多，原本有些虚幻、好像没有实体的能量，现在居然转换成了三色液体状能量。

体积涨动，萧炎甚至能模糊地听见从能量中传出来的兴奋咆哮声，然而还来不及有所动作，经脉中的三色能量突然蛮横地运转了起来。就在大惊的萧炎准备全力控制时，三色能量却突然一颤，只见无数股细小能量柱从其中分化而出，沿着体内四通八达的经脉汹涌而去，甚至，萧炎以前从未碰触过的一些经脉，也被这些胡乱冲撞的能量蛮横地撞了进去。

额头之上缓缓滑下一滴冷汗，萧炎嘴角猛然一抽，整张脸在此刻扭曲了起来，丝丝凉气从牙缝中透了出来。

体内，无数股细小的能量以一种锐不可当的声势，野蛮地冲进了萧炎从未到达过的一些紧窄经脉。能量如洪水般呼啸而过，紧窄的经脉急速扩张，一丝丝极为细小的裂纹出现在经脉壁上。裂纹中，有淡淡的毫光射出，这是经脉禁受不住猛力扩张，即将炸裂的前兆。

就在经脉裂纹逐渐扩大之时，那呼啸而过的三色细小能量的尾部却一路甩下无数白色液体。这些带着寒气的液体，迅速黏附在即将破裂的经脉壁上，然后渗透而进。随着寒气液体的渗透，那些裂纹居然开始缓缓缩小，片刻之后，经脉裂纹便完全消失，不过，以前那细小得仅能容纳少许能量通过的经脉，已经完全变了模样。

类似的情形，此刻正在萧炎体内无数条经脉之中发生着。虽然剧痛让萧炎两眼发黑，但是那迅速变得宽阔坚韧的经脉却让他明白，坚持下去，对他会有极大的好处。这些细小的经脉一旦打通，那么日后他调遣斗气的速度无疑将会快上许多。而在战斗之中，若能自由地指挥斗气，将会占得很大的优势。

分化而出的能量在将一条细小经脉打通之后，继续前冲，只听到扑哧一声低响，萧炎身体表面的毛孔之中，霍然喷出了一股细小的三色能量柱。

第一道声响发出之后不久，萧炎的身体忽然持续地颤抖了起来。一股股三色能量犹如喷泉一般，从其体内狠狠地涌了出来，一时间，萧炎看上去像是一个有无数漏洞的水壶。

喷涌仅仅持续了几秒钟，便完全消失了，在能量柱消失后，那些喷出能量柱的毛孔却缓缓渗出些许鲜血，鲜血滚落，将萧炎半个身体都打湿了。

那些被打通的毛孔，开始慢慢恢复正常，萧炎能够非常清晰地感觉到，每当他变动修炼印结时，那些被打通的、与经脉相连的毛孔，居然犹如一个个风

洞一般，以一种比以前迅猛十倍不止的速度，疯狂地吸收着外界的能量。

那些细小的经脉逐渐停止了剧痛，萧炎松了一口气。他终于可以不再分心，将心神完全地投注到那还在顺着功法路线奔腾的最大一股三色能量上。

心神注视着那股仿佛不知疲倦的三色能量，萧炎有些头疼。他没想到这三纹青灵丹的能量竟然这般庞大，只是从主体中分化出来的能量，便将一些细小经脉直接打通，甚至连接到了皮肤表面的毛孔，而这主体经过好几次的功法循环，却只被炼化了少许。按照这种速度，将之完全炼化，那需要到什么时候？

"唉。"轻叹了一口气，萧炎在心中低声呢喃道，"只能使用青莲地心火了啊。"

随着叹声的落下，萧炎心神一动，气旋之中那犹如小湖泊的液体能量便围绕着中心处的纳灵，急速地旋转起来。一缕缕青色火焰从中喷射而出，在萧炎的控制下，朝着那三色能量狠狠地扑了过去。

两者乍一接触，三色能量就犹如沸腾的油锅一般，猛然波动了起来。

咻！

青色火焰与三色能量在经脉之中凶悍碰撞，细微的咻咻声响连绵不绝，而三色能量也在此刻急速地沸腾了起来，一波波浓郁的能量涟漪从主体中扩散而出，撞击在经脉上，让萧炎一阵哆嗦。不过，好在这几条主干经脉极为坚韧结实，除了疼痛之外，倒还并无其他大碍。

强忍着疼痛，萧炎指挥青莲地心火将三色能量包裹，然后强行将之携带着，再度顺着功法路线运转了起来。

青色火焰包裹着三色能量，呼啸着从功法经脉路线中穿过。心神细细看去，能够模糊地看见在火焰之中急速沸腾的三色能量。

随着青莲地心火的不断焚烧，三色能量在炽热中被迫完全融合成了一股有些偏青褐色的液体能量。在高温的威胁下，它们这次融合所产生的能量似乎比先前还要庞大。不过即使能量变得非常雄浑，可依然无法与青莲地心火相抗衡。

当萧炎再次从纳灵中调出一缕青火时，青褐色能量的反抗终于逐渐弱了下去。一遍遍运转之后，失去了野性与炽热的青褐色能量缓缓从主体中脱离，最后被青莲地心火完全转换成精纯的青色液体能量，灌注进了气旋之中。

一缕缕青色能量灌注而进，气旋之中的液体能量以一种让人咋舌的速度，猛然上涨着。

"不愧是三纹青灵丹，药力竟然如此浑厚。"望着这一幕，萧炎感到十分惊喜。他发现此时自己的实力，已经即将突破到八星斗师的层次。虽然八星到九星，再到突破大斗师障壁，还需要更庞大的能量，但那三纹青灵丹的药力可还有大半呢。

"应该足够了。"心中盘算了一下，萧炎再度凝神，不断消耗着斗气，将青莲地心火从纳灵中吸出，最后加注到正焚烧着青褐色能量的火焰中去。

虽然操控青莲地心火需要消耗不少斗气，但是这些消耗与那正疯狂地从三纹青灵丹中源源不断地补给过来的能量相比，不值一提。

青色火焰包裹着青褐色的能量，在经脉之中急速循环而过。每一次循环，都会把一大股已经炼化完毕的精纯能量投注进气旋之中，每当此刻，气旋中的能量体积便猛然扩大许多。

气旋原来只储存了近半的青色液体能量，而现在，液体能量至少已经占据了气旋的四分之三。按照这个速度，气旋被灌满之时，便会到斗师级别的极限。

随着时间缓缓流逝，萧炎周身已经被淡淡的青色光华所笼罩。这些青色光华覆盖在身体之上，好像一件斗气纱衣的模样。这些青色光华不断地扭曲着，似乎是在构造与试探着什么，隐隐间，那件原本虚幻的斗气纱衣，居然出现了实质之物的特征。

此时的萧炎，自然感觉不到周身的变化，有了青莲的安神之效，他可以随时保持着对心神的最大操控。此刻，他的所有注意力都完全放在了体内那即将满溢的斗气气旋之中。

体内,气旋缓缓地旋转着,其中,青色液体能量犹如洪水一般,随时有从已经达到极限的气旋之中溢出来的可能。

萧炎的心神不敢有丝毫放松,紧紧注视着满溢的气旋。在经脉之中,那三纹青灵丹的药力已经被炼化了将近四分之三,可那残余的药力,依然是一股不小的能量。然而此刻的气旋,已经再容不下一丝能量,它的容量达到了极限,若是再强行灌注,气旋恐怕会就此胀裂,那后果……

所以现在萧炎必须采取措施,方能够让自己避免那种可怕下场。成功避免的话,便实力暴涨;避免不了,气旋一破,斗气散溢,他会就此沦为废物。曾经经受过这种磨难的萧炎,自然不想再去感受第二遍。

缓缓地吐了一口浊气,萧炎悄然变动手印。在即将突破之前,每一名斗师都会按照本能,做出最正确的选择,这是无数前人用自己的成功经历证明过的举动,很简单,这便是压缩。

气态的能量能够被压缩成高级的液体能量,而液体同样能够被压缩成更高一级的固体能量。这所谓的固体能量,正是大斗师强者能召唤出犹如实物一般的斗气铠甲的原因所在。

随着手印的变动,萧炎体内气旋先是瞬间沉寂,片刻后,一圈圈涟漪忽然在气旋表面波动了起来。波动越来越强烈,到最后犹如沸腾的开水一般。咕咕作响的青色浪花,不断从气旋中央位置渗透而出。

在能量涟漪开始波动的一刹那,缓缓旋转的气旋悄然开始加速。加速的时间极为短暂,仅仅不到十秒时间,原本慵懒的气旋便成了一个疯狂旋转的螺旋体。高速旋转导致气旋周边位置出现了一圈圈青色的圆弧。旋转发出的呜呜之声,在身体之内缓缓地传播着。这些似乎蕴含着某种神奇节奏的声音,穿过经脉,透过骨骼,渗出细胞,最后到达皮肤之外,传进了那件正在萧炎身体表面不断扭动的斗气纱衣之中。

在声音传进斗气纱衣之后,斗气纱衣的扭动缓缓停了下来。转瞬之后,青光猛然闪烁，青色斗气快速融合、汇聚，最后彼此相融。光华稍减，一副在胸口处烙有一道火焰之纹的青色铠甲，有些模糊地出现在了萧炎的身体上。虽然这副青色铠甲仅具雏形，但是那深邃的淡青色毫光和若有若无的雄浑能量，却让人清楚地知道，它可远远不是先前的斗气纱衣能媲美的。

这副斗气铠甲在萧炎不曾察觉的时候缓缓成形。萧炎的体内也正在经历着惊心动魄的变化。

心神控制着气旋的旋转速度，使它不会超出某种极限，以免给身体带来伤害。萧炎操控得小心翼翼，不敢有丝毫放松。当然在这之余，他还必须尽量拖延三纹青灵丹药力的到来。此时此刻，已经到达极限的气旋，可不再需要它的继续灌注。

虽然将青莲地心火撤去能够停止炼化，但萧炎拿不准若是撤去了火焰，三色能量会不会忽然间再来个分化。若是分化后，有一缕未被提纯的能量闯进了气旋，岂不是会把气旋中好不容易维持下来的平衡给打破？

想到平衡被打破的可怕后果，萧炎的心头打了个冷战，他可不敢进行这种尝试。所以当下他一边不断地催动着气旋的旋转速度，一边将三纹青灵丹的药力死死拖住，不让它完成循环。

现在，萧炎体内正进行着争分夺秒的时间赛跑。萧炎必须在下一波能量到来之前，将气旋之中满溢的液体能量压缩成固态，只有这样方能够避开气旋胀破的危机。

疯狂旋转的气旋，已经变成了一个青色影子，在这般高速的旋转下，气旋中的液体能量正在以肉眼可见的速度诡异地减少着。与此同时，萧炎的心神能够清楚地感觉到，气旋深处，某种拥有庞大能量的物质正在缓缓成形。

"快了，快了。"感应到那即将成形的物质体，萧炎紧张的心情略微舒缓了一下，随即在心中催促道。

时间缓缓流过，气旋之中的液体能量正迅速地减少着。一切似乎都在朝着

最顺利的方向发展着。

　　轰鸣着疯狂旋转的气旋之内，液体能量已经逐渐见底。一块仅有拇指大小的青色菱形晶体，在萧炎心神的注视中，缓缓地悬浮在了气旋的中央位置，慢慢静止不动。忽明忽亮的毫光，显示着这个初生之物的脆弱。

　　萧炎的心神有些惊奇，紧盯着那矗立在风暴之眼中的青色菱形晶体。在这块晶体出现的一刹那，他能够清晰地感觉到一股从灵魂深处散发而出的舒畅之感。这个小东西便是成为大斗师的最关键之物，大斗师强者通常将之称为斗晶！

　　在很多强者眼中，只有拥有了斗晶，方才真正踏入了斗气修炼的殿堂。这个小东西是一个人体内所有斗气的结晶，其内蕴藏着让人咋舌的庞大能量。

　　心神有些迷醉地望着那块刚刚诞生的青色菱形晶体，萧炎还来不及松口气，经脉中忽然传来的细微声响，让他心神一惊。他迅速扫视了一遍经脉，随即脸色大变。

　　经脉中，那原本极为抗拒青莲地心火的三纹青灵丹，不知为何忽然放弃了抵抗，任由青莲地心火将所余的药力完全炼化，然后火焰夹杂着澎湃的能量，朝气旋一路咆哮着冲了过来。

　　脸色苍白地注视着那犹如洪水一般的澎湃能量，萧炎的心头泛起一抹惊恐。若是任由这股能量冲进气旋，那才诞生不久的脆弱斗晶恐怕会立马被摧毁。若是斗晶破碎，萧炎不仅不可能成功晋级大斗师，实力还会因为能量的匮乏而大幅度退步！

　　这一切，都是服用丹药越级而引发的后遗症。若是依靠自己本身的力量，稳步地冲击大斗师级别，自然不可能遇到这种危险情况。依靠外物，始终都有足以将自己毁灭的潜在危险啊。

　　此时的萧炎，已经没心情再去想依靠外物的这些弊端。他现在只能全力运转心神，试图控制包裹着能量的青莲地心火，想将这股能量拉回去。可是此次能量的冲涌力实在太过庞大，而且现在这些精纯能量已经被炼化，打上了萧炎的标志，青莲地心火的高温焚烧对它失去了效果。

尝试了种种措施皆无效后，萧炎只能惊恐地望着那离气旋越来越近的庞大能量，心中有些许悲凉。他没想到自己还未上云岚宗，还未败给纳兰嫣然，便自己先毁灭了自己。

恍惚间，脑海中再度闪过那些画面，依稀是在当年的萧家大厅，身姿窈窕的少女面噙无奈与不屑，众人表情皆不同，讥讽、嘲笑、惋惜、愤怒……一张张面孔跳过，最后是首位处那位脸色一会儿青、一会儿白的中年人。

"我相信我儿子不会废物一辈子。"当年，强忍着儿子被强行退婚的愤怒与尴尬，萧战对面前俯身下跪的少年轻声道。

温和的笑声缓缓响起，盘坐在青莲之上的萧炎，缓缓低下了头。

"父亲，多谢了。"

萧炎呢喃了一声，喉咙间发出一声犹如困兽般的厉吼，凶猛的灵魂力量在此刻爆发而出。

而在灵魂力量暴动的那一霎，气旋之内，青色火焰犹如火山一般，猛然涌了出来！

"滚出去！"

如火山爆发般冲出的青色火焰，狠狠地撞在了那即将进入气旋的澎湃能量之上，强猛的冲劲直接将其从气旋边缘撞进了经脉之内，最后顺着几道先前被打通的经脉迅速地挤了出去。

哧，哧……

哧哧声再度在房间之内响起。萧炎身体猛地一震，十几道能量光柱从毛孔之中射出，霎时间，强烈的光华笼罩了整个房间。

叮。那些危及晶体的能量光柱离体，萧炎体内疯狂旋转的气旋也缓缓停止了，而那块青色菱形晶体，猛然光华大涨！

萧炎乍然睁开双眼，青色光华自眼中射出，双脚一点，身体轻巧落地，气

势与昨日相比简直判若两人!

"成功了。"长长地吐出一口憋在胸口许久的闷气,感应着体内那从未有过的澎湃之感,萧炎喃喃了一声,旋即狂喜之色浮现在脸上,他那如释重负的大笑声在房间中响了起来。

与此同时,似乎有一道苍老的声音发出了欣慰的感叹声,旋即消失。

房间中的大笑声缓缓消散,感知着体内那股无比充盈的力量,萧炎的嘴角噙着一抹满意的笑容。他缓缓紧握拳头,浓郁的青芒迅速覆盖在拳头表面,青芒暗蕴,锋芒渐现。

双脚略微张开,萧炎的脚掌猛然一踏地面,身体犹如移形换位一般,瞬间出现在左前方一米左右的位置,拳头夹杂着一股令人呼吸一滞的强悍劲气,狠狠地砸在了面前一根巨大的房柱之上。

嘭!巨声响起,木屑横飞,萧炎微偏着头,看到拳头居然直接从房柱中穿了过去,轻声笑了笑,缓缓地抽回手臂,在房柱上留下一个空洞以及几道深深的裂缝。

手掌略微曲拢了一下,萧炎略弯手指,淡淡的青芒在指尖处弥漫,片刻后,手指轻弹,青色劲气犹如利箭一般脱指而出,旋即嘭的一声,将桌面上的一个花瓶震得粉碎。

"斗气外放。"看着破碎的花瓶,萧炎轻笑了一声。到了大斗师这个级别,斗气终于能够离体而出,不再受身体的限制与束缚,与人战斗时,会有占更大优势。

萧炎的目光缓缓在房间内扫视了一圈,他一招手,将青莲收回纳戒,又挥了挥手掌,一股劲气将窗户推开。望着外面将近下午的天色,萧炎有些诧异,没想到竟然消耗了这么长的时间。

站在窗口,萧炎沉吟了一会儿,刚打算出去,门口传来海波东的笑声:"完了吧？"

闻言，萧炎笑着应了一声。以海波东的实力，自然能够清晰地感觉到房间中的能量波动。

萧炎应声之后，房门便被海波东推开了。他笑眯眯地环视了房间一圈，旋即将目光停在萧炎身上，眉宇间略微有些诧异，道："看你的气息，似乎到达大斗师了？"

萧炎微微点头，此时他刚刚晋阶完毕，气息收敛得还有些不完美。海波东这种强者自然一眼便能瞧出深浅。

"看来这才是你的真实实力吧？"海波东捋着胡须，目光来回地扫视着萧炎，眼神忽然变得有些怪异，偶尔紧皱眉头，片刻之后，他方才缓缓地说道。

萧炎心头轻跳，不由自主地虚眯着眼睛，盯着海波东，并未说话。

"呵呵，我一直觉得有些奇怪，你不到二十岁的年纪，就算是从娘胎中就开始修炼，也不可能在这么短的时间内便能够与斗皇强者抗衡啊。"海波东摆了摆手，示意萧炎不用紧张，道，"我想，你的体内或许应该存在或者封印着某种极为强大的力量吧？你之所以能够与斗皇强者战斗，想必正是依靠的这股力量吧？"

"放心吧，我没有其他意思，只是每次都觉得你显示的实力在逐步增长着，方才有这种猜测。不过现在看来，我的猜测似乎是准确的。"海波东冲萧炎笑了笑，"虽然那并非真正属于你的力量，但是你能操控它，那么即使是斗皇强者，也会对你有所忌惮。在这个世界上，只要你拥有力量，就能获得强者的尊敬与平等对待，没有人会管那股力量究竟来自何处以及是否属于你。所有人都只注重一点，那便是你究竟有没有力量。"

萧炎默默点头，的确，不管这些力量属于谁，谁能够操控它，谁就是这些力量的主人！而海波东也非常清楚这一点，所以他并不在乎萧炎力量的来源，他在乎的是，拥有那股力量的萧炎，能否与他抗衡。

"呵呵,刚才出去,收到个东西。"看到萧炎的表情,海波东明智地将这个话题跳了过去,从怀中取出一张古朴大气的白色信函。信函表面绘有一朵白色云彩,一把长剑正插在云彩之中,剑气凌厉。

"云岚宗的?"瞧见那特殊的图案,萧炎眉尖一挑,诧异地道。

"嗯。"海波东点了点头,扬着手中的信函,道,"这是云岚宗邀请帝都一些势力首脑以及强者的请帖。"

"邀请?"

"你应该能猜到,是明天你与纳兰嫣然那所谓的三年之约的缘故,云岚宗现在正大肆邀请有声望之人明日上云岚宗。我想,恐怕是在为纳兰嫣然这个未来的少宗主造势吧。如果她胜了,不论是在云岚宗,还是在外面,声望都会大幅度提高。"海波东笑眯眯地道。

"云岚宗未免太狂妄了吧?若是纳兰嫣然输了,丢脸的是谁?那云韵脑门被夹了?"萧炎冷笑道。

"或许这不关云韵的事。据我所知,云韵此时并不在云岚宗,一切事务都是云岚宗长老阁在主持。"海波东摊了摊手道。

"不在云岚宗?这三年之约对于纳兰嫣然来说可是极为重要的,这种时候,她这个当老师的居然不在?"闻言,萧炎一愣,愕然地道。

"上次我们在盐城遇见那两个神秘的斗皇强者后,云韵和加老头儿就赶了过来。据加老头儿说,当日她在我们战斗的地方好像找到了点什么东西,之后便没回过云岚宗了。我想,她寻找的东西应该和那两个神秘的斗皇强者有关吧,也只有这种强者才会让她如此在意了。"海波东沉吟道。

微微点了点头,萧炎松了一口气,既然云韵并未在云岚宗,那此行的危险系数自然降低了许多。

"不过依我猜测,她应该也快回来了,恐怕在这两天就会回到云岚宗,毕竟她对纳兰嫣然是很看重的。所以你完成那约定之后,尽量不要在云岚宗停留太久，否则她一回来，怕是会横生变故。"海波东提醒道。

"嗯。"萧炎微微点了点头，转身望向窗外逐渐暗下来的天色，沉默了半晌，然后对海波东招呼了一声，便独自出了旅馆。站在人流汹涌的街道尽头，萧炎缓缓地吐了一口气，顺着人流，向米特尔拍卖场走去。

在拍卖场中，萧炎刚好遇见在大厅中巡视的雅妃，两人见面，不由得笑了笑。雅妃遣开了周边随从，萧炎则跟在那随时都能吸引全场目光的诱人身影后，走进拍卖场二楼靠窗的一处静室中，悠闲地坐了下来。

雅妃从侍女手中接过茶壶，将之打发了出去，亲自替萧炎斟满一杯茶水，然后靠在柔软的座椅上。

"明天便要去云岚宗了？"玉手托着香腮，雅妃的目光透过透明的玻璃窗，望着下方人来人往的拍卖场，随口问道。

"嗯。"端着茶杯轻抿了一口，萧炎微微点头。

"唉，三年时间转眼便过，当年的小家伙，也长大了啊。"雅妃转过头来，凝视着那张平凡的年轻面孔，片刻后，妩媚的俏脸忽然流露出淡淡的绯红，道，"哎，我说，能将它暂时取下来吗？"

萧炎一愣，略微迟疑，手指蘸了点茶水，在脖子处微微拂动着，旋即将一张面皮轻扯了下来。

面皮脱落，平凡的面貌消失不见，取而代之的是一张清秀中透着几分斯文的脸。在这张清秀的脸上，雅妃依稀能看见当年少年那稚嫩的轮廓。

雅妃美眸眨也不眨地盯着萧炎那双漆黑如墨的眸子，经过三年苦修，它们依然是那般清澈。

"还是现在好看一些。"雅妃身体略微前倾，玉手十指交叉，手臂放在桌上，下巴贴着交叉的十指，对着萧炎笑吟吟地道。

轻笑着摸了摸这张被遮掩了好久的脸，萧炎略有些感触。

"云岚宗的事情完了后，你打算去哪儿？回萧家？"雅妃微笑着询问道。

"会回去一趟,然后会去迦南学院。"

"迦南学院吗?"闻言,雅妃一愣,旋即似是想起了什么,轻声道,"是去找薰儿吧?"

"有这原因。"萧炎笑了笑,低头喝了一口茶水,并未瞧见雅妃俏脸上一闪而逝的失望。

"你如今也是米特尔家族掌实权的人了,等我离开后,还想麻烦你帮忙照看一下萧家,这份人情日后我会回报的。"萧炎捧着茶杯,迟疑了一下,将这次来寻雅妃的目的说了出来。虽然在帝都结识的人中,不乏比雅妃更有实力的,但是他最信任的还是面前的雅妃。

"回报?怎么回报?"雅妃明眸流转,笑吟吟地道。

"呃……拜托的事都还没开始做呢,你就想索要回报了?"萧炎哭笑不得地道。

微微撇了撇嘴,雅妃道:"谁知道你这次离开什么时候才回来,上次一走便是近两年,这次恐怕要更久吧?"

萧炎笑了笑,并未否认,然后将谈话从这个话题上扯开了。反正话已经带给雅妃了,萧炎知道这个聪明的女人会如何做。

两人坐在一起聊了许久,直到一钩弯月缓缓爬上夜空,萧炎方才起身,告辞离去。

空旷的静室中,一名男子恭敬地收拾着桌面,他那炽热的目光偶尔会投向斜靠着玻璃窗的妩媚女人。他很嫉妒先前那个长相平凡的青年,因为这青年竟然能够与自己心中的女神这般亲昵地交谈。

靠着窗户,雅妃望着下方缓缓走远的挺拔身影,良久后,轻叹了一口气,精致的俏脸上隐隐有些许黯然:"希望你能胜利吧。"

翌日,火红的太阳挣脱了地平线的束缚,一跃而出。瞬间,温暖的阳光普照大地。

房间中，青年缓缓地将脸上的面皮撕了下来，丢进纳戒中。岩枭这个身份可以暂时隐退了，现在的他叫萧炎！

脱下身上的炼药师长袍，换上一件深邃的黑色袍服，萧炎那清秀的脸多了几分神秘感。

用冷水擦了擦脸，萧炎抬头望着镜子中那张白皙斯文的脸，淡淡地笑了笑，右手平探而出，纳戒光芒闪烁，几乎跟萧炎一般高的黑色巨尺霍然闪现！

手掌握上尺柄，尺身翻转，凌厉的压迫劲气在房间中带起一阵轻风。随着一道轻微的声响，巨大的黑尺被斜插在萧炎后背之上。

拍了拍手掌，萧炎推门而出。没有惊动任何人，他走出旅馆，踱着不急不缓的步子，顺着街道，出了城门，站在城门之外的一处高坡上。

萧炎抬头，凝视着远处，雪白的巨大山峰巍然而立，有剑鸣之声冲天而起。

# 第五章
## 萧家，萧炎！

云岚宗，加玛帝国最为强大的势力。一代代的传承，已经让这个古老的宗派屹立在了加玛帝国之巅。若非因为宗派门规，不可夺取帝王之权，恐怕在之前的几次帝国皇朝更迭之时，云岚宗便彻底地掌控了整个加玛帝国。

正因为如此，每一代帝国的皇室都对这个近在咫尺的庞大宗门极为忌惮。现在的加玛皇室，因为有加刑天这个守护者以及那神秘异兽的保护，终于略微有了能让云岚宗忌惮的实力，所以加玛皇室派遣驻在云岚山山脚下的那支精锐军团，才能一直平安无事。

皇室将军团驻扎在这里这么多年，其目的几乎所有人都清楚，他们是在防备着云岚宗。

对于皇室的这种举动，云岚宗倒并未有太剧烈的反应。除了刚开始宗派内的一些年轻弟子有些气不过，偶尔去军营中捣乱之外，宗内高层对此事都保持着沉默，因为他们也知道卧榻之侧岂容他人鼾睡的道理，帝王之家多猜忌，对此他们早就已经习以为常。只要云岚宗一天未崩塌，那么山脚下的军团就一天不会撤走。

没有任何一代加玛帝国的皇室，敢真正对云岚宗出手，因为他们都清楚，这个超级大马蜂窝，一捅，可是会翻天的。

云岚宗就在云岚山上，而云岚山距离帝都仅有几十里的路程，两者相隔甚近，犹如两个对峙的庞然大物。

虽然为了这一天，萧炎已经等待了三年，但是他并没有使用紫云翼急匆匆地赶路，反而不急不缓地踏着步子，向着那视线尽头处直插云霄的雪白山峰走去。一袭黑袍，身负巨尺，宛如苦行之人。

身着黑袍的青年缓缓行走在路上，背后那巨大的黑尺极为引人注目。道路之中，偶尔来往的车马之上，往往会投下一道道诧异的目光。对于这些目光，萧炎却视而不见，脚步仍是不轻不重。玄重尺的重量足以让任何初接触它的人感到骇然，可经过这两年的磨合，萧炎对它的重量已经非常适应，故此，背负着它赶路，没有半点不适，落脚之处也只是留下一个浅浅的脚印，丝毫没有当年一脚一个深坑的狼狈。

一步一个脚印，身影虽显单薄，却透露出令人惊讶的从容与洒脱。

这番静心而行，对于萧炎，并非无用之功。因为才晋升大斗师不久，萧炎还不能完全收敛气息，丝丝缕缕的气息总是从体内溢出，让周围路人不由自主地远离他。那股气息压迫，可不是一般斗者或斗者都不到的路人可以抵抗的。

一路静心走来，萧炎那溢出体外的气息，已经一丝丝地被敛入身体内，再次朝他看去，除了背后的巨尺之外，已无任何异于常人之处。

当太阳缓缓攀至高空，萧炎终于停下了脚步，站在一处斜坡上，望向视线尽头的大山。山脚下，庞大的军帐群坐落在平坦的草地上，蔚为壮观。甚至隐隐能够看见一些操练的士兵。

"果然如别人所说，加玛皇室在云岚山下驻扎了一支身经百战的精锐军团。"

收回目光,萧炎摇了摇头,走下斜坡,顺着大路,缓缓靠近山脚。

虽然这里的军营防守极为森严,但是对那些要上山的路人,并不会阻拦,所以萧炎被几个路旁站岗的士兵,随意地扫视了一圈之后,便被放行了。

萧炎顺着大道向山脚走去。葱郁之色开始在两旁出现,耳边,士兵的操练声逐渐消散,微微抬头,出现在萧炎面前的,是蔓延到视线尽头的青石台阶,一眼望去,宛如通天之梯。

站在山脚下,萧炎抬头凝视着这不知道存在了多少年的古老石阶,缓缓闭上眼睛。他似乎隐隐听到细微的剑鸣之声,从石阶尽头传出,在山林间悄然回荡,犹如钟吟,令人心神迷醉。

沉默了半晌,萧炎睁开眼来,轻拍了拍背后的玄重尺,脚掌轻踏,终于结结实实地落在了那略显湿滑的古老石阶之上。他终于要赴那三年之约了!

脚步落下的一刹那,萧炎仿佛听到,自己的灵魂吐出了一口压抑了三年的浊气。

三年前,他身负羞怒与怨恨,少年离家,进深山,闯大漠,刀剑血火中,犹如蛹虫一般迅速地蜕变。三年岁月,磨去了稚嫩,也见证了成长。这一切付出,都是为了今日之约!

胸膛间充斥着一股莫名的情绪,萧炎保持着均匀的速度,目光一阶一阶地跳过去锁定在那石阶尽头,视线仿佛穿透了空间阻碍,射在了盘坐在山顶上的女子身上。

"纳兰嫣然。"嘴巴微动,一个名字悄悄从萧炎口中吐了出来,语气平静,但显然带着一些其他情绪。

漫漫石阶尽头,云雾缭绕,云雾之后是巨大的广场,广场由清一色的巨石铺就,显得古朴大气。在广场的中央位置,巨大的石碑巍然而立,石碑之上铭刻着云岚宗历届宗主及对宗派有大功之人的名字。

环视广场，此时有近千人盘坐其中。这些人围成半圆之形，他们无一例外全都身着月白色的袍服。在袖口处，云彩长剑纹随风飘荡，犹如活物一般，隐隐透着些许微弱的剑意。

广场尽头有一些高耸的台阶石座。台阶逐渐向上，大致是越往上，盘坐之人的年龄越大。最高一层的石台，此时并无人坐。其下，是十几名盘腿而坐、闭目养神的白袍老者。这些老者虽然看上去与常人无异，但他们的身体犹如钢铁一般，任由强风如何吹拂他们的衣袍都没有半点动静，让人一看便知这些老者绝不简单！

这些白袍老者的下方是一个单独的石阶位，一名身着月白裙袍的女子正微闭着双眼。瞧那张平静淡然的美丽面孔，此人不正是纳兰嫣然吗？

虽然广场之上有将近千人，但却鸦雀无声，除了呼啸的风声之外，再没有半点异响。

偶尔，一阵稍烈的风刮过广场，顿时，满眼白袍飘动，宛如天际的云彩落下了一般。一眼望去，这般景象颇震撼人心。

这时半空中忽然响起破风之声，旋即人影出现在那高耸的树顶之上。萧炎方才察觉，在广场周围的一些巨树之上，竟然站立着不少人。不仅海波东在此，就连法犸、加刑天，甚至纳兰桀以及其他几个家族的首脑和晚辈，比如上次与萧炎有过冲突的木战等人，都在此。看来这一次，云岚宗邀请的人的确不少。

赶来的人并没有莽撞地出声打破广场中的安静氛围。虽然一些实力强横的云岚宗弟子对这些已经到来的客人有所察觉，但却并未有半点反应，依旧安静地盘坐在地，看上去似乎早就收到过命令。

站立在树顶之上，海波东的目光缓缓地扫过安静的广场，脸色略有些凝重。像他这种强者，自然能够发现一些别人难以察觉到的细节。他能感应到，这广场上的近千名云岚宗弟子呼吸节奏居然完全一致，彼此气息互相牵绕，动到其中任何一处，都会受到犹如暴雨一般连绵不绝的迅猛攻击。这近千人宛如一体，

　　如果他们一齐出手，即使是斗皇强者，也要暂避锋芒啊。

　　"不愧是云岚宗。"心中轻叹了一声，海波东不得不叹服，将这么多弟子之间的配合调教得如此默契，那得有多困难！

　　偏过头来，海波东与法犸、加老分别对视了一眼，皆从对方眼中瞧出一抹凝重。显然，云岚宗的合体大阵，也让他们心有忌惮。

　　宽阔的广场安静无声，时间在宁静中悄然划过。

　　天空中，巨大的太阳缓缓攀至顶峰，温暖的阳光倾洒而下，笼罩了整个山顶。某一刻，细微的脚步声从广场外的青石台阶上悄然响起，让广场中那股浑然一体的气息略微起了点变化。

　　场地中，所有的云岚宗弟子都睁开了眼睛，视线锁定在青石台阶处，不轻不重的脚步声，正是从那里传来的。

　　石台上，纳兰嫣然也逐渐睁开明亮的眸子，望向那一处地方。不知为何，那颗本来淡然的心，忽然紊乱地跳动了几下。

　　脚步声越来越近，越来越响，以至于石台上的十几名白袍老者也睁开了眼睛，把目光投向同一个地方。

　　遥遥的天空之上，阳光透过缥缈的云层，刚好射在了最后一道石阶上。那里，一道挺拔单薄的身影，终于缓缓地出现在了众人的目光之中。

　　在广场上无数道目光的注视下，背负着巨大黑尺的黑袍青年，脚步一提，走完了最后的台阶。

　　青年无喜无悲的目光在巨大广场中扫过，最后停留在石台上那个双眸明亮的美丽女人身上。

　　脚步轻提，然后放下，如此前进了三步，唯有低沉的脚步声，在安静的广场中回响。

　　三步落下，青年抬头，凝视女子，缓缓开口。

"萧家，萧炎！"

平淡的话语，飘荡在巨大的广场之上，让广场上弥漫着的平和气息略微震荡了一下。

场地中，无数云岚宗弟子带着不同的情绪望向黑袍青年。对于这个名叫萧炎的年轻人，他们并不陌生，他与纳兰嫣然的关系使他成为很多云岚宗弟子茶余饭后的谈资。当然，每每提起这个名字，大多数人都会带着些不屑与讥讽。一个小家族的子弟想娶在云岚宗地位如公主一般高贵的纳兰嫣然，简直是不自量力，特别是那个三年之约在宗内流传开后，这种讥讽之声更是大了许多。当然，这讥讽里不乏某种嫉妒。

作为云岚宗高不可攀的少宗主，纳兰嫣然是无数云岚宗弟子心中的女神，平日里，她始终保持着一副淡然出尘的神情，任何人想要与她进一步接触，都会以失败告终，所以萧炎这个差点儿成为纳兰嫣然丈夫的男子，自然极容易被嫉妒。

嫉妒再加上某些谣言，这些云岚宗弟子自然对以前从未见过面的萧炎印象极差，提起他，大多是能贬则贬，不把萧炎说得一文不值誓不罢休。

然而，今日看到面对云岚宗近千弟子合体的阵势，依然能保持冷静与从容的青年，一些精明的弟子即刻抛弃那些负面评价，心中略感凛然。这般风姿，可不像是平日里师兄弟们口中那个萧家废物能够展现出来的啊。

纳兰嫣然的明眸紧紧地盯着不远处那略显单薄的青年，目光停留在那张清秀的脸上。她依稀能够辨认出当年那个少年的轮廓，不过，三年岁月磨去了少年的稚嫩与棱角，现在这个青年，没有了当年在萧家大厅中骤然爆发的那股锋芒锐气，取而代之的是世事平和的内敛。

"他真的变了。"脑海中悄悄地冒出一句话来，纳兰嫣然的目光略有些复杂。她从来没有想过，当年的那个废物，居然真的能够毫无惧色地来到云岚宗，在面对云岚宗近千弟子时，仍然淡如轻风，没有丝毫的紧张与恐慌。

"纳兰家,纳兰嫣然!"

缓缓地站起身来,纳兰嫣然的娇躯挺拔得如一朵傲骨雪莲,明眸盯着萧炎,声音也如后者一般平静。

"那便是萧家的小家伙?不是说是个不能储存斗气的废物吗?"巨树之上,加刑天望着萧炎,眼中有着几分诧异,轻笑道,"呵呵,可他现在这副气度,可不像是装出来的,而且就算是装的,能够在云岚宗那些老家伙特意营造的气势下保持这般从容,也不是普通人能做得到的啊。"

距离加刑天不远的法犸微微点了点头,老辣的目光缓缓扫过萧炎,片刻后,停留在萧炎脸上,忽然微皱眉头,出声道:"不知为何,似乎对他有种挺熟悉的感觉。"

"呵呵,你也有这样的感觉吗?"闻言,加刑天低笑了一声,意味深长地盯着萧炎,道,"说不定我们在哪儿见过他。"

法犸的眉头皱得更深了些,目光闪烁地盯着萧炎,却并未再说什么。

"嘿,纳兰老家伙,这就是差点儿成为你纳兰家族女婿的萧家小子?看上去并不像是废物啊,这般气度与心性,在我见过的年轻人中,可没有几个啊。"木辰转头对着目光一直停留在萧炎身上的纳兰桀笑道,笑容中带着些许幸灾乐祸。一个因为被认定为废物而被抛弃的未来女婿,如今的表现,却比一些号称天才的人更出色。虽然纳兰桀不会因此就觉得后悔不已,但或多或少也会有一点儿懊恼。

纳兰桀脸色难看地狠狠瞪了木辰一眼,不愿和他多说废话,冷笑了一声,便将目光继续投注在那个清秀的年轻人身上,心中思绪翻滚。

虽然纳兰桀早就知道萧炎已经摆脱了废物之名,可如今萧炎表现出的定力,还是让他大感惊讶。他在惊讶之余,唯有惋惜地低叹一声,事情到了这一步,再说什么都于事无补,他只希望,等这所谓的三年之约结束之后,萧炎与纳兰嫣然之间的芥蒂能够消除,甚至重归于好——当然这或许是个奢想,可即使两人没有重归于好，若能让萧炎对纳兰家不再抱有怨恨的情绪，那纳兰桀也能稍稍好受一些。毕竟这个年轻的小家伙，在纳兰桀看来，已经基本上具备了成为强者的所有条件。

出色的心智定力、优秀的修炼天赋，以及为一个约定坚持奋斗三年的毅力，有这几种品质，萧炎通向强者的路途，将会顺利与通畅许多。被一个潜力不可限量的年轻人记恨着，纳兰桀并不认为是件让人愉快的事情。

"看来得派人与萧家接触一下了。"心中低叹了一声，纳兰桀摇了摇头，将心神投进场中，他现在也只能等着那三年之约开场了。

场中，纳兰嫣然起身之后，坐在其上方的那十几名白袍老者，互相看了一眼，皆略感惊异，心中的疑惑与纳兰桀等人毫无二致：现在的萧炎，无论怎么看，都不像是当年那受尽嘲讽的萧家废物。

"你，便是萧家萧炎？"位于中心位置的白袍老者，抬头瞄着萧炎，半晌后，缓缓地开口道。

视线从白袍老者身上扫过，萧炎猜想此人在云岚宗应该地位不低，因为他出声后，周围那些身穿同样袍服的老者都保持了沉默。

"我是云岚宗的大长老云棱。"萧炎还未接话，老者又自顾自地道，"今日宗主尚未回来，因此这三年之约，便由老夫主持，此次比试，意在切磋，点到……"

"生死，各安天命。"轻轻的声音忽然响起，打断了云棱的话语。

场内所有人的目光都顺着声音传来的方向移去，最后停留在了那黑袍青年身上，众人神情各有不同。很多人都没想到，萧炎会说出这般话来，要知道他的对手可是云岚宗重点培养的宗主接班人啊。

"呵呵，有魄力的小子。"高树之上，一些脾性古怪的老家伙却忍不住笑了出来，还有人对萧炎竖起了大拇指。

纳兰嫣然轻抬眼睛，凝视着黑袍青年。青年那对漆黑的眸子中，似乎跳动

着些许难以掩饰的情绪，是怨恨吗？

半晌后，她微微点了点头，声音清冷："随你。"

听到纳兰嫣然的回话，云棱微微皱了皱眉头，萧炎忽然打断他的话，让这位在云岚宗身份不低的大长老感到有些不悦。他也知道萧炎早已摆脱了废物之名，可纳兰嫣然的天赋同样不低，再加上云岚宗的培养，其实力进展简直堪称神速，真要对战起来，云棱并不看好萧炎。

"年轻人，凡事留一线，不过既然你这般要求，那也就随你吧，生死，各安天命。"挥了挥手，云棱淡淡地道。

嘴角掀起一抹弧度，萧炎忍不住想要冷笑：凡事留一线，当年，纳兰嫣然做得那般绝，可有人让她留一线吗？

手掌缓缓握住尺柄，猛然一抽，玄重尺带起一股压迫风声，斜指地面。尺身劲风将地面上的灰尘吹拂而起。淡淡的青色斗气缭绕在身体表面，萧炎盯着纳兰嫣然："三年之约，我如约而至，今日，解决掉以往的恩怨吧。当年你给我萧家的耻辱，今天，请拿回去。"

纳兰嫣然伸出玉手，玉指之上的一枚翡翠色纳戒光芒闪动，一把修长的淡青色长剑闪现而出。剑刃倾斜，在阳光之下，反射出一道森冷的光。

纳兰嫣然的美眸与那对漆黑眸子对视着，她有些惋惜地叹息了一声，淡淡地道："我自己的婚事，自己会做主，即使如今已过去三年，我也并不认为当年我做错了。我有权利选择自己的命运，或许在处理这个问题时，方式有些不当，但若时间倒流，我想，我依然会那样做。"

"方式有些不当？"萧炎轻笑了一声，轻飘飘的一句话，便想将自己的蛮横之举掩盖过去吗？这似乎太简单了吧？

表情恢复淡漠，萧炎把尺柄握得越来越紧，片刻后，脚掌猛然前踏一步，落脚之处，坚硬的青石板居然自其脚心处蔓延出几道裂缝。汹涌澎湃的青色斗气夹杂着些许青色火苗，自萧炎身体表面涌起。

"开始吧。"

感受到萧炎身体上升腾的强悍斗气,纳兰嫣然的眼中闪过一缕诧异:这个当年在萧家受尽白眼与嘲讽的少年,如今真的变了啊。

玉手紧握着淡青长剑,淡淡的青色风卷在剑身之上翻滚飘荡,风卷之中,凌厉的风刃伸缩吐现,偶尔射出,在坚硬的青石板上留下一道不浅不深的划痕。剑身逐渐上移,遥遥指向萧炎。

随着两人身体上斗气的升腾,巨大广场上的气氛霎时间变得凝重起来。周围再次安静下来,所有的目光都投射在两人身上。很多人都很想知道,经过三年修炼,当年的那个废物少年究竟能够走到何种地步。

萧炎缓缓闭目,旋即长长地吐了一口气,突然睁开眼睛,漆黑的眸子中,青色火焰闪过,其身体上的斗气在此刻变得深邃了许多。

手掌紧握尺柄,感受着不断传来的沉坠之感,萧炎抬头,凝视着对面那身姿如柳叶的女子。半空中,四目对视,两人目光皆有些复杂。

"三年之约已至,你们以前的恩怨,今日会彻底结清,希望今日之后,一切纠葛能……"石台之上,云棱望着已成针尖对麦芒之势的两人,轻咳了一声,然而他的话还未说完,便脸色难看地住了嘴。因为场中的萧炎,在无数人的注视下,无视他的话语,率先打破了僵持。萧炎挥动着玄重尺,身体猛地化为一道黑影,狠狠地朝纳兰嫣然冲去。

"战吧!纳兰嫣然!三年了!"压抑了三年的低吼声,自萧炎的喉咙间传了出来。

那黑影犹如一头愤怒的魔兽,轻贴着地面的玄重尺,沿途在青石之上带出了一条长长的火花,并划出了深深的痕迹。

纳兰嫣然平静地望着那直冲而来的黑影,她的功法属于风属性,因此速度和轻灵的身法是她最擅长的。在萧炎即将接近其周身十米范围之时,纳兰嫣然

　　终于有所动作，脚尖轻点地面，身体犹如狂风中的落叶一般，飘荡而起，与直冲而来的黑色人影交错而过。

　　交错的一刹那，纳兰嫣然手中的长剑横削而出，借助身体的冲击之势，几道细小的风刃已经率先离剑而出，向着萧炎的脖子切去。

　　快速冲击的身形骤然停顿，巨大的黑尺被微微提起，伴随着一阵叮当声细小的火花被溅起，那几道风刃就这么被玄重尺击破了，半点都没有影响萧炎的攻势。

　　抵御风刃之后，萧炎微微抬目，淡漠的眸子斜瞥了一眼擦身而过的曼妙身姿，手臂挥动，玄重尺带起一股凶悍劲气，向身后横砸而去。劲气的压迫，使纳兰嫣然身上的裙袍紧紧地贴在皮肤上。

　　感受到身后呼呼作响的压迫劲气，纳兰嫣然黛眉轻挑，似是有些意外对方的敏锐，手中长剑刺出，淡青长剑在虚无的空气中留下一道青色弧影。随着叮的一声清脆声响，锋利的剑尖直直点在横砸而来的玄重尺上。两者相触，玄重尺上蕴藏的强猛劲力，竟然把长剑压出了一个极为惊心动魄的弧度，那即将折断的淡青长剑，让周围那些云岚宗弟子的脸上浮现些许惊异。灌注斗气的剑身足以承受极为庞大的重力，可这刚一接触，长剑便被压弯，由此可见那黑色大尺上蕴藏着多么恐怖的劲气。

　　长剑虽然弯曲成了这般弧度，但是并未就此断裂。在剑尖即将贴到纳兰嫣然玉臂上之时，她脚掌轻点地面，长剑之上青芒暴涨，突然暴涨的力量轰的一声将那玄重尺弹开。而借助这股弹力，纳兰嫣然腾掠上半空，她俏脸凝重，手中长剑忽然急速颤抖，旋即缓缓后移。长剑每移动一分，便会留下一个仿佛实质般的剑形残影。

　　"风灵分形剑！"

　　"没想到纳兰师姐竟然连风灵分形剑这种位于玄阶中级的斗技都修炼成功了，真是让人佩服啊！"

"听说纳兰师姐仅仅用一年时间便将这风灵分形剑修炼到能分出五道剑形的地步,唉,我修炼了将近两年,也不过四道啊。"

"这才刚开始,纳兰师姐便用这种等级的斗技,是想速战速决吧?那萧家的小子,可要倒霉了。"

在纳兰嫣然施展出那奇异的斗技时,下方那些云岚宗弟子便惊异得窃窃私语起来。看他们的模样,想必是看出了纳兰嫣然所施展的斗技,而且这斗技还颇难掌握。不止那些弟子,就连石台上那十几名白袍老者中,也有几位微微点了点头。

玄重尺插地,萧炎微眯着眸子,望着那随着纳兰嫣然长剑的移动而缓缓出现的几道能量残影。依靠出色的感应力,他能够察觉到那几道残影中所蕴藏的强大力量。

"不愧是云岚宗少宗主,这般强力的斗技说用就用。"紧握着玄重尺尺柄,萧炎的脚掌缓缓在地面上旋了半圈,旋即重重踏下,能量炸响声在脚掌处响起,吸引了满场视线。

伴随着炸响声,萧炎借助能量爆炸的反弹之力,身体猛然向着半空中的纳兰嫣然冲去,玄重尺上,青色斗气涌出,丝丝火苗诡异地缠绕在尺身上,不过由于青色斗气的遮掩,若不仔细察看很难发觉。

瞥到自下方冲来的萧炎,纳兰嫣然微皱黛眉,手中舞动的长剑却并未因此而停下,她脚掌轻跺虚空,淡青色斗气自脚掌处涌出,霎时间便形成一大片锋利的风刃,狠狠地对着萧炎切去。

听到头顶上方传来的风刃破空声响,萧炎举起手掌,略微沉寂,铺天盖地的推力自掌心涌出,那一大片风刃还未接近萧炎,便被这股推力击得轰然消散。

因为推力太大,萧炎那暴冲的身形略微缓了缓,待他再次在半空借了一记巧力准备阻止纳兰嫣然斗技凝成之时,头顶上空,清冷的喝声却猛然响起。

"风灵分形剑!"

喝声落下，纳兰嫣然手中的长剑霍然指向下方的萧炎，脚尖轻点虚空，一阵淡淡的微风出现在她脚下。借助这阵微风，纳兰嫣然急速后退闪掠，而她在半空中留下的五道虚幻的能量残剑却略一颤抖，旋即向下方的萧炎射去。

能量残剑划破虚空，宛如撕破了时空一般，淡青色的能量圆弧自剑尖处分开，五道剑影首尾相接，如同一道从天而降的流星。

眉头微皱，萧炎随意打出一股劲气，借助劲气的推力，身体暴退，而那五道能量残剑刚好贴着他的身体削了过去。那股尖锐的劲风让萧炎的皮肤有些刺痛。

纳兰嫣然在半空旋转了半圈，旋即犹如一朵白色莲花般，轻灵地落回地面，她玉手横挥，随着手掌的挥动，那本已攻击落空的五道能量残剑竟然转头，再度对着身处半空中无处着力的萧炎刺去。

萧炎略微一怔，旋即眉头轻皱。身处半空，除非使用紫云翼，否则还真难躲开这次能量残剑的攻击。

"既然不能躲，那就硬接吧。"心中念头落下，萧炎手中的玄重尺上青色斗气猛然暴涨，那股乍然而放的庞大能量让下方众人满脸惊讶。

青色火苗闪出，玄重尺携带着雄浑劲气，在下方那些惊诧目光的注视下，狠狠地砸在了能量残剑之上。

嘭！

两者接触，凶猛的能量爆炸声在天空中响起，大盛的青光使一些人不禁闭上了眼睛。

纳兰嫣然静立原地，抬头望向天空，那刺眼的青光似乎对她并未造成什么影响，明亮的眸子盯着那爆炸之处。风灵分形剑的威力如何，她最清楚不过，先前那一击，即使是七星级别的斗师想要抵御也颇为困难，若是萧炎能够撑过，那纳兰嫣然也能大致猜出这三年萧炎的功力究竟精进到了何种地步。

天空之上，青光逐渐消减，一道黑色影子猛然向地面上的纳兰嫣然射来，强烈的风声压迫得人耳膜生疼。

黑色影子袭来的速度，让纳兰嫣然俏脸微变，她脚尖一点地面，身体犹如滑行一般，瞬间后退了将近十米。

轰！黑色影子狠狠落地，重重地砸在先前纳兰嫣然落脚的地方，顿时，一道剧烈的声音在广场上炸响，瞬间碎石飞射，一道道裂缝从那灰尘弥漫处蔓延而出。

纳兰嫣然滑退的身形缓缓止住，淡然地望向那灰尘弥漫的地方。这般攻击速度想要对修炼风属性功法的她造成太大的威胁，还不太可能。

轻挥宽大的袍袖，一股劲风凭空浮现，吹拂过广场，将那灰尘掀开。灰尘被掀开的前一瞬间，纳兰嫣然眼瞳微缩，浑身斗气猛然暴涨，身体急速后退的同时，手中的长剑不断挥动，一道道锋利的剑刃出现在她面前的道路之上。

咻。就在纳兰嫣然退后时，灰尘之中，黑影再度猛然射出。这一次，萧炎的速度较之先前，快了几倍不止，恐怖的速度让黑影看起来犹如在闪烁一般，萧炎迅速接近纳兰嫣然，她布置的风刃封锁，都被萧炎用最蛮横的方式撞得粉碎。

"挺不错的速度，可怎么会忽然间提升了这么多？"俏脸之上浮现一抹凝重和些许疑惑，纳兰嫣然暗自喃喃道。目光瞥向那一路势如破竹、冲击而来的黑影，她刚想采取攻势，一股寒意却骤然涌上皮肤，霍然偏头，她发现一道黑影犹如鬼魅一般出现在自己身后。

黑影抬头，萧炎那张淡漠的脸露出，此时的他，双手紧握成拳，那巨大的黑色玄重尺已失去了踪迹，拳头借助身体旋转的力量，夹杂着一股恐怖的劲风，狠狠地砸向纳兰嫣然的后背。拳头经过虚空，居然产生了刺耳的音爆之声，这一记攻击居然强悍如斯。

"八极崩！"

心中响起低吼，拳头上蕴藏的劲气再度暴涨，在周围那些云岚宗弟子惊骇

的目光中，结结实实地砸在了纳兰嫣然的身上。

恐怖的劲风使纳兰嫣然犹如断了线的风筝，被抛上半空，仿佛被狂风卷走的花朵一般。

缓缓吐了一口气，萧炎拳头逐渐摊开，手掌一招，刚才那道对着纳兰嫣然射去的黑影便回来了，旋即重重地插在他身前的青石板上。原来先前吸引纳兰嫣然注意力的黑色影子，竟是那把玄重尺。

"纳兰师姐败了？"

众人目瞪口呆地望着那犹如失去了翅膀的蝴蝶一般从半空坠落的纳兰嫣然，皆难以置信，云岚宗的少宗主竟这般轻易地败了？

石台上，云棱等一干长老却只是平静地望着那缓缓坠落的纳兰嫣然，若是认为她这么容易便败了，那未免也太小看云岚宗了吧？

# 第六章
## 白热化的战斗

"这个小家伙似乎挺不错的啊。"巨树之上,加刑天笑眯眯地看着萧炎,旋即摇了摇头,道,"不过可惜,这次攻击看似凶猛,却并未给纳兰嫣然造成多大的伤害,云岚宗的飞絮身法斗技果然名不虚传。"

"嗯。"一旁的法犸微微点了点头,盯着坠落的纳兰嫣然,轻笑道,"纳兰家的那个丫头也不弱啊,看来这三年,云韵对她的培养很尽心啊。"

海波东皱了皱眉头,盯着纳兰嫣然,片刻后,眉头忽然一挑:"她体内的能量正在急速增加,而且竟然隐隐能突破斗师的界限。啧啧,好高深的隐藏实力的方式,竟然连我都没发现,云岚宗的秘术果然不凡。"

加刑天和法犸两人笑了笑,不管怎么说,作为未来云岚宗宗主的接班人,纳兰嫣然所接受的教导,自然是普通云岚宗弟子难以比肩的。况且云岚宗还有丹王古河相助,再加上本身底蕴深厚,所以即使这般年纪便到了大斗师级别,也不算多离谱。

"看来这次的战斗,会很激烈啊,萧家那个小家伙也不是省油的灯,他手中

的那把大黑尺似乎也有些怪异。"法玛盯着萧炎手中的玄重尺道。

"看他双脚落地时所引发的空气流动，那尺子好像很有些分量啊。不知你们发现没有，在尺子离手之后，不仅他的速度，甚至连斗气喷发的浓度，都瞬间变得强了许多。"加刑天不愧是连海波东都极为忌惮的强者，萧炎落地时的细微动静，居然也被他观察得仔仔细细。

"嗯。"听到加刑天此话，法玛微微点了点头，想必他也觉察到了这些变化。

"现在看来，这一场比试，真是一场恶战啊。不过我挺好奇的，这个小家伙究竟是凭借什么，居然仅用了三年就摆脱了废物的名头，并且快速地追赶上了被云岚宗重点培养的纳兰嫣然的进度。"加刑天有些疑惑地低声道。

"不知道，我们炼药师公会与他素不相识，所以从未调查过他。"法玛摇了摇头，目光又瞥向场中，忽然道，"纳兰家的丫头要动用真实实力了。"

场中，缓缓坠落的纳兰嫣然，在距离地面尚有半米时，诡异地悬浮了起来，纤手轻挥，身体凌空一翻，然后轻灵地落在了坚硬的青石板上。

看到落地后竟然毫发无损的纳兰嫣然，广场上不由得响起一阵松了口气的声音。

美眸噙着一抹凝重，纳兰嫣然望着对面表情平静的萧炎，轻声道："你真的很让我意外，不管怎样，我现在相信，你已经不再是当年萧家的那个废物少爷了。"

听到纳兰嫣然这番感叹的话语，萧炎并未有什么回应，只是淡淡地瞥了她一眼，感受着自她体内缓缓升腾而起的淡青色能量，心中一声轻喃："终于开始展现真实实力了吗？"

"当年的是是非非，我也不想再多说什么。"纳兰嫣然缓缓抬起手臂，淡青色长剑上的光芒越发浓郁，她盯着萧炎，"不过，现在的我，代表了云岚宗，为了云岚宗的名声，我不会留情。"

纳兰嫣然的声音缓缓落下，其身体上的袍服和满头青丝，猛然间无风自动，雄浑的气势逐渐自其体内升腾而起，这股气势的强悍程度，让周围那些云岚宗弟子惊讶得张大了嘴，一道道低呼声响了起来："这股气势，纳兰师姐竟然晋级大斗师了？"

看那些云岚宗弟子的表情，似乎连他们也不是很清楚纳兰嫣然的真实实力。

"没想到纳兰侄女年纪轻轻便到了大斗师级别，真让人佩服啊。"木辰望着场中那散发出强大气势的纳兰嫣然，偏头对纳兰桀笑道，笑声中有几分羡慕。虽然木战如今也是九星斗师，与大斗师看似仅仅半步之遥，但是他知道，若是机缘不够的话，想跨过这半步，可谓是极其困难。

"木战侄儿也不弱啊。"纳兰桀笑着客气了一句，纳兰嫣然这忽然展现出的实力，让他松了一口气。不管怎么说，纳兰嫣然总是他纳兰家的人，若是今日在比试上输了，不仅云岚宗面上不好看，就连他纳兰家也会脸上无光。更何况，当初在定下约定之时，纳兰嫣然还冲动地表示，若是输了为奴为婢。若堂堂纳兰家族的大小姐、未来云岚宗宗主的接班人真成了别人的婢女，纳兰桀的老脸要往哪里搁？

"这丫头……"缓缓吐了一口气，纳兰桀看向场中的纳兰嫣然，又瞧了瞧萧炎，低声道，"唉，萧侄子，实在是对不住了，这次比试牵扯太多，恐怕只能委屈你了，日后我们纳兰家会给萧家一些补偿的。"

听他这番自言自语，似乎他对萧炎并不看好。这也难怪，萧炎如今还未到二十岁，不管天赋如何过人，想在这种年纪达到大斗师级别，还是几乎不可能。毕竟他身后又没有云岚宗这等庞大的势力支持。

正常情况下，的确如此。若非三纹青灵丹的缘故，萧炎还真的只能在大斗师之下徘徊着，可惜萧炎的状况纳兰桀并不清楚，所以他注定要失望了。

炽日高悬，阳光遥遥地倾洒而下，将缭绕在广场上空的淡淡薄雾驱散，照耀在所有人身上，让人备感温暖。

呈半圆形围绕着广场席地而坐的近千名云岚宗弟子，如同木桩般坐在石板

上。骄阳似火,却并未令他们有丝毫移动。对于这些人的耐性,即使萧炎对云岚宗全无好感,也不得不叹服一声。能将这些从各地搜罗而来的优秀人才调教成这般,这云岚宗屹立在加玛帝国这么多年,靠的倒也不是虚名。

在中央石碑之后的石台上,那十几名身着白袍的老者正虚眯着眼睛,注视着场中的两人,偶尔交头接耳一番。

"大长老,比试才刚开始没多久,嫣然便被逼得使出了真实实力,反观那个萧家小子,似乎一直很平静啊。"一名白袍老者转头凑到云棱耳边,低声道,声音中带着担忧。

"心态的确不错。"云棱手指缓缓拂去袍袖上本不存在的灰尘,轻描淡写地道,"不过这种比试,靠的可不仅仅是心态。嫣然这些年的进步,即使是我们这些长辈也感到惊诧,更何况宗主还教给她一些宗门秘法。不管萧家那小子天赋如何出众,可现在想追赶上嫣然还是不可能的,你们不用太过担心。"

"既然嫣然已经展现出真实实力,想必这场比试也快要结束了。将那萧家小子打发走了,也省得我再操心。"云棱淡淡地道。

听到云棱这般说,那名白袍老者也不好再说什么,点了点头,转过身去,目光往下方石台瞟了瞟,忽然出声道:"葛叶,你怎么了?"

听到他的问话,那处于第二台阶的一名白袍老者回过头来,看其相貌,赫然便是当年与纳兰嫣然一起去萧家退婚的葛叶。此时的他,脸色有些怪异,而让他脸色如此的,正是场中的萧炎。

自从第一眼见到萧炎,葛叶的脸色就变成了这样,因为他发现面前的青年,竟然隐隐和当初在盐城墨家见到的神秘黑袍人有些相像。

"不可能的,那个神秘人可是斗皇强者,以萧炎的年龄,就算是天纵奇才,也绝对……绝对不可能达到那一步!"狠狠地甩了甩头,葛叶想将脑海中那荒唐的念头甩出去,可那两张面孔不断地重叠着,当两张面孔完全重合之时,葛叶浑身一颤,喘着粗气回过神来,骇然发现浑身衣袍已被冷汗打湿。

"你怎么了？"石台上的十几名云岚宗长老有些诧异地望着满头冷汗的葛叶，皱着眉头再度询问道。

"没……没什么。"咽了一口唾沫，浸润着干涩的喉咙，葛叶迟疑了一会儿，又摇了摇头，并未将他心中所想说出来。即使那两张面孔极为相似，他也不相信那个神秘黑袍人便是萧炎。如果萧炎真的有那种实力，还需要这般辛苦地来和嫣然苦战吗？

"一定是幻觉！看他的模样，顶多在斗师级别，无论如何都绝对不可能是那个神秘黑袍人！"咬了咬牙，葛叶这才缓缓抬起头，继续将目光投向广场之中。

广场上，纳兰嫣然体内升腾而起的气势达到大斗师级别时，终于缓缓停止了涨动，手中长剑一摆，清脆的剑鸣声嘹亮地在广场上响了起来。

剑尖处，青色剑罡微微吐缩着，遥遥指向萧炎，霎时间，一阵狂风凭空而现。

望着对面气势停止涨动的纳兰嫣然，萧炎微抿着嘴，低声喃喃道："果然，二星大斗师左右。"

"开始准备拼命吧。"

扭了扭脖子，萧炎轻吐了一口气，手掌握着玄重尺柄，旋即用力地将其插在地板上。身体之上，青色的斗气犹如火焰一般，猛然涌出，半晌之后，斗气消散，青色的斗气铠甲出现在了场上众人的视野之中。

"斗气铠甲，这家伙居然也是大斗师。"

望着那副犹如实质一般的铠甲，广场之上响起了连片的倒抽冷气之声。

"这次好玩了。"广场忽然安静下来，加刑天望着萧炎身体上那副微微释放着青色光芒的斗气铠甲，脸上有些许惊叹与愕然。虽然这副铠甲仅具雏形，但是不管怎么说，能够将它召唤出来，便意味着萧炎已经进入了大斗师的行列。

那么，萧炎与纳兰嫣然的实力差距似乎并不是很大。而加刑天更想不明白

的是,为什么这个没多大背景的萧家小子,能够在短短三年之内,这般快速地追赶上纳兰嫣然的脚步,要知道纳兰嫣然背后可是有云岚宗这个庞大后援的支持啊。

"这个小家伙不简单啊。"加刑天与法犸对视了一眼,皆从对方眼中看出了同样的情绪。

"唉。"

另外一边,刚刚放松没多久的纳兰桀,又绷紧了脸,眼睛直直地盯着萧炎身体上的斗气铠甲,半响,他长长地吐了一口气,缓缓闭上眼睛,脸上的表情有些苦涩。

这一次,纳兰桀是真真切切地后悔了,他后悔当年为什么没有拦着纳兰嫣然。如果纳兰嫣然没搞出退婚之事,那么这个凭借一己之力,在短短三年内,便从废物蜕变成大斗师强者的青年,就是纳兰家族最满意的女婿了。

以前纳兰桀对纳兰嫣然退婚的举动感到愤怒,是因为他好面子。当年与萧炎爷爷的约定,他拉不下脸去撕毁,若非这个缘故,谁会愿意自家出色的孙女,嫁给当时是废物的萧家少爷?

然而现在,这个锋芒毕露的青年,让纳兰桀清楚地看到了其身上隐藏的恐怖潜力,这种潜力日后所能带来的价值,已经远远超出了纳兰桀的预料。他清楚,萧炎的背后并没有云岚宗这般庞大的势力能给予他支持,可即使这样,萧炎也能在三年内,快速地赶上纳兰嫣然的进度。这般修炼天赋,只能用两个字来形容:恐怖!

到现在纳兰桀方才真正地感受到,纳兰嫣然当年的冲动之举,让纳兰家族承受了多大的损失!一个不到二十岁的大斗师,谁能预料,再过一些年头,他会成长到何种地步?

一个斗王强者便能够支撑起整个纳兰家族,若是日后萧炎到达了这个级别,谁能肯定萧家的实力不会猛然上涨,甚至到威胁三大家族的地步?

一想起那严重的后果，纳兰桀脸上的苦涩之意就更浓郁，半晌后，他睁开眼睛，再度叹了一口气，看上去似乎忽然间苍老了许多。

"萧林啊，你有个好孙子啊。"

一旁，木辰等其他几个势力首脑望着面容苦涩的纳兰桀，虽然都明智地选择默不作声，但在心中却都忍不住有些幸灾乐祸。纳兰家族因为纳兰嫣然的关系，与云岚宗的交往越发密切，这让帝都很多势力都起了忌惮之心，能够让他们吃瘪，倒是很多人乐意见到的。

广场的石台上，那十几名身着白袍的老者也被萧炎忽然召唤出来的斗气铠甲惊得愣了神，好半晌，方才逐渐回过神来，面上首次现出了凝重的表情。他们似乎太小看萧家那个曾经的废物了。

"大长老，这……"一名白袍老者低声道。

"先看看吧。"云棱的脸色倒并未有太大的变化，他轻挥了挥手，将其他几个长老担忧的声音压了下去，目光凝视着场中背影单薄的青年，缓缓地道，"虽然他的实力有些出乎我的意料，但是与嫣然相比，还有一些差距。而且嫣然所修习的斗技，都是我云岚宗高深之法，在这一点上，谅他一个无名小子也比不上。"

"安静地看吧。"视线停留在场中，云棱脸色平静，然而那缩在袍袖中的手却紧紧地握了起来，他也感觉到了某种不安。

场中，纳兰嫣然的目光自萧炎身上扫过，俏脸之上的淡然终于被难以掩饰的错愕取代。她虽然并未小看过萧炎的修炼天赋，但是也从未想过，不到三年时间，萧炎居然能够从连斗者都不是的级别，直接蹦到大斗师！这种修炼速度，就算纳兰嫣然也不得不为之咋舌。

纳兰嫣然缓缓地吸了一口气，脸上的淡然褪去，神态变得凝重，看来她必须正视萧炎了。

玉手紧握着长剑，这一次，纳兰嫣然并未再说任何废话，她必须倾尽全力

方才有可能取得比试的胜利。

长剑震动，清脆的剑鸣声响起，纳兰嫣然身体上淡青色的斗气也随之猛然暴涨，瞬间之后，斗气消退，一副纤细的淡青色斗气铠甲覆盖在了玲珑有致的娇躯之上。

纳兰嫣然召唤出来的斗气铠甲，与萧炎那古朴大气的铠甲相比，无疑要纤细、优雅许多，透着一股英气之美，让本来便是全场焦点的她，更夺目了。

两人的斗气铠甲虽然颜色相同，但是从外形来看，纳兰嫣然的斗气铠甲明显要精致许多。由此也可以瞧出，两者虽然同为大斗师，但是在实力上依然有差距。

雄浑的斗气在经脉之中犹如河流一般奔腾着，纳兰嫣然轻抬美眸，身体略微停滞，旋即脚尖猛然轻点地面，身体化为一道光影，在众目睽睽之下，率先对萧炎展开了进攻。

两者之间的距离不过十几米，纳兰嫣然身形一闪一现，不过几秒时间，便进入了攻击状态。剑身一摆，犹如出洞的毒蛇一般，带着一股尖锐的破风剑罡，刁钻狠辣地刺向萧炎的胸膛。

萧炎淡漠地望着不断变大的剑尖，体内的斗气，此刻咆哮着在经脉中翻腾起来，充盈的力量盘旋在身体之内。

在那被淡青色的实质风卷包裹的剑身到达胸膛前方半尺时，萧炎终于有所动作，一脚狠踢在插在地上的玄重尺上，身体霍然左移了半米，轻巧地躲开了纳兰嫣然凌厉的攻击。

"千风罡！"

萧炎躲开了攻击，纳兰嫣然并没有丝毫意外。她玉掌快速旋动，五缕由风属性斗气凝聚而成的螺旋剑罡，眨眼便在指尖成形。纳兰嫣然一声轻喝，五道凌厉的剑罡脱指而出，彼此缠绕着，化为一道细小青线，带起尖锐的破风声响，对着萧炎闪电般地射去。几乎一瞬间，便出现在了萧炎面前。

青色光线猛然一颤，旋即五道螺旋剑罡自中心处分离，分别向萧炎身体上的五个要害部位射去，飞射带起的那股凶悍劲风，让萧炎的眼睛微眯了起来。

"好快的速度。"螺旋剑罡的攻击速度，即使萧炎也为之惊讶。这般近的距离，想要完全躲避，明显是不可能的，因此在仅有的时间内，萧炎的指尖处，迅速弹出了三缕青色火焰。这些细小的火焰被分开射出，刚好将三道螺旋剑罡挡了下来。

虽然抵挡了三道螺旋剑罡，但是依然有两道狠狠地射中了萧炎的左右臂膀。剑罡刺中斗气铠甲，两者接触时，发出一阵刺耳的摩擦声，火花四处飞溅。片刻之后，因为能量耗尽，剑罡缓缓消散，而萧炎的斗气铠甲上出现了两个不小的孔洞。虽然孔洞正逐渐被斗气修复，但透过那孔洞中依然能够模糊地看见些许血迹。看来这一次的攻击，萧炎受了一点儿皮外伤。

对于萧炎来说，这种皮外伤自然不会影响他的战斗力，因此，在将对方的这轮凌厉攻势抵挡下来之后，他的左脚猛然重重轰地，随着一道炸响之声，身体化作一道黑色影线，几乎是贴着地面，顷刻间便接近了纳兰嫣然。他双掌撑地，双脚带着凶猛劲气，拳头狠狠地对着她的脖子抡砸了过去。听空气中传来的呼呼作响声，想必萧炎并未手下留情。

纳兰嫣然微皱黛眉，旋即腰肢一扭，顿时身体便犹如狂风中的飞絮一般，退后了半尺距离，刚好退出了萧炎的攻击范围。没有任何迟疑，在避开对方的攻击之后，纳兰嫣然挥动长剑，化为一道青影，闪电般地削向了萧炎的双腿。

察觉到贴近腿部的森冷剑气，萧炎的右手猛然向前方张开，凶悍的劲气涌出，重重地轰击在纳兰嫣然的胸膛之上。

突如其来的劲气攻击，直接将措手不及的纳兰嫣然推后了好几步，不过她有斗气铠甲保护，萧炎的这次进攻，除了破解她的攻势之外，倒并未对她造成实质性伤害。

对于这一点，萧炎心中极为清楚，他本就没指望这一击能伤到纳兰嫣然。

因此，趁她退后时，萧炎的手掌猛地一拍地面，凶悍的劲气直接拍得坚硬的青石板上蔓延出了几道裂缝，接着他身体跃起，犹如鬼魅一般贴近纳兰嫣然的身体，旋即犹如火山喷发一般，爆发出了自出场以来最为猛烈的攻击。

萧炎擅长的是近身战斗，因此，在这一刻，头、臂、肘、手、腿等身体的每一个部位，都成了极为恐怖的杀人利器。肘臂挥舞间，恐怖的力量使周围的虚空中接连不断地响起了音爆之声，每一次落空的劲气，都会在青石上留下一道不浅的痕迹。

面对萧炎凶悍无比的攻击，纳兰嫣然丝毫没有示弱，虽然被近身攻击，但仗着身法斗技的奇异，她屡屡避开萧炎的攻势。长剑挥动，剑气凛然，在地面上留下无数道切痕。

广场上，随着两人的战斗逐渐进入白热化，强大的斗气以一种喷涌的速度自两人体内澎湃而出。在斗气撞击间，强烈的能量爆炸声不断在广场上响起。

场地中，青光闪烁，炽热的斗气以及凌厉的剑罡，不断地从那青芒笼罩处射出。两道影子飞快地在场中闪烁移动着，清脆的剑鸣以及钢铁交击的声响，也不断从两人对战处传出。随着战斗的加剧，两人的攻势越来越疯狂，越来越让人咋舌。

望着场中那两道不断闪动的模糊身影，周围云岚宗弟子的脸色都略有些呆滞。在先前的僵持战中，他们能够清晰地感觉到，纳兰嫣然至少施展出了三种玄阶左右的斗技，然而这些足以打败实力比她高一些的强者的斗技，居然被实力明显稍逊一筹的萧炎给化解了。到了现在，这些云岚宗弟子方才明白，那平日里师兄弟们口中萧家萧炎如何不自量力、是个废物的话语，是个多么愚蠢的谣言！

能够与云岚宗年轻一辈中最杰出的纳兰嫣然对战这么久，却依然未现半点败迹，不用想他们也知道，面前这个清秀的青年，绝对不是省油的灯！

此刻所有人都屏住了呼吸，目光随着那若隐若现的两道人影而移动。越来越白热化的战斗，让很多人的心都提到了嗓子眼。在他们认知中应该一触便败的萧炎，却出人意料地并未有一点儿落入下风的模样，而且还凭借极为凶悍的近身战斗，在攻势上居然隐隐有压下纳兰嫣然一头的迹象，这实在是让那些原以为胜券在握的云岚宗弟子目瞪口呆。

当然，不仅云岚宗的普通弟子，那石台上的一干云岚宗长老也开始有些坐不住了。纳兰嫣然施展的几种斗技，在云岚宗内属于高深且颇难修炼的类型，居然都被萧炎抵挡下来了，而且毫发无损。

"大长老，那萧炎似乎有一些古怪，每一次嫣然的斗技在即将攻击到他的身体时，便会出现一股极其强大的诡异能量，就是这股诡异能量方才使嫣然的斗技没有取得什么实质效果。"紧盯着场中，一名白袍老者终于忍不住转过头，脸色凝重地对云棱低声道。

其他几个长老包括云棱，都微微点了点头。凭他们的实力，自然也感觉到那股带着炽热的诡异能量，不过因为萧炎是在高速移动中施展异火的，并且手法极为熟练，所以就连云棱等人也只是有所察觉，却不知道萧炎究竟使用了什么。

"不要慌，让我仔细感知一下。"脸色阴沉地摆了摆手，云棱缓缓闭上眼睛，旋即借助体内斗气与外界同属性能量的链接，开始全方位地监视萧炎的一举一动。

其他几个长老互相对视了一眼，保持沉默，继续将目光投注到那战斗越发激烈的广场之中。

不多久，天空中忽然响起两道破风之声，旋即两个人影突兀地闪现在广场旁一棵参天大树的树顶之上，二人目光扫过下方难分难解的战圈，都不由得有些诧异。

两个人影出现之后，树顶上的加刑天等人都将目光投了过来，当他们的视

线扫到那穿着一身淡青袍服、面容带着几分英俊的中年人之后，皆是一怔，旋即笑着打起了招呼。由此可见，这人在加玛帝国拥有何等尊贵的身份，竟然连加刑天、法玛这等人，都对他如此客气。

来人正是加玛帝国的丹王古河，他身后则是紧跟而至的柳翎。此刻的柳翎，并无当初在帝都时的那股嚣张气焰，而是安静地站在古河身后，微笑着与一旁的纳兰桀等人打招呼。看他这模样，似乎因为在炼药师大会上的失败而改变了不少。

"呵呵，没想到加老、法老两位也来了啊，今日宗主不在，倒是无人招呼了，抱歉。"古河对着两人拱了拱手，客气地回笑道。对这两位在加玛帝国有着不小声望的巅峰强者，他同样不敢怠慢。

"这位是……"目光忽然停在一旁的海波东身上，古河的脸上闪过一抹迟疑，凭借他出色的灵魂感知能力，自然能够察觉到面前之人那若隐若现的澎湃气势。

"海波东。"

海波东向古河拱了拱手，一向对陌生人颇为冷漠的脸，却破天荒地露出了一抹略显僵硬的笑容。虽然论起辈分，他比古河要高上许多，但是在这个世界上，拳头大、有本事的人才能真正得到平等甚至敬畏的对待。他虽贵为斗皇强者，可古河作为加玛帝国最优秀的炼药大师，即使是斗皇强者与之见面，也要客气相待，因为所有人都知道，一个六品炼药师拥有何等强大的号召力！

"冰皇海波东？"听到海波东自报姓名，古河一怔，旋即神色有些错愕，半响后，脸色方才恢复正常，对海波东客气地笑道，"当年古河尚在历练之时，便久仰海老大名，今日一见，果然名不虚传啊。"

海波东笑了笑，对方如此客气，他自然也不好失了礼数。两人互相客气了一番后，古河才将目光投向场中，瞧见那难分胜负的战斗后，顿时一挑眉头，诧异地道："那人，便是萧家萧炎？"

"呵呵，是啊，只不过并非废物。"苦涩的笑声在一旁响起，古河一望，原来是纳兰桀接过了话头。

古河点了点头，目光盯着场中化为一道黑影的萧炎，心中有说不出的诧异。他很清楚，三年之前，萧炎不过是一个连斗者都不是的废物而已，然而三年之后，他的实力居然飙升到了足以与纳兰嫣然抗衡的地步！

要知道，这三年中，云韵让他给纳兰嫣然炼制了许多提升实力的丹药。在云岚宗与他共同的支持下，那个萧炎居然紧跟了上来，这得需要何种庞大势力的支持以及恐怖的修炼天赋啊？

原本淡然的笑脸添了一分凝重，古河微皱着眉头，灵魂力量自眉心处破体而出，旋即闪电般地缭绕在广场上。顿时，萧炎那原本快若闪电的移动速度，在古河的脑海中便犹如放慢了节拍一般，他的一举一动，无不暴露在古河的感知之中。

场中，闪移交错的身影再度一触而退，随着能量爆炸声，两道身影各自擦着地面退了十几米。

后退的人影缓缓止住，萧炎与纳兰嫣然的身影，终于清晰地出现在了众人的注视之中。望着两人的模样，大家皆是一愣。

萧炎身体上的斗气铠甲已经出现了一道道纵横交错的剑痕，在深深的剑痕之下，还能隐隐见到殷红的鲜血。显然，在先前那番近乎疯狂的近身战斗中，他也受到了纳兰嫣然的反击。

萧炎的状态不太好，纳兰嫣然也一样，原本整洁的月白裙袍此刻变得有些凌乱，在小腹处，一个脚印清晰可见，凌乱的青丝被汗水沾在光洁的额头上，贝齿紧咬着红唇，呼吸略有些急促。

从两人的模样来看，在先前的激战中，他们不分胜负。

两人现身之后，广场上的窃窃私语声便完全消失了，所有人都被两人之间那股针锋相对的气势感染，不敢发出声响将之打破。

微风拂过广场，些许枯叶顺着风儿，打着卷，从两人之间飘过。

安静持续了半响，纳兰嫣然终于率先有所动作，灵动的眸子带着些许复杂的情绪，深深地看了对面那脸色冷漠的青年一眼，玉手缓缓抽去束着三千青丝的绿带，微微摆头，满头青丝犹如月华一般倾洒而下。

炽日下，女子解开发带的动人一幕，让许多对其有爱慕之心的人更是心跳加速。

"她要用那东西了？"望着纳兰嫣然的举动，石台上的云棱一怔，旋即自言自语。

"看来比试快要结束了。不过能把嫣然逼到这一步，这个萧家小子，真的很强啊。"一名白袍长老叹息道。

"要拿出底牌了？这丫头竟然被逼到这一步了。"古河脸上浮现出一抹诧异，轻声道。

周围的加刑天等人听了古河这话，皆是一愣，旋即略感惊奇地将目光投入场中。纳兰嫣然缓缓闭上眼睛，片刻之后，骤然睁开，满头青丝忽然间无风自动，长发飘舞，而随着青丝的舞动，她的身体没有借助弹射之力或翅膀之效，居然开始悬浮而上。

纳兰嫣然的身体缓缓升空，其周身的能量此刻犹如沸腾的开水一般暴动了起来，一圈圈淡青色的实质涟漪从其体内不断扩散而出。

长剑缓缓上移，最后斜指着下方广场上的萧炎。某一刻，长剑微颤，天空中的日光猛然间朝长剑凝聚了过来，仅仅刹那间，长剑之上便光芒大涨，刺眼的光芒宛如天空上的第二轮太阳。

"萧炎，定胜负吧！"

白皙的俏脸被光芒映衬得看上去略显透明，纳兰嫣然遥遥指向下方的萧炎，第一次开口喊出了那个曾经让她极为厌恶的名字。

萧炎抬头，望着那刺眼的光芒，在光芒之下，恐怖的能量正在疯狂地凝聚着。

"终于使用底牌了吗？既然如此，那便来吧。"

美眸直直地盯着下方身姿挺拔的青年，纳兰嫣然深吸了一口气，玉手紧握着变得极为沉重的长剑，以一种缓慢得让人几乎察觉不到的速度缓缓移动着，而随着长剑的移动，扩散的能量涟漪也越来越剧烈。

淡漠地望着天空，萧炎右手轻轻伸出，青色火焰噗的一声，猛然出现在众人的目光中。

"这是……"青色火焰出现之后，一些普通云岚宗弟子倒没什么反应，那些长老以及高树上的古河等强者却突然睁大了眼睛，特别是加玛等人，心中那股感觉越来越强烈。

天空之上，移动的长剑骤然停顿，纳兰嫣然紧咬嘴唇，双手死死握着不断跳跃的长剑，其上所聚集的恐怖能量她已经难以掌控。

某一刻，当长剑上的能量酝酿到巅峰状态时，纳兰嫣然终于不再压抑，俏脸上神色凝重。随着一道清脆的喝声，长剑上本就刺眼的光芒再度暴涨，一时间，剑上的强光居然掩盖了天空上炽阳的光芒！

"风之极——落日耀！"

娇喝声落下，恐怖的能量波动终于暴动而起，一股凌厉的剑气从天而降，铺天盖地地向萧炎射去。坚硬的青石在那凌厉剑气的压迫下，居然崩裂出一道道蔓延到广场尽头的裂缝。

感受到天空中那股恐怖的剑气，广场上的云岚宗弟子急忙手对手，一股股斗气自他们体内升腾，最后凝聚成了一副几乎覆盖了大半个广场的巨大能量罩，方才摆脱了天空中的剑气所造成的压迫。

"居然是风之极，没想到云韵连这都教了她。不过以她的实力，尚不能发挥出十之二三的力量啊。"抬头望着那犹如一轮炽日坠落的剑气，加刑天喃喃道。

"这个小家伙或许该是要倒……"目光转向场中的萧炎，加刑天话音未落，

眼瞳骤然一缩,只见萧炎忽然从纳戒中取出一枚淡紫药丸,丢进嘴里,微微嚼动,旋即嘴巴一张,喷吐出一团紫火,放在了左手之上。

"这态势……"死死地盯着萧炎,加刑天的眼睛几乎眯成了一条缝,那日在皇家广场上,那叫岩枭的青年也曾用过这一招。

加刑天缓缓转头,与法犸对视了一眼,两人的表情极为怪异与精彩。他们现在终于确定了一件事情——岩枭就是萧炎。

当然,并非只有法犸、加刑天,巨树上,纳兰桀、木辰等人,同样目瞪口呆。

其实,最讶异的并非他们几人,而是那悬浮在天空之上,刚刚释放出了恐怖斗技的纳兰嫣然!

# 第七章

## 暴 露

天空之上,纳兰嫣然怔怔地望着下方的萧炎,先前他那番口吐紫火的动作以及手掌上的青色火焰,使脑海中那曾经给她留下极深印象、名叫岩枭的青年的形象,缓缓浮现了出来。

两道皆是有些单薄的身影,在脑海中逐渐相接,旋即完美地重叠在一起。

除了那张面孔之外,此刻的萧炎,无论是气质还是表情,皆与那日皇家广场之上,以一己之力力挫出云帝国炼药师的年轻炼药师毫无差别。

"岩枭,萧炎,岩枭,萧炎。"喃喃声从口中传出,这一刻,纳兰嫣然恍然大悟,猛然间明白了。那个凭借炼药师大会成为加玛帝国中年轻一辈翘楚,并且连自己这般高傲的人都忍不住心生佩服的神秘青年,竟然是三年前被她视为废物的少年!

纳兰嫣然的贝齿紧紧地咬着红唇,俏脸上的表情不断地变化着。她的玉手掩上嘴唇,僵硬的身体宛如被雷霆劈中了一般,麻木得几乎脱离了控制。这种发现,让纳兰嫣然冷静的头脑瞬间变成了一团糨糊,原本淡然的脸庞此刻也有

些苍白。

这么多年来，第一个让她心生佩服与异样情愫的同龄异性，竟然是当年被她视为废物并践踏了尊严的少年！

这天壤之别，让纳兰嫣然有种恍如做梦的晕眩感。

"他便是岩枭。"

树顶之上，突然的发现同样让加刑天、法犸、纳兰桀等人陷入了沉默。或许前两人早就隐隐有所察觉，不过当事实摆在眼前，他们同样感觉荒诞。

"岩枭，萧炎，唉，我们还真是老糊涂了啊。"法犸摇了摇头，叹息了一声，望着场中身形单薄的青年，苦笑道，"没想到啊，这个小家伙不仅炼丹的天赋如此出众，就连修炼天赋也这般恐怖，果然是英雄出少年啊。"

"的确是个潜力非凡的年轻人，纳兰家和云岚宗，这次可算是挑错欺负对象了啊，损失惨重。"加刑天的表情也有些古怪，看过萧炎在炼药师大会上的表现，他自然明白这个年轻人究竟拥有多么巨大的潜力。只要给予萧炎足够的时间，加刑天相信，即使是云岚宗，也会对其有所忌惮。

"纳兰家这次是真要肠子都悔青了。"巨树之上，木辰以及米特尔·腾山等人脸上同样满是错愕，片刻之后，他们将目光转向了纳兰桀，脸上忍不住溢出些许同情。

呼……深深地吐了一口气，旋即又狠狠地吸进肚内，如此反复好几次，纳兰桀终于将脸上那滑稽、呆滞的神情掩饰了下去，手掌强作镇定地拍了拍袍袖，然而那立足之处不断颤抖的树叶，却将其心中的慌乱与失措暴露无遗。

"萧炎……他……他便是岩枭？"纳兰桀死死地盯着场中的青年，脑海中那道身着炼药师袍服的背影，逐渐地与萧炎重叠。

纳兰桀的嘴角忍不住有些哆嗦。先前萧炎所展现出的实力已经让纳兰桀感到十分苦涩，现在这骤然出现的另外一个身份，又让纳兰桀的心脏猛地紧缩了起来。

一个修炼天赋如此出色、炼丹天赋恐怖得让人讶异的青年，是任何大势力都想争夺的人才，谁拥有了他，就等于拥有了一个未来的超级强者，他纳兰家却将这个潜力无限的青年推了出去。

在萧炎化身为岩枭的那段时间，纳兰桀与他也算熟络，也正因如此，纳兰桀方才能更清晰地察觉到这个年轻人的潜能。这么多年来纳兰桀见过许多天赋优异的年轻人，不论潜力与心智，萧炎绝对是个中翘楚，纳兰桀丝毫不怀疑，日后这个年轻人所能达到的程度，将会超过加玛帝国很多巅峰强者。

而这个本应该是纳兰家未来最厚实的盾牌并且潜力无限的强者，却被当年的纳兰嫣然，以一种最伤人的方式，推出了纳兰家族的阵营，甚至到了刀剑相向的地步……纳兰桀感觉心脏抽痛了起来。

"唉……"长长地叹了一口气，纳兰桀此时此刻再也说不出什么话来。以萧炎对纳兰嫣然的芥蒂，纳兰桀当然不会认为凭借自己的一番话，便能让他与纳兰嫣然重归于好。为了这个约定，萧炎苦修了三年，即使纳兰桀并不知道这三年间萧炎的确切消息，可任谁也能想到，想要在三年内让实力这般猛飙，就算本身天赋绝佳，不经历常人难以忍受的孤独苦修，也绝对办不到！

剧烈地咳嗽了一声，纳兰桀原本红润的脸更灰暗了一些，因为心绪复杂，他看上去似乎忽然间衰老了许多，怏怏的模样让周围的人明白，这次的打击对这位纳兰家族的掌舵人来说，实在太大了。毕竟一个被家族抛弃的废物女婿，忽然摇身一变，亮出足以让所有人目瞪口呆的身份，任谁也不能保持平静。这个青年本来可以成为纳兰家族最厚实的支柱，为他们阻挡狂风暴雨的吹打，不过可惜，现在那个支柱却已经变成了指向他们的锋利长矛。一想到这儿，纳兰桀心里就有些发凉。

"岩枭，这个萧炎，居然便是岩枭？"一旁的柳翎也满脸惊诧地望着下方场中的萧炎，失声道。

"岩枭？那个取得此次炼药师大会冠军的年轻人？"闻言，古河眉头微皱，转头问道。

"嗯……"柳翎点了点头，苦笑道，"没想到他竟然就是萧炎，我们所有人都被他瞒了过去。"说这话时，柳翎心中倒松了一口气。既然岩枭便是萧炎，那么想必他对纳兰嫣然没什么感觉，既然如此，这个本来被自己视为最强有力的对手，倒凭空消失了。这对柳翎来说，无疑是件喜事。

"据我所知，三年之前的萧炎，并不懂得炼药术，这才三年时间，他居然能够炼制出三纹青灵丹这种等级的四品丹药。如果这是真的，那么他的炼药天赋也未免太可怕了。"古河沉声道。

"虽然说出来有些丢人，但是年轻一辈中，他是我唯一佩服的人，他在炼丹上的天赋真的很恐怖。"柳翎认真地道。

"你也会认输？看来这次大会的失败，对你并非没有好处啊，至少你不会再像以前那般张狂了。"有些诧异地瞥了一眼柳翎，古河道。自己的这个弟子，古河自然清楚他骨子里的傲气，没想到他竟然会对那个年纪明显比他要小上一些的萧炎心服口服。

闻言，柳翎讪讪地笑了笑，不敢接话，他也知道以前自己的傲气让古河有些头疼与无奈。

"他手中的青色火焰，应该是一种异火吧，而那紫色火焰，更像是兽火的一种，想必是从某种高阶魔兽身上取得的吧。"古河不愧是炼药大师，一眼便瞧出了萧炎手中青莲地心火以及紫火的底细。

"能够将这两种火焰操控得这般熟练，这萧炎灵魂力量不弱啊，难怪连你也会败给他。同时操控两种火焰，即使是一些四品炼药师，也难以办到。"所谓外行看热闹，内行看门道，只是粗略一扫，古河便看出了萧炎的特别之处。

一旁，柳翎赶忙点头。

"不过这青色火焰，怎么让我有种熟悉的感觉？"眉头忽然皱了皱，古河疑惑地低声道。

"青色火焰……异火……"嘴中喃喃着，古河的脸色忽明忽暗地变幻起来。他忽然记起，当初他在塔戈尔大沙漠中，费尽千辛万苦，不惜直闯沙漠深处，与美杜莎女王大起冲突，为的好像便是一种青色的异火吧？

从沙漠回来之后，古河也想清了一些细节，他们那次的沙漠夺异火之行，似乎一直被别人算计着，一行人的努力最后都为那神秘人做了嫁衣。

虚眯着眼睛，古河死死地盯着萧炎的面孔，不知为何，他总觉得这张面孔似曾相识，眉头紧皱着，某一刻，他的眼瞳骤然一缩——终于想起来了！

当初在沙漠之中，他们无意间从那位女蛇人首领手里解救了一个年轻人，那人便是萧炎！

头脑闪电般地运转着，当初的一个个疑惑，此刻忽然水到渠成，被解开了，难怪自己一行人的行踪被人掌握得清清楚楚，难怪在自己与美杜莎女王的能量体对峙的时候，会有人先偷偷溜进城里找到异火……

一个个谜团彼此交缠，最后赫然现出了萧炎那张清秀的面孔！

呼……

深吐了一口气，古河终于恍然大悟，当初趁着他们与美杜莎女王纠缠，坐收渔翁之利的人，就算不是萧炎本人，也绝对与他有着千丝万缕的关系！

"好小子啊，竟然把我们都给耍了一遭。"双手插在袖间，古河微眯着眼睛望向场中的萧炎，心中忽然有种哭笑不得的感觉，以自己那行人的阵容在加玛帝国几乎可以横着走，最后却栽在了一个不足二十岁的青年手中。

"虽然不知道你是怎么办到的，但是现在你还是先把面前的难关解决吧，嫣然的风之极，可不是轻易能够对付的。"

凉风刮过天空，让怔怔失神的纳兰嫣然回过神来。纳兰嫣然的玉手一挥，条件反射般想要将那射出的光剑抓回来。然而以她如今的实力，将风之极施展

出来，已颇为勉强，想收放自如，是不可能的事情，因此她只能眼睁睁地望着那带着铺天盖地的压迫之力的长剑，宛如一轮耀日般，对着广场之上的萧炎狠狠砸去！

俏脸有些苍白，纳兰嫣然心中如乱麻一般，她很清楚，她对那个名叫岩枭、面貌平凡却拥有着令人折服实力的青年有些许好感和一些不服输的情绪。

因为这些复杂的感情，所以纳兰嫣然在与他交谈时，不像对旁人那样冷淡，而是语气温柔，这是她这么多年来，头一次对除了长辈或者亲戚之外的男性这样。

虽然她与岩枭接触的时间并不算太长，但是萧炎使用这个身份，肆无忌惮地挥霍着那些不断让人感到震撼的优秀能力：手持异火，治疗即使丹王古河也无计可施的烙毒；参加炼药师大会，从来自全国各地的出色炼药师中脱颖而出，并且以一己之力，力挽狂澜，绝境之下创造奇迹，为帝国炼药师公会夺回了即将损失的荣誉……

这种种让人心血沸腾的壮举，不知让多少花季少女为之许下一颗芳心。在这种显赫的光环之下，即使是纳兰嫣然这等出色的女子，也不能不为之眩目，哪个女人心中不曾有过幻想，幻想自己喜爱的男人是能得到万众喝彩的强者？

英雄固然爱美人，美人同样爱英雄。岩枭当日保下加玛帝国炼药师公会名誉的举动，或许并非他本意，可在加玛帝国人眼中，他却的确无愧"英雄"二字。纳兰嫣然再淡然再高傲，也是一个女人，而被众人称赞的青年，的的确确是最让人着迷的。

因此，纳兰嫣然甚至有将长剑抓回来的冲动，不过在此举失败后，她却陡然冷静了下来。她咬着红唇，盯着下方的萧炎，眼中带着如被绞在一起的万千细丝般复杂的情绪。

眼瞳中的刺眼光芒不断放大，周围那些人的反应，萧炎也发现了，不过他并未放在心上，暴露是迟早的事，他从未想过能遮掩多久。

双手之上，青色与紫色火焰缓缓升腾着。自天空之上袭来的压力将萧炎的衣衫压得紧紧贴在皮肤上，紫色火焰也变得忽闪忽闪的，唯有那团青色火焰迎风摇曳，丝毫没有减弱。

双手平举而起，旋即缓缓靠近，似是察觉到即将到来的对碰，两股火焰忽然剧烈地波动了起来，火苗疯狂地蹿动着，炽热的温度急速升高。

"他这是要干什么？"望着萧炎古怪的举动，巨树上的法犸、古河等人顿时一愣，一脸茫然。

"这家伙竟然想将两种火焰融合在一起！"不愧是六品炼药师，古河在略一思索后，便明白了萧炎的意图，当下一脸错愕，"他疯了？竟然想把不同的火焰融合在一起，他不怕被火焰反噬？"

身为六品炼药师，古河自然极为清楚火焰之间的抵抗性与不相容性，想将两种火焰成功地融合在一起，那种难度几乎可想而知，就连古河也不敢肯定自己有那能力，当然他也从未尝试过。毕竟这个世界上，不是所有人都有萧炎那种拼命不怕死的狠劲。对于炼药师来说，火焰的反噬是很恐怖的东西。

法犸与加刑天对视了一眼，虽然眉宇间同样有些疑惑，但是有上次萧炎在炼药师大会上创造出的奇迹在先，他们倒是明白，不能小看这个年龄不大的家伙，在这个与众不同的年轻人身上似乎并不缺少奇迹。

"要使用那东西了吗？"望着萧炎的举动，海波东微挑眉头，开始有些不自在起来。虽然知道这种类型的融合对他没什么威胁，但是上次那超强的融合爆炸，差点儿将几个人都搞死，海波东对萧炎的这个举动便有了阴影，只要一见到这家伙要融合火焰，他就忍不住产生一种想离远点的冲动。

不过还好，这一次海波东并未像上次那般失态，他强行压抑住有些急促的呼吸，紧紧地盯着场中。

青紫两色火焰越来越近，一股股凶猛的能量涟漪不断地从两者间涌出，偶尔火苗蹿出，互相碰触，便爆发出一阵宛如闷雷般的巨响，让广场上的众人都

有些愕然。

脸色平静地望着两种火焰的变化，萧炎略微停顿了片刻，双手猛然重重地对拍过去。

嘭，嘭！

两色火焰被狠狠地拍在一起，一道道闷雷声响不断地从萧炎手掌中传出。萧炎不管不顾，双手微微搓动，灵魂力量闪电般地扩散而出，旋即包裹着两团火焰。他按照以往的经验，轻车熟路地操控了起来。

随着萧炎双手搓动速度的加快，淡淡的光芒忽然从他掌心处扩散而出，片刻之后，闷雷声戛然而止。萧炎轻吐了一口气，紧贴的双掌逐渐松开，青紫两色光芒猛然间大盛。

大盛的光芒逐渐减弱，众人急忙望去，旋即惊愕地望着那悬浮在萧炎手掌之上，缓缓旋转的一朵青紫火莲。

"这是……"古河惊异地望着萧炎手上的两色火莲，张了张嘴巴，灵魂力量瞬间在那朵火莲之上扫过，旋即眼瞳骤然一缩。

"好巨大的能量。将异火与别的火焰融合，利用它们彼此间的对立性而产生极其巨大的能量，这个家伙，竟然能够做到这一步？"作为六品炼药师，古河非常清楚，将两种火焰融合在一起，能够爆发出极其巨大的能量，可是想要将两种火焰融合，并且让它们听从命令，那就必须控制着两股火焰，将它们维持在一条平衡线上。这种平衡极难掌控，一旦哪一方火焰打破了平衡，那这两种火焰还未发射出去就会爆炸，这样不仅伤不到对手，还会将自己搞成重伤，得不偿失。

古河并不知道凭自己的能力能否将两种火焰完美融合，不过根据他这么多年的经验来判断，这种融合的难度，应该不会逊色于炼制四品甚至五品丹药，然而下面的那个青年似乎颇为轻松地就将这个极其危险的融合安稳完成，这如何不让古河感到惊异？

"你输给他，不冤啊。"叹了一口气，古河转头对柳翎道。

柳翎脸色凝重地点了点头，虽然他的感知力没有古河那般精细，但是依然能够模糊地察觉到，那朵只有巴掌大的两色火莲拥有何等巨大的能量。

"这一次的比试，谁胜谁负，还真的不好说啊。"摇了摇头，古河喃喃道。

"他弄出来的是什么东西？"石台上，瞧见萧炎手上悬浮着的青紫火莲，云棱眉头一皱，疑惑地道。

"不知道。"身旁，几个长老面面相觑，皆茫然地摇头。

紧皱着眉头，云棱手掌缓缓捋着胡须，不知为何，心中却升腾起些许不安来。

满场的目光都聚集在萧炎的手掌之上，虽然并不清楚那朵青紫火莲有多大威力，但是那些云岚宗弟子似乎也感觉到了危险，一些靠近两人战圈的弟子忍不住将身体表面的防护罩加厚了一些。

"很强大的能量，唉，这个家伙真是越来越让人看不透了，底招简直层出不穷。"法犸将目光从火莲上移开，与一旁的加刑天对视了一眼，心有戚戚地叹息道。自从认识萧炎以来，他们两人因为这个家伙不知道瞠目结舌了多少次。

萧炎的手掌缓缓地上下移动着，而那朵悬浮的青紫火莲，也随着手掌的动作不断地上下移动着。那股凌厉的炽热剑气所带来的压力，几乎让萧炎的身体开始倾斜。

双脚略微移开，将那股倾洒而下的庞大劲力卸入地下，萧炎深吸了一口气，沉寂了片刻，猛然屈指弹在火莲之上，轻声喃喃道："去吧，佛怒火莲！"

声音落下，青紫火莲猛然脱手而出，化为一道流光，宛如流星一般，闪电般地对着飞来的炽日光剑迎了上去。

在广场上无数道紧张目光的注视下，两道流光飞速闪现半空，最后，在距离地面十来米处，犹如陨石相撞一般，狠狠地对撞在了一起。

巨大的轰鸣声，在这一刻响彻整座云岚山！

雷鸣般的巨响，在广场上空轰然响起，宛如雷神的怒火，让人忍不住恐惧、颤抖。

两道凶悍无比的能量在半空中略一接触，便疯狂地释放出各自所携带的恐怖威力。顿时，一阵狂风凭空出现在广场上空，在两者接触的地方，居然连空气都被强大的能量对撞弄得有些模糊与扭曲起来。

狂风呼啸而过，天空之上的能量冲击波，宛如天火降临一般，向着纳兰嫣然的方向席卷而去！

扑哧……

扑哧……

能量冲击波率先接触到一些云岚宗弟子所设置的防护罩，他们明显小觑了两股能量碰撞发出的恐怖劲道，当下那略显脆弱的防护罩立刻被能量冲击波摧枯拉朽般地摧毁了，一些实力稍弱的云岚宗弟子更是脸色一白，口吐鲜血。

"加厚防护罩！"望着那些在能量冲击波下伤得不轻的云岚宗弟子，云棱急忙大喝道。

"是！"听到云棱的喝声，在场近千名云岚宗弟子顿时齐声应喝，整齐的喝声直冲云霄，竟然将天空上的雷鸣巨响暂时给压制了下来。

整齐的喝声再度响起，一道道颜色不一的斗气光芒顿时从云岚宗弟子的体内涌出。这些斗气盘旋在上空，旋即互相接触，快速融合，眨眼间便形成了一个几乎覆盖了半个广场的五颜六色的斗气防护罩。

轰！

防护罩刚刚形成，天空之上又是一股恐怖的能量冲击波，狠狠地砸在防护罩上。顿时，防护罩便犹如被投入了巨石的湖面一般，一道道涟漪连绵不断地扩散出来。不过，此次由云岚宗弟子齐心构建的防护罩，并未再面临被攻破的危机。

天空中的两道能量碰撞时，广场周围的高树之上，除了法犸、加刑天、海波东以及古河等艺高胆大的几人之外，其余人等为了保险起见，都挥手召唤出了能量护罩，同时还退后了一段距离。虽然纳兰嫣然和萧炎的实力都只在大斗师左右，但是两人爆发出来的能量又互相碰撞之后，连斗灵强者都不敢轻易沾上。

广场那坚硬的地面在那股凶悍的能量冲击波下，不断地颤抖着，一道道裂缝缓缓浮现，一路蔓延。

萧炎抬头，脸色凝重地望着那股犹如闪电般袭来的能量冲击波，感受着其中所蕴藏的恐怖劲气，背间轻震，长达一米多的紫云翼便从肩膀处弹射而出。萧炎脚尖轻点地面，身体犹如滑行一般，急速后退着，而那股肉眼可见的能量冲击波犹如翻腾的海浪般，呼啸着紧跟而至，所过之处，坚硬的地面被破坏得一片狼藉。

目光死死地盯着那股如海浪呼啸般的能量冲击波，萧炎在急速退后时，往左右瞟了瞟，他嘴角微弯，脚掌一旋，身体霍然转了一个方向，而随着他身体的移动，那股紧随而至的能量冲击波，带起满地碎石，继续冲击而来。

望着犹如有着灵性一般的能量冲击波，萧炎并未有太大的意外。因为他发射出的佛怒火莲黏附着自己的些许灵魂力量，因此在两者碰撞之后，其中一些残余能量便会沿着这些灵魂力量的路线寻找攻击者。虽然因为强光的遮掩，萧炎并不知道纳兰嫣然的确切情况，但是想来她也受到了极为剧烈的能量冲击。

萧炎急速后退的身体猛然间一顿，双脚在青石上留下一道半寸深的脚印，背后双翼猛地一振，身体瞬间拔地而起。在萧炎身体升空的一刹那，他的背后露出了那些满脸愕然的云岚宗长老。

由于惯性，那股能量冲击波来不及转身追击，便气势汹汹地对着石台上的云棱等人呼啸而去。

"狡猾的小子！"略感愕然之后，云棱迅速地回过神来，当下一声怒骂，双

掌重重地拍在地面之上，喝道："重岩壁！"

随着喝声的落下，云棱面前几米处的地面一阵翻腾，旋即轰的一声巨响，庞大的石壁破土而出，犹如一个庞然大物一般，将云棱等人护在了身后。

嘭！呼啸而至的能量冲击波狠狠地撞击在石壁上，瞬间响起了猛烈的碰撞声，让周围云岚宗的弟子忍不住捂住了耳朵。

碎石不断自石壁上掉落，细小的裂缝在石壁上急速地蔓延着，不过云棱并未有丝毫慌张。他抬头紧紧盯着飞上半空的萧炎，惊诧地道："斗气双翼？不对，难道是飞行斗技？哼，好家伙，居然连这稀罕东西都有。"

"这个狡猾小子，居然逼我们出手将那股追击而来的能量冲击波化解。"一名长老拍了拍头顶上的灰尘，有些无奈地怒声说道。

"嫣然的情况似乎不是很好，而且那个萧炎竟然还有飞行斗技，嫣然虽然借着身法斗技，可以暂时停留在天空，但若是在天空作战，定然没有萧炎那般灵便，很吃亏的。"另外一名长老抬头望着天空皱眉道，那些刺眼的阳光对他似乎并没有什么阻碍。

"大长老，现在事态似乎有些超出我们的掌控了啊，那个萧炎真的很强！"

云棱紧皱着眉头，手掌缓缓捋着胡须，半晌，声音低沉地道："先看看吧，尽量不要让嫣然输了，不然的话，在这么多强者面前，云岚宗的脸往哪儿搁？"

"大长老的意思是？"闻言，周围几名白袍老者一愣，旋即眉头略微皱起。

"先看看吧。"挥了挥手，云棱并未再说什么，抬起头望着天空，脸色忽然微变，"嫣然受伤了！"

在被强光隔离了视线的半空中，纳兰嫣然的身体犹如狂风中的飞絮一般，借助细微的轻风，不断地轻灵摇摆着，以此来躲避那些呼啸而来的阵阵能量冲击波。不过能量冲击波的攻击范围实在太大，频率实在太密集，在接连躲避了十几道冲击之后，纳兰嫣然终于由于力竭，变得身形迟缓，被一道能量冲击波重重地击中了，顿时，她俏脸微白，一口鲜血喷了出来。

手掌捂着胸口，纳兰嫣然强忍着体内传来的疼痛，刚欲动作，眼瞳却猛然一缩，她霍然转头，只见在身后不远处，黑袍青年双臂环胸，背后有一双紫色翅膀缓缓振动着，正冷漠地看着她。

四目在空中对视，纳兰嫣然紧咬着红唇，玉手猛然向萧炎虚推而出，顿时，大片的淡青色风刃在她身前凭空浮现，旋即对着萧炎席卷而去。

借助反推力，纳兰嫣然的身体急速向地面坠落。她也清楚，在空中对战，拥有翅膀的萧炎将会占尽便宜，特别是在她受了伤的情况下。

纳兰嫣然刚刚有所动作，萧炎便开始了行动，他背后的双翼振动，猛然下扑，旋即身体略微倾斜，刚好将那一片风刃险险躲避了过去。他闪掠速度猛然暴增，身形闪动，宛如鬼魅般地出现在了纳兰嫣然的头顶上空，低头冷漠地望着俏脸微变的纳兰嫣然。

"结束了，纳兰嫣然。"

耳边风声呼呼刮过，萧炎盯着那张精致俏脸，声音忽然间变得有些嘶哑。三年的苦修，经历了孤独，承受了磨炼，他为的就是能在这一天，将当年在萧家大厅内肆无忌惮地羞辱他的少女，真正地击败。

近距离地凝视着那张清秀的面孔，纳兰嫣然依稀能从上面见到当年那倔强少年的模糊轮廓，她的眼神变得有些迷离。炼药师大会上穿着一袭炼药师长袍的平凡青年的身影，再度缓缓地在纳兰嫣然的脑海中浮现，她忍不住自嘲地一笑。

"这便是你的报复吗？构建一个出色得让我都为之着迷的虚幻之人，然后再将之戳破，让我知道，当年我看不起的废物，现在已值得我纳兰嫣然另眼相看。萧炎，当年的我，的确因为你的实力而看低你，事实已经证明了，我是个目光短浅的人，不过……"

猛然抬起俏脸，纳兰嫣然直视着挥动手掌砸过来的萧炎，贝齿紧咬着红唇，脸上的倔强与当年的萧炎几乎如出一辙。

"不过我也早已说过,即使重来,我也依然会去萧家退婚。我的婚姻,不需要他们来做主,跟一个陌生人过一生,我做不到!"

淡淡地望着倔强的纳兰嫣然,萧炎漆黑的眸子中闪过些许倦怠,身体猛然下倾,手掌轻轻地印在纳兰嫣然胸前,嘴唇贴着她的耳朵,犹如自语般的呢喃缓缓吐出。

"我从没说过你退婚有错,只是你选择的方式错了。可惜,高傲的你却从未想过这一点。不过事已至此,孰错孰对已经没有意义了,日后,我们不会有任何交集,你继续做你的云岚宗少宗主,我继续做我的苦行修士。三年之约,结束了,纳兰嫣然。"

呢喃声缓缓消散,萧炎那轻贴着纳兰嫣然胸前的手掌,劲力暗蕴,旋即就欲爆发。

萧炎的一番话,让纳兰嫣然的俏脸一片苍白。

"萧炎,还望能看在云岚宗的面子上,让嫣然几分,事后云岚宗定会给予你满意的酬谢!"

就在萧炎即将动手的一刹那,一道若有若无的喝声忽然传进他耳中。

嘴角掀起一抹嘲讽,萧炎听出了这声音的主人——云岚宗大长老云棱,这种时候传音说这种话,未免太可笑了吧?

轻声笑了笑,萧炎低头望了一眼场中,没有任何迟疑,手臂猛然一震,掌心中的澎湃劲气宛如火山爆发一般涌出!

# 第八章
## 风波再起

噗!

汹涌的劲气顺着萧炎的手掌涌出,纳兰嫣然的喉咙间传出一声带着痛楚的闷哼,旋即一口鲜血顺着嘴角滑落,鲜艳的颜色映衬着红润的嘴唇,凄艳而妖娆。

美眸隐隐噙着些许复杂情绪,盯着那张依然冷漠的年轻面孔,纳兰嫣然缓缓闭上双眼,双臂垂下,身体犹如残败的柳絮,顺着风儿无力地朝着地面落下。

这一刻,满场寂静!

所有的目光都落在缓缓坠落的倩影之上,那些云岚宗弟子的脸上皆是难以置信的表情。

纳兰嫣然,云岚宗年轻一辈最为出色之人,十三岁凝聚气旋,成功晋为斗者,十六岁攀至斗师,十八岁更是一举登上大斗师之列!

十八岁的大斗师,这种修炼速度,虽然不敢说是云岚宗这么多年以来最出色之人,但是排进前十绰绰有余。然而这个优秀得足以让普通人敬畏的人,却

败给了萧家当年的废物，这对于一直将纳兰嫣然视为心中女神的云岚宗弟子来说，无疑有种深深的挫败感。

一些人抛弃了心中的芥蒂之后，认真盘算了萧炎的年龄以及修炼的速度，心中骤然升起一股骇然之感。

三年之前，萧炎连一个斗者都不是，然而三年之后，他的实力却已经追赶上纳兰嫣然，提升到了大斗师级别。

三年时间，越过了斗者、斗师的界限，一举跻身大斗师位列，如果说纳兰嫣然的修炼速度让人感到敬畏的话，那么萧炎或许会让人感到恐惧了。

一些知情人的心尖忍不住地颤了一下。到现在，他们方才想起，三年之前，萧炎仅仅十五岁，三年之后，也才十八岁。

萧炎表现出来的成熟以及冷静，误导了很多人对其真实年龄的猜测。

很多人在这个年龄时，才刚刚达到斗者级别，然而这个曾经的废物却已经走上强者的路途了！

十八岁的大斗师！

当年云岚宗的创始人，那位艳惊大陆的奇才，也刚好是这个年龄到达大斗师级别！

当然，萧炎的修炼速度与药老的帮助不无关系，可是若当年药老不暗中吸取萧炎的斗气，没有浪费那段黄金时期，谁又能知道，萧炎会不会在更早的时候便到达大斗师级别呢？不过若是没有三年废物期对其心性的磨砺，谁又能肯定，萧炎能够拥有连老一辈强者都刮目相看的心智呢？

塞翁失马，焉知非福。

"唉！"

巨树之上，纳兰桀的脸色又变得灰暗了许多，笔直的身体略显佝偻。他长长地叹息了一声，叹息中的苦涩之意浓得难以化解。原本好好的事情，搞成如今这般局面，不仅赔了一个出色得足以让所有人嫉妒的孙女婿，而且颜面大失，当真是赔了夫人又折兵啊。

听到纳兰桀的叹息声，旁边的木辰等人只得苦笑着摇了摇头。萧炎的表现也远远超出了他们的预料，这个一直独自修行的小家伙，居然能够将云岚宗重点培养的纳兰嫣然击败，这三年之间，他的成长速度，让木辰等人也瞠目结舌。

"不简单的小家伙啊。"法玛轻叹了一口气。虽然在先前的战斗中，萧炎凭借着飞行斗技取了一些巧，但是那凌厉的战斗意识，明眼人一看便知他是经历过真正的战斗历练的，远非纳兰嫣然这种养尊处优的大小姐可比。

"的确不简单，假以时日，此子必成大器。"加刑天点了点头。语气虽平淡，却是他这么多年来，首次给予一个年轻人这般评语。

海波东心中略微松了一口气，不过马上又紧绷了起来，因为他知道，此次云岚宗之行，最危险的并不是与纳兰嫣然的战斗，而是云岚宗的那些长老。

目光下移，瞟过坐在石台上的一干云岚宗长老，特别是视线扫过脸色铁青的云棱之后，海波东的眉头微微皱了起来，袍袖之内手指轻轻弹动，些许寒气缓缓缭绕在掌心，随时准备着应付突发的变故。

"该死的小子！"

带着几分怒意，手掌重重拍在身旁的石台上，云棱脸色铁青。他没想到那萧炎竟然如此不给面子，他的提醒竟然没有半点作用。

"大长老，接下来怎么办？嫣然已经落败了。"一名云岚宗长老问道。

云棱脸色变幻不定，纳兰嫣然代表着整个云岚宗，如今她输掉了比试，无疑会有损云岚宗的声望，此时宗主不在，他这个大长老必须想尽办法将局面挽救回来。

"在场这么多势力首领，若是没有合适的借口，如何挽救？若是强来的话，岂不是显得我云岚宗像强盗之流了吗？"云棱的心中不断地转着念头。

心中有些烦躁地想着挽救措施，云棱的目光忽然停在下方脸色一片惨白的葛叶身上。此时，葛叶正一副见了鬼的模样，盯着半空上的萧炎。那副惊恐的

模样让本就烦躁的云棱更是怒火中烧,他当下忍不住低喝道:"葛叶,注意你的形象!你可是宗内执事!"

听到云棱的喝声,葛叶浑身一颤,终于清醒了过来,转过头来,嘴巴哆嗦着,手指颤颤巍巍地指向半空的萧炎,压抑的声音中有着掩饰不住的恐惧:"大长老,他……他便是杀了墨承的那个神秘人!"

葛叶此话一出,石破天惊!

石台上所有云岚宗长老的脸色瞬间大变!

萧炎淡淡地望着那坠落的曼妙身影,回想着先前纳兰嫣然脸颊上的那抹苦涩笑容,眼中再度闪过些许疲倦。为了这个所谓的三年约定,他离开了家族,离开了那个让他牵肠挂肚的可爱女孩,如今三年之约终于结束,他的身体乃至灵魂,似乎在此刻都卸下了压得他喘不过气的重担。

"终于结束了。"轻叹了一声,背后双翼振动,萧炎沿着纳兰嫣然坠落的路线,缓缓下降着。在即将落地时,一道白影忽然从纳兰嫣然怀中飘落,顺着风儿,向着萧炎飘了过来。

顺手捞过白影,萧炎眼睛一瞟,身体忽然变得僵硬起来。

那白影是一张叠得极为整齐的纸,或许因为折叠了无数次,白纸的边缘部位已经出现了一些破损的小洞。这张纸,萧炎很眼熟。因为当年在萧家大厅里是他亲手从桌上抽出了这张白纸,洋洋洒洒写下了那封让所有人目瞪口呆的休书!

萧炎缓缓打开这张纸,略有些稚嫩的笔迹映入眼帘,往下看,那沾染着鲜血的手印,在日光的照耀下是那般刺眼。

盯着这纸休书,萧炎轻轻摇了摇头,瞥了一眼即将落地的纳兰嫣然,袍袖一挥,一股劲气凭空浮现,驮负着她的身体,把她缓缓放在了青石地板上。

捂着胸口剧烈地咳嗽了几声,鲜血从嘴角溢下,纳兰嫣然一手撑地,带着几分倔强，抬头望向站在不远处的萧炎，看到他手中的白纸后，纳兰嫣然脸上的表情一阵变幻，半晌后，似是暗中下了某种决心。

在众目睽睽之下，纳兰嫣然有些艰难地站起身来，略有些沙哑的声音中带着难以掩饰的苦涩："萧炎，你赢了。按照当年的约定，若是我输了，我本该为奴为婢。不过为了宗门名声，请恕我不能如约做到，反正在你心中，我蛮不讲理的形象已经根深蒂固了，那就再让我任性一次吧。现在想来，当年萧家的事，我的处理方式的确不妥，日后请代我与萧叔叔说一声抱歉。"

话语落下，纳兰嫣然的玉手猛地一竖，距离其不远处的一名云岚宗弟子身旁的长剑，顿时被一股吸力扯了过来。

手掌抓过长剑，纳兰嫣然一咬牙，玉手摆动，锋利的剑刃便对着修长雪白的脖子狠狠刺了过去。

"啊！"

纳兰嫣然这突如其来的举动，令广场上所有云岚宗弟子和长老们脸色大变，他们没想到纳兰嫣然竟会因为比试输掉而自尽。

此时场中，一些长老虽有心抢救，但由于距离太远，只能眼睁睁地看着锋利剑刃离纳兰嫣然的脖子越来越近。

叮！

长剑携带着森冷剑气，划破空气，然而在其即将碰触到那雪白肌肤的一刹那，修长的双指竟凭空出现，旋即猛然夹住剑身，随着清脆的丁零声响起，长剑突然停滞。锋利的剑气在纳兰嫣然吹弹可破的脖颈上留下一道浅浅的血痕，鲜血缓缓流下。

长剑被阻，纳兰嫣然猛然抬头，却瞧见那对淡漠的漆黑眸子。

"我对收你为奴为婢并没有太大兴趣，所以你也不必做这般事，来保全云岚宗的声誉。"萧炎瞥了一眼咬着红唇的纳兰嫣然，心中有些无奈。

虽然他胜了纳兰嫣然，但是这并不代表他真的想让纳兰嫣然为奴为婢，不

管怎么说，纳兰嫣然都是云岚宗的少宗主，那些云岚宗长老绝对不可能让他做出这般大损云岚宗脸面的事情。

再者，如果纳兰嫣然真的在此处自尽，恐怕云岚宗众人会立刻暴怒，自己与云岚宗的关系则会真正地变为敌对，这并不是萧炎想见到的事情。

"三年之约已经结束，日后的我们，不会再有任何纠葛。今日你的失败，权当是当初你采取错误方式的一点儿代价吧。"萧炎淡淡地道，手指夹着长剑，猛然一扯，随手一甩，长剑便射了出去，旋即狠狠地插进先前那名云岚宗弟子面前的地面上，剑柄还不断摆动着。

"你也知道，这种纸面条约没有多大的约束力。"

轻摇了摇手中的休书，萧炎屈指轻弹，青色火焰从指间升腾而起，在纳兰嫣然面前，将休书焚烧成一堆灰烬，随风飘散。

"三年前所说的话，今日，我再重复一遍。"萧炎面带微笑，轻柔的声音缓缓地在安静的广场上回荡着。

"从此以后，你，纳兰嫣然，与我萧家，再无半分瓜葛！"

望着微笑着的清秀青年，纳兰嫣然脸上的神情复杂，她所追求的东西如今终于得到，不知为何心中却空了好大一块。

"诸位，好戏收场了，各回各家吧。"

萧炎抬头对高树上的众人笑了笑，旋即转身走了几步，将地面上那巨大的玄重尺抽出，随手插在后背之上，然后在无数道目光的注视下，缓缓朝广场之外走去。

阳光从天际洒下，那道显得有些孤独的背影，却比来时轻松了许多。

踏出广场，脚步即将踏下石阶，那让萧炎心中一沉的声音，却忽然响起。

"萧炎先生，还请留步，我云岚宗有点儿事，需要请你亲自验证。"

萧炎即将踏下台阶的脚步猛然一滞，他背对着广场，仰头长长地吸了一口气,袍袖中的拳头紧握了起来。

巨树上,海波东也皱起眉头,目光扫向广场中央,那里,云棱等人的脸色似乎有些怪异。

"该死的,难道被认出来了?"海波东喃喃了一声,体内的雄浑斗气悄然运转了起来。

广场上,云棱的声音落下,一道道目光再次投射到了那清瘦的背影之上。纳兰嫣然抹去嘴角的血迹,眼神复杂地望了一眼萧炎,旋即转身对云棱等人道:"大长老,今日比试,嫣然的确技不如人……"

"嫣然,并非因为比试之事,你暂且站开一些。"云棱摆了摆手,脸色出人意料地显得有些严肃。

瞧见云棱的脸色,纳兰嫣然一愣,略微迟疑了一下,只得点了点头,拖着受伤的身体,缓缓退到了一旁。那里的几名云岚宗弟子,赶忙起身给她让出了一个位置。

"怎么了?"巨树上,法犸等人也被这突如其来的变故弄得有些茫然,互相对视了一眼,皆是一脸疑惑。

"难道那云棱因为比试输掉,还想将人家强行留下不成?"加刑天笑道。

"他可不敢做出这种让云岚宗名声大跌的蠢事来。"法犸摇了摇头,忽然转头望向后面的海波东,疑惑地道,"海老头儿,你怎么了?"

法犸身为炼药师,灵魂感知力比加刑天都强上不少,故而他敏感地察觉到了海波东体内忽然汹涌起来的斗气。

"没什么。"摇了摇头,海波东随口回了一句,眼睛却死死地盯着萧炎的背影。如果今日他的身份暴露,那可就真的有麻烦了。

广场上自云棱的声音落下之后,便陷入了沉默,只有无数双满含疑惑的眼睛,注视着那一动不动的背影。

云棱盯着那道单薄背影,淡淡的斗气在手掌处酝酿着,只要萧炎有逃跑的

举动，他就立刻将之拦下。

安静的广场上，气氛沉闷而诡异。

半响后，那道犹如石雕般的背影终于动了一下，云棱缓缓眯起了眼睛，身体略微前倾，犹如即将俯身下冲抓捕猎物的苍鹰。

"云棱长老，何事？"淡淡的声音终于打破了沉默，也让云棱前倾的身体略微一僵。

场中无数道目光再次转移，只不过，这次都转到了云棱身上。除少许人之外，大多数云岚宗弟子并不清楚这个时候，为什么云棱长老会忽然出言将萧炎拦下。

众目睽睽之下，云棱缓缓站起身子，脸色阴沉地盯着萧炎，沉声道："不知道萧炎先生是否听说过，几个月之前，我云岚宗外门执事墨家墨承之死？"

云棱此话一出，广场上顿时响起了一阵窃窃私语声。墨承在云岚宗地位不低，而且交际手段出色，因此在宗内关系还算不错。当初他的死在宗内掀起了一阵波澜，而执法队特地前去盐城调查过，不过所得消息甚少，只知道出现了两个实力极强的神秘人将墨承击杀。可关于那两个神秘人，云岚宗并没有太多的消息，因此墨承的死一直是一些与之关系不错的长老们心中的刺。

可在这个时候，云棱忽然提起这件事，众人不免觉得奇怪，难道他认为击杀墨承的人便是萧炎？

心中闪过这一念头，众人感到有些好笑。要知道，墨承已晋入斗灵强者多年，萧炎却顶多是个大斗师，两者间的差距宛如天地之隔，萧炎怎么可能与这件事扯上关系？

没有理会广场上的窃窃私语，云棱只是死死盯着萧炎，等待着他的回答。

袍袖中的手掌轻颤了颤，萧炎紧抿着嘴，深吸了一口气，压下剧烈的心跳，慢慢转过身来，再次面向那庞大的广场以及场中近千名云岚宗弟子，淡如清风的声音在广场上回荡："云棱长老此话何意？难道你以为墨承是我所杀不成？"

"不是吗？"低笑了一声，云棱指向一旁的葛叶，"嫣然与葛叶当初正好在现场。葛叶亲自与那个神秘人交过手，在交手过程中，他看见了对方的面貌，不过因为是匆忙一瞥，所以有些模糊，因此直到刚才他方才敢确定，那个神秘人……便是你，萧炎！"眼瞳猛然一睁，云棱厉声大喝道。

寂静！

死一般寂静！

庞大的广场上，时间仿佛凝固了，所有人脸上的表情都变得僵硬起来，众人傻傻地望着脸色阴沉的云棱，脑子被这惊天的消息炸得缓缓停止了工作。

巨树之上，法玛和加刑天同样被云棱的话震得愣住了。当初，加刑天曾亲自赶到盐城，所以他知道那个击杀墨承的神秘人实力定然不会弱于自己。如果萧炎便是击杀墨承之人，那岂不是说萧炎的真实实力已经和他们在同一等级？

一个十几岁的小家伙，是一名斗皇强者？就算他从娘胎里开始修炼，也绝对不可能啊！

两人对视一眼，眉头都皱紧了，他们的见识远非那些云岚宗弟子可比，云棱的这番话看似极为可笑，然而以他的身份，会无缘无故地说出这荒诞的话吗？难道说，他真的有证据，证明萧炎便是击杀墨承之人？

如果是真的，那这个叫萧炎的小家伙，也未免恐怖得过头了吧？

在满心疑惑的法玛和加刑天身后，纳兰桀和木辰等人此时也惊呆了。云棱的这番话，对他们的冲击实在是太大了。如果他说的是真的，那岂不是说明现在萧炎所展现出来的实力，仅仅只是冰山一角？

在诡异的气氛中，萧炎抬起了头，目光在广场中缓缓扫过，每个人的神情都被他收入眼中，半响，他的视线停留在那满脸错愕的纳兰嫣然身上。他忽然轻笑了笑，转头对着云棱道："云棱长老，对于贵宗墨承执事的死，我深表遗憾，不过这并不代表你们能够随意污蔑别人。谁都知道，墨承可是斗灵强者，当初那个神秘人击杀他，更是极为干脆利落，从这点判断，那个神秘人的实力恐怕至少在斗王级别。难道你认为我有那个实力？你是不是太抬举在下了？而

你所说的证据，仅仅是葛叶的一面之词？凭借这个就想将我定罪，那未免太可笑了吧？"

冷冷地望着微笑的萧炎，云棱也知他定要这般为自己开脱。说实在的，若非葛叶以命担保，云棱也不敢肯定萧炎就是那神秘人，毕竟，他们俩的实力相差太多，怎么可能牵扯到一起去？

云棱在心中叹了声，想起葛叶先前那副不似作假的恐惧模样，他心中再次安定了一点儿，目光忽然转向一旁的纳兰嫣然，沉声道："嫣然，当日你也在场，虽然你并未见过对方的容貌，但是两者的身形或者一些特殊地方，你应该知道一点儿吧？"

云棱的话，顿时将全场的目光拉向了脸色还有些苍白的纳兰嫣然身上，包括站在广场边缘的萧炎。

突如其来的问话，让脑子还处于一团糨糊状态的纳兰嫣然怔了怔。她缓缓转过头，凝视着那张淡漠的脸，旋即仔细打量起萧炎。

纳兰嫣然的动作，让广场上所有人的心都猛地提了起来。在这种时候，纳兰嫣然的话虽然不敢说有决定性的作用，但是无疑将会影响萧炎的嫌疑程度。

广场之上，气氛再度安静，半晌之后，纳兰嫣然收回了目光，摇了摇头，缓缓地道："大长老，当日的神秘人身着宽大袍服，遮掩了实际身形，所以我也不能辨别他的身份。"

闻言，萧炎心中悄然松了一口气，而云棱等人的脸色则有些难看。

"对了，我记起来了，当初那个神秘人在击杀墨承时，曾经施展了一种极为恐怖的白色火焰！"有些尖锐的声音猛地自脸色涨红的葛叶口中喊出。

听到葛叶的喊声，法玛以及加刑天、纳兰桀等人的脸色骤然大变，他们猛然记起，在炼药师大会上，萧炎也曾动用了一种极为神秘的白色火焰！

这一刻，一股骇然笼上众人心头！

这一刻，萧炎的脸色变得阴沉起来！

# 第九章
## 一触即发

广场上的气氛再度陷入死寂,一道道目光泛着惊骇,盯着广场边缘处的萧炎。

"这个家伙,难道真是当初击杀墨承的那个神秘人?"加刑天喃喃了一声,总是布满笑容的脸终于变得凝重起来。

"这倒是不知,不过炼药师大会上,萧炎倒还真的使用过一种白色火焰,虽然那火焰一闪便逝,但是我敢肯定,那也是一种异火!"法犸低沉的声音中有着难以掩饰的骇然,两种异火共存一体?天哪,这也太疯狂了吧?

"唉,果然还是留下了一些破绽啊。"海波东在心中无奈地叹息了一声,目光转向场中的萧炎。现在,与云岚宗是战还是不战,就取决于萧炎的表现了。

死寂的气氛笼罩着广场。萧炎沉默了许久,忽然猛地前踏了一步,云岚宗众长老立刻全身绷紧了起来,淡淡的斗气若隐若现缭绕着身体。

"抱歉,我并不知道葛叶执事在说什么。"缓缓抬起头,望了一眼随时准备动手的云岚宗众长老,萧炎微皱眉头,紧绷的身体舒缓了一点儿,声音平淡地

道。说实在的,他并不想和云岚宗闹翻,这个屹立在加玛帝国这么多年的庞大势力,底蕴如此深厚,萧炎胆子再大,也不得不满心忌惮。所以不到最后一刻,他不想完全撕破脸皮。

"哼,不知道?"云棱闻言,脸上浮现出一抹冷笑,厉声喝道,"萧炎,参加炼药师大会,夺得冠军的那个岩枭,也是你伪装的吧?这一点,我能找出不下十人出来做证,你还能赖掉?"

萧炎沉默了,在炼药师大会上,为了夺得冠军,他暴露了太多底牌,而云岚宗大长老云棱的情报渠道也远远超出他的预料,因此,云棱说能找出足够多的证据,萧炎倒并不意外。

云棱的嘴角溢出一抹得意之色,又道:"在炼药师大会上,你曾经使用了一种白色火焰,而且威力极大,这是无数人亲眼所见,想必假不了吧?"

"天下能够使用白色火焰的人多了,难道这些人都是杀墨承的凶手?"萧炎撇嘴冷笑道。

云棱冷冷地道:"别人拥有白色火焰,的确说明不了什么,但根据葛叶先前的述说,你本来便是最有嫌疑的人,如今你又与那神秘人拥有相同的火焰,总不能桩桩件件都是巧合吧?"

针锋相对的言辞,使两人瞬间成了广场上的主角。很多云岚宗弟子的目光中都掺杂着惊骇与错愕的情绪,他们难以相信,这个年纪与他们差不多的青年,居然是将墨承轻易击杀的神秘强者。

"这个萧炎,底细很神秘啊。"古河摸了摸下巴,盯着萧炎,缓缓地道。听着场中两人的争执,再联想到那青色火焰,他心中倒是明白了许多。如果云棱所说是真,那么上一次在大沙漠中,那个坐收渔翁之利的神秘人,恐怕就是这个年龄似乎不过二十岁的小子。

不到二十岁的斗皇强者?一想到这个,古河就有种荒诞的感觉:什么时候,斗皇强者居然如此年轻便能达到了?就算每天吃尽高级丹药,也绝对不可能在短短二十年内成为一名斗皇强者啊。

其身后，柳翎苦笑着摇了摇头。到现在，他方才知道，他与萧炎之间究竟存在多大差距。每次在他以为对方即将达到极限之时，萧炎却又会猛然露出隐藏的实力，他虽有心追赶，却力有不逮。

场中针锋相对的气氛持续了半晌，萧炎抬眼望着云棱，他似乎明白了，这个老家伙今天打定了主意不会让他离开，当下心中升腾起些许不耐烦，拂袖冷声道："云棱长老，我并不想与你多费口舌，如果你没有确凿的证据，还是不要随意污蔑我。虽然云岚宗势大，但这污蔑人的名声若传了出去，可不太好，而且脚长在我身上，去留还轮不到你替我做主！"

语罢，萧炎转身便要踏下石阶。

"抱歉，在我们未查清究竟是谁杀了墨承之前，萧炎先生或许得暂时居住在云岚宗一段时间了。"云棱一挥手掌，冷喝道，"执法队，留下他！"

云棱的喝声落下，广场上近千名云岚宗弟子中，猛然间射出十几道白色影子。他们斗气狂涌，身形快速移动，瞬间便将萧炎包围了。没有丝毫的废话，这些脸色冷厉的云岚宗弟子，双手翻动，长剑闪烁而出，剑身一摆，十几道剑影齐齐对准了萧炎。

云岚宗执法队的弟子是由宗内长老从实力优秀的弟子中挑选出来的，他们的实力在云岚宗都属于上等水平，而且彼此间配合默契，通常每次都是十几人一齐出手，即使对上实力超出他们一些的对手，也不会落于下风。这一次出手拦截萧炎的十几名执法队弟子，看他们身体上覆盖的斗气纱衣，实力明显是在斗师级别。

"滚！"

望着从四面八方铺天盖地袭来的连绵剑影，萧炎脸色一冷，一声冷喝，手掌猛然握住肩上尺柄，手臂挥动，巨大的玄重尺再度脱离后背。他脚尖轻点，身体顿时犹如陀螺一般，瞬间高速旋转起来。黑色巨尺带起一股强悍劲气，从

立足之处扩散而出。

叮当，叮当，叮当……劲风呼啸间，人影接触处，不断传出一道道清脆的金属交击之声。

嘭！随着一声闷响，十几道白影猛地自交手之处暴退，脚掌擦着地板滑出了十几米，方才缓缓停住。这些云岚宗弟子低头望着断裂的长剑，脸色都有些变化——这家伙能够打败纳兰师姐，果然并非只靠运气。

击退了十几名云岚宗弟子，脸色阴沉的萧炎转过身，冷冷地盯着云棱："云棱长老，这是什么意思？"

"萧炎先生，在你未能洗脱嫌疑之前，恐怕你不能离开云岚宗了，还请听从老夫之言，安心在云岚宗住一段时间吧。等宗主回来之后，我们会彻底调查此事的。"云棱淡淡地道。

萧炎虚眯着眼睛，寒芒从双眼中闪过，他的目光缓缓扫过广场，旋即停在了云棱身上。握着尺柄的手掌略微紧了紧，他长长地吐了一口气，身体逐渐松懈了下来。

察觉到萧炎身体的放松，云棱悄悄松了一口气，然而就在他以为萧炎打算放弃抵抗时，萧炎忽然一踏地面，随着一道能量炸响之声，其身体猛然化为一道黑影，朝着广场外射去。

"拦住他！"

萧炎突如其来的举动让云棱脸色一沉，他厉声喝道。

云棱的喝声刚落，那一旁的葛叶竟然最先有所动作，斗气自体内涌出，脚掌蹬地，身体顿时犹如离弦的箭一般，瞬间掠过大半个广场，他干枯的手掌一曲一卷，几道尖锐的劲风射出，劲风缠绕着向前冲，似要封锁萧炎的退路。这般快速的凌厉手段，不愧是斗灵级别的强者。

身后破空而来的尖锐劲气，让萧炎皱起眉头，手中的玄重尺猛然插地，前冲的身形生生停住，双腿微曲，旋即冲天而起，肩膀一颤，紫云翼展现，没有丝毫迟疑，他展动双翼，便朝云岚山之外掠去。

"萧炎，给我停下！"

望着冲天而起的萧炎，云棱一声厉喝，一挥手掌。石台上，三名年龄最大的白袍老者身体微颤，随即缓缓消失，再度出现时，他们已呈三角之状，将萧炎的退路完全阻拦。三股澎湃的斗气自三人体内涌出，强大的压迫力将萧炎牢牢锁定。

天空之上，三名白袍老者背后的斗气之翼缓缓振动着，庞大的斗气外溢，竟然使周围的空间略显虚幻。

"三名斗王强者，云岚宗的实力果然恐怖。"望着对面三名白袍老者身后的斗气之翼，萧炎的脸色顿时有些难看。

"萧炎，你若不是心虚的话，何必急着走？"云棱抬头冷冷地望着萧炎，旋即目光环顾了一圈巨树上的众人，沉声道，"各位，看萧炎的表现，恐怕真的与墨承之死脱离不了关系。所以在宗主回来之前，我们不能放他离去，此事事关重大，还请诸位理解。"

云棱这番隐隐带着几分严厉的话语，让法犸等人眉头微皱，他们互相对视一眼，皆暂时选择了静观其变。

见到并未有人出面阻拦，云棱松了一口气，目光再度转向萧炎，缓缓举起手掌，就欲下令将之拿下。

"大长老，此事是否有些误会？我先前与他交过手，如果他真的杀了墨承，不可能与我这般苦战啊。"就在云棱即将下令时，纳兰嫣然迟疑了一会儿，终于忍不住开口道。

"嫣然，这事你暂且别管，无论如何，都要把他留到宗主回来为止，到时候若真冤枉了他，我云棱向他道歉便是。"云棱摆了摆手，冷冷地盯着空中的萧炎，手掌霍然挥下。

"拿下他！"

云棱的声音落下,那三名围住萧炎的白袍老者,浑身气势猛然大涨,磅礴的气势和压迫感犹如即将降临的雷霆风暴一般,笼罩了整个广场!

大战,一触即发!

# 第十章
## 三名斗王强者

　　弥漫了广场的磅礴压迫力,让萧炎的身形急速下降了十几米,胸口那股气闷之感这才化去。萧炎神态凝重地望着那三名白袍老者,大感棘手,三名斗王强者亲自出手,也太看得起他这个无名小子了吧?

　　广场上,所有云岚宗弟子皆抬头望着空中的战局,出动三名斗王强者拦截萧炎,他们同样感到太过于小题大做了,要知道,以那三位长老的实力,拦下斗皇强者也并非什么难事啊。

　　当然,抱有这个想法的并非只有他们,就连巨树之上的木辰等人,也感到不可思议。

　　因为云岚宗的特殊地位,宗内的一些强者很少去参加所谓的帝国强者的排名,要不然的话,一众老家伙岂不是会把靠前的名次占个大半?而若真去参加的话,也会让帝国的其他强者心中产生不满,这可不是云岚宗乐意见到的事情。因此,帝国十大强者排行榜上,除了宗主云韵之外,并没有这三名老者的名字。

　　如果论单个实力,他们或许比不了上次古河去沙漠邀请的名列帝国十大强

者排行榜的风行者风黎等人，不过若是他们联手的话，再加上云岚宗特殊的功法以及合击斗技，即使是斗皇强者，一时半会儿也难以将他们拿下。可这一次为了抓获萧炎，他们三人竟然一起出手，难怪场中众人都感到无语。

"这小家伙看来有麻烦了啊，这三个老家伙出手，就算是我，也要被拖延上一阵。如果他不拿出击杀墨承时的那种实力，今日，想必只能留在云岚宗了。"加刑天望着空中的战局，淡淡地道。

法犸微微皱眉，点了点头。

"法老头儿，你不打算出手？嘿嘿，不管怎么说，萧炎也是你们炼药师公会的荣誉长老吧？"加刑天忽然转头对法犸笑道。

"看现在的情况，那云棱是打定了主意想将萧炎留下，我出面，恐怕他也不会改变主意。"法犸摇了摇头，道，"你也知道云岚宗的实力……我是炼药师公会的会长，代表整个公会，我若是直接出手帮萧炎，那会有损双方的关系。所以也只能找个机会替他说说情，只要他不是杀墨承的凶手，想必云韵还是会给我这个面子的。"

加刑天嘿嘿笑了笑，他自然知道法犸不可能在这个时候出手帮萧炎解决危机。他自己也不会出手，他们虽然实力不凡，但是背后的关系错综复杂，做事不能太过随心所欲啊。

在两人身后，听到他们谈话的海波东，有些无奈地摇了摇头，没想到最不愿意见到的事情还是发生了。不过为了那能够恢复实力的复灵紫丹，就算前面是云岚宗这座大山，他也只能硬着头皮撞上去了。

"萧炎，放弃反抗吧，在查清事情的真相之前，我们不会伤害你，只是请你在云岚宗居住一段时间而已。"云棱将双手负于身后，抬头望着天空，大声道。

萧炎一撇嘴角，冷笑了一声，目光在四周缓缓扫过，准备寻找突破的良机，不过片刻之后，他便失望地放弃了这一奢想。对面的三名老者，无论是在实力还是战斗经验上都远远超过他，攻防之间几乎没有丝毫破绽。弥漫了整个广场的气势，更是将他的飞行高度压迫到一个界限之下。再往上的话，三名斗王强者的联合气势，足以让萧炎当场吐血。

望着没有理会自己的萧炎，云棱抖了抖脸皮，缓缓吐了一口气，当下不再废话，手掌猛然挥下，沉声喝道："抓住他！"

云棱的喝声刚刚落下，天空之上，萧炎便猛然对着广场上盘坐的云岚宗弟子冲去。在这种情况下，他只有制造混乱，方才有可能借机逃脱。

"哼，小子，不要再负隅顽抗了！"

可惜萧炎的企图并未逃过那三名云岚宗长老的眼睛，其中一名满头白发的老者，背后双翼一振，便化为一阵狂风，再度出现时，居然已经在萧炎下扑的路线上。

"喊！"紧皱着眉头望向阻拦了自己路线的白发老者，萧炎低声骂了一句，双翼振动，强行扭转了方向，然而身体才刚刚转过，又一名白袍老者就诡异地闪现在其身前不远处，干枯的手掌对准萧炎，淡淡地喝道："风缚！"

随着话音落下，铺天盖地的狂风自其掌心中涌出，旋即化为一根根实质般的绳子，对着萧炎闪电般缠绕而去。

风绳速度极快，眨眼时间，便飞到了萧炎身旁。老者猛然一握手掌，风绳急速收缩，旋即将萧炎包裹在绳网中，犹如一个蚕蛹。

广场上，那些云岚宗弟子张大嘴巴，望着一个回合便将萧炎抓捕的白袍长老，皆忍不住惊叹起来。没想到斗王强者竟然强到了这种地步，连纳兰师姐都不是其对手的萧炎，竟然仅仅一个回合便被斗王强者擒住，两者的差距果然大得离谱啊。

天空上，那名施展风缚的白袍长老刚欲收回风蛹，脸色却微微一变。

噗！

一道轻微声响响起，密布着风绳的"蚕蛹"中，居然猛地射出一道青色人

影，人影所过之处，那足以承受大斗师全力攻击的风绳瞬间化为虚无。

"异火吗？果然很强啊。"

望着冲出风蛹的人影，三名云岚宗长老怔了怔，旋即眉头一皱，相互对视了一眼，再度展动身形。顿时，只听天空上风声阵阵，几乎难以看清三人的身影，众人只能看见被包裹在青色火焰之中的萧炎四处逃窜，躲避着三人的围攻，看上去有些狼狈。

萧炎逃窜了将近五分钟之后，三名云岚宗长老终于有些不耐烦起来，当下也不再因为萧炎身体上的异火而小心翼翼，三人齐齐闪掠身形，再度出现时，已经呈三角之状，将萧炎围困在一个面积不到五平方米的三角形之中。

"风火木壁！"

三人一声低喝，彼此手掌竖直相对，掌心中，三种颜色各不相同的斗气涌出，旋即以光膜之状，闪电般冲袭而出，仅仅眨眼间，便在中心处相接。顿时，三人之间形成了一个三角形的能量光膜，而那光膜中间正是萧炎。

死死地盯着笼罩着自己的光膜，萧炎挥动手掌，一缕青色火焰涌出，黏附在光膜上，炽热的高温让那里的光膜有些颤抖，不过，每当光膜被焚烧了少许时，又会立刻涌出一股更大的能量，将之修补得更加厚实。

虽然萧炎拥有异火，但双方的实力实在差距太大，况且还是三名斗王强者同时出手，若非他们对异火有些忌惮，萧炎早就被擒拿了。

"该死的！"望着坚不可摧的能量囚牢，萧炎咬了咬牙，低声骂了一句。

能量囚牢之外，三名云岚宗长老缓缓催动掌心中的能量，而随着能量的涌动，那三角形的能量囚牢竟然开始缓缓缩小。

望着正朝自己压来的能量囚牢，萧炎脸色大变，双翼展动，迅速闪至光膜壁前，青色火焰自掌心中涌出，狠狠地砸在光膜壁上。想要借助异火之力将之打破，想法是好的，可是三名斗王强者联手所构建的光膜壁，光凭他的实力，怎么可能将之打破？

萧炎的拳头击中光膜壁，唯有一圈圈涟漪不断蔓延，却丝毫没有动摇光膜的根基。此时的萧炎，犹如被困在笼中的鸟儿，无论怎样振翅，都逃不出这天罗地网。

在众人的注视中，三角能量囚牢越来越小，此时距离萧炎的身体仅有半米左右。

萧炎即将被缚，巨树上的众人面面相觑，却并未有人出手。唯有那纳兰桀动了动身体，脚往前跨了一步，可始终踏不下去，僵在半空，脸色变幻不停，良久之后，他叹息一声，缓缓缩回了脚。

三角能量囚牢中，萧炎似是知道逃脱无望，停止了无谓的抵抗，身体上的青色火焰逐渐缩回体内。他淡漠地望着光膜外的三名长老，竟然缓缓闭上了眼睛。

"放弃了吗？"

望着闭上眼睛的萧炎，三名云岚宗长老一挑眉梢，挥动手掌，那正不断缩小的能量囚牢加快了速度。

三角能量囚牢越来越小，就在所有人都以为萧炎此次定然难以逃脱时，变故骤生！

"唉……"

有些无奈的叹息声，忽然在天空中回响。随着叹息声的落下，一股冰冷的寒气让广场上的温度迅速下降。

感受到忽然降低的温度，那三名云岚宗长老一怔，旋即脸色剧变，目光迅速扫向能量囚牢中，只见一道苍老的身影犹如鬼魅一般缓缓浮现。

那苍老身影出现之后，能量囚牢中，寒气暴涨，那急速缩小的能量囚牢，犹如受到了不可抗拒的力量的拉扯，不仅未曾再缩小半分，反而被那股恐怖的寒气涨得急速膨胀。

三名长老的脸色瞬间变得极为难看，他们急喝道："小心，退！"

　　喝声刚刚落下，那股恐怖寒气猛然再度暴涌，顿时，那被撑到极限的能量囚牢，终于承受不住这般巨大的压力，随着一道响彻天空的爆炸声，那由三名斗王强者合力凝聚而成的能量囚牢，居然生生地被震裂了！

　　众人骇然地望着天空上那急速后退的三名长老，片刻后，视线转移向能量囚牢炸裂之处，那里，两道人影若隐若现。

　　下方，云棱的脸色在这一刻变得极为难看。

　　空中忽然出现的变故，让场中众人皆是一怔，望着那缓缓浮现的苍老人影，一些知情人的脸色顿时发生了变化。

　　"海老头儿？他……他怎么出手了？"加刑天满脸错愕地道。

　　法犸脸色同样有些愕然，他也没想到，海波东竟然会冒着与云岚宗起冲突的危险，前去帮忙。

　　两人面面相觑，皆察觉出了一点儿蹊跷，以海波东的性子，他可不像是那种会为了谁干这种莽撞事情的人啊。

　　"看来萧炎对海老头儿的吸引力很大啊，甚至大到了能够让他甘愿出手阻拦云岚宗的地步。这个小家伙，真是越来越让我好奇了。"加刑天摇了摇头，话语中有着难以掩饰的惊叹。他对海波东的性子极为熟悉，若非有什么足以打动海波东的利益，这个冰块一样的家伙，绝对不可能做出这等事情。然而一个不到二十岁的小子，究竟有什么魔力，能够打动一个斗皇强者呢？

　　法犸微微点了点头，目光扫向天空，低声道："现在便看接下来的情况吧，唉，真是变幻莫测的局面啊。"

　　海波东忽然出手，顿时让场中的局面变得有些诡异。一个斗皇级别的强者所拥有的能量，没有任何人敢小觑，包括云岚宗！

　　海波东明显站在萧炎一方，那么现在……云岚宗再想动萧炎的话，则要好好计较一番了，一个弄不好，说不定真的会惹出一场惊天动地的大战。

场中，认识海波东的人仅仅是少数，更多的云岚宗弟子对这个隐姓埋名几十年的强者，并没有太深的印象。因此当他们见到这个其貌不扬的老者，竟然随手破去了三名长老联手布置的能量囚牢后，脸上瞬间布满了难以置信的表情。

天空上，那闪电般退开的三名长老振翅稳住身形，抬头望着站在萧炎身旁的苍老身影，脸上皆浮现出凝重之色，目光仔细地从海波东身上缓缓扫过。半响，其中年龄最大的云岚宗长老似是忽然想起了什么，脸色猛然大变，失声道："海波东？冰皇海波东？你竟然还活着？"

听到他的叫声，另外两名长老也想起了这个当初名震加玛帝国的名字，当下表情同样有所变化，体内雄浑的斗气不由自主地运转了起来。他们也是海波东那一辈的人，只不过当时海波东已经是名震加玛帝国的强者，而他们还只是云岚宗的执事。因此，一知道是他，他们马上警戒了起来。

瞥了三人一眼，海波东转头望着萧炎，道："没事吧？"

"你要是再不出手，就该有事了。"萧炎扬了扬手中巨大的玄重尺，苦笑道。

"唉，今天麻烦了，我一个人可挡不住他们啊。"海波东低声道。

"别和他们硬战，只要能够离开这里就行了。"萧炎的目光缓缓扫过四周，脸色微沉。他发现，在先前三人与他纠缠时，周围的巨树上不知何时已经出现了将近百名中年人样貌的云岚宗弟子，从他们与普通弟子略有不同的服饰以及体表溢出的斗气来看，他们的实力显然大多都不弱于自己。

"我自己离开倒是没什么问题，不过带着你，却有点儿麻烦，对方也不是省油的灯啊。不过还好，亏得云韵没在此处，不然想离开，是不可能的。"海波东随意地四下看了看，有些庆幸地道。

"那就拜托海老了。"萧炎点了点头，苦笑道。

"尽力而为吧……"海波东的脸上没有多少笑容，以一己之力对抗云岚宗众多高手，就算他是斗皇级别，也不会太好受啊。

"海波东，当年一别，没想到今日还能见面，真是让人意外啊。"云棱的脸

色缓和了许多，抬头望着天空上的海波东。海波东进入帝都后不久，他便得到了消息，所以此时见到海波东，倒并未太过惊讶，只是没想到海波东竟然会出手帮助萧炎。

"嘿嘿，云棱，这些年你倒是长进不小啊，当年，你似乎刚进入云岚宗长老院啊，没想到如今竟然成了首席长老。"海波东淡淡笑道。

"呵呵，只是宗主信任我这老骨头而已。"云棱笑了笑，旋即认真地盯着海波东，道，"叙旧的话，还是日后再说吧。你应该知道我们想留下萧炎，此事事关我云岚宗的名声，还希望你不要随便出手，免得损了云岚宗与米特尔家族间的关系啊。"

听到云棱这番隐含警告的话语，海波东只是淡淡地笑了笑，缓缓地道："抱歉了，由于一些缘故，今日我必须保证萧炎的安全。所以还麻烦你能看在我的薄面上，放他离去，日后我海波东不会忘记你这份人情的。"

闻言，云棱顿时皱紧眉头，沉声道："海波东，你知道这是绝对不可能的事。墨承作为我云岚宗之人，这些年对宗内的贡献，所有人都有目共睹。这种功臣，若是就这般不明不白地死了，我们却袖手旁观，日后如何让弟子们心安？"

"唉，我也有难处啊。"海波东叹息着摇了摇头，看云棱这个样子，想靠几句话便带人离开，显然是不可能的。当下他也不再废话，目光环视了一周，猛然抓住萧炎，然而还未来得及有所动作，那一直死死盯着他的云棱便厉声喝道："云力，你们三人拦住他！云岚宗执事听令，结云岚雾阵！"

云棱的喝声刚落，天空上的那三名长老便展动身形，三人呈半圆弧状，将海波东拦住。而那巨树上的近百名云岚宗执事，齐齐大喝一声，雄浑斗气自体内涌出，一道道白色雾状能量犹如瀑布一般，从掌心中喷了出去。百多道雾状能量互相缠绕，然后迅速蔓延，仅仅片刻，便形成了一个碗状的能量罩，刚好将整个广场罩了进去。

嘭，嘭……

在能量罩形成的一刹那，海波东一手护着萧炎，以一种极为蛮横的姿势，狠狠撞开了三名长老的防护，闪电般掠到他们之下。他一挥手掌，一根有一丈左右庞大的冰寒能量柱涌出，重重砸在能量罩之上，将之砸得一阵摇晃，不过能量罩却顽强地并未破碎。

"该死的，好硬的乌龟壳！"

低声骂了一句，海波东刚欲继续攻击能量罩，背后却传来三道凶悍劲气。三道劲气在飞掠中，竟然开始彼此融合，融合之后，声势暴涨，海波东都不得不转身应战。他挥动手掌，快速在身前凝聚出一块坚硬的寒冰镜面，将之抵挡了下来。

"你先退开，自己小心一点儿，给我十分钟时间！"海波东一挥手掌，一股巧劲将身后的萧炎送出了战斗圈，沉声道。

将萧炎送出之后，海波东的脸色逐渐冷冽，冰寒的斗气从体内喷出，其周身空气中所蕴含的水汽顷刻间便被凝成了无数坚硬的冰粒，他手掌弹动，铺天盖地的冰粒带起呼啸的风声，狠狠对着三名云岚宗长老砸了过去。

对上这位曾经的冰皇，三名长老不敢有丝毫的大意，体内的斗气涌出，三种属性各不相同的斗气彼此融合，形成了坚不可摧的防御。

天空之上，海波东闪动身形，携带着极冷的寒气，大肆地对着三名长老发动一波波连绵不绝的攻势。虽然三人能够融合斗气共同抗敌，但是依然在海波东的凶悍攻势下连连败退，不过三人配合十分默契，否则早就该落败了。

被白色能量罩笼罩的天空之上，寒风阵阵，能量碰触爆炸声不绝于耳，那激烈的战斗，让下方的云岚宗弟子们目瞪口呆。

微眯着眼睛望着将三名长老压得节节败退的海波东，云棱又看了一眼那悬浮在另一边的萧炎，不由得冷笑了一声，肩膀微颤，一对斗气之翼缓缓弹射而出。

双翼振动，云棱的身形迅速升空，然后直直地朝萧炎奔去。

听到下方传来破风之声，萧炎急忙低头，旋即脸色一变，背后双翼一振，

身形急忙后退。

"嘿,想走?不管海波东为什么要保你,只要将你先拿下,想必他也不会真的下死手。"望着急退的萧炎,云棱低声冷笑道,脚尖轻点虚空,速度再度暴涨,眨眼间便接近了萧炎。

望着急速靠近的云棱,萧炎赶忙振翅逃窜。

天空之上,两道人影一追一逃,不过后方的身影正在迅速拉近双方间的距离,某一刻,终于进入了攻击范围。云棱的脚掌狠狠一踏虚空,身影化为一道虚幻的闪电,再次出现时,居然挡在了萧炎逃跑的路线上,他身体前冲,干枯的手犹如鹰爪一般,带起一股凌厉得让萧炎皮肤刺痛的凶悍劲气,对着其脖子抓了过去。

云棱出手的速度快若闪电,待萧炎发现时,云棱的手居然已经距离自己不到半米!

在萧炎漆黑的眼瞳中,那带着凌厉劲气的手爪正迅速放大,划破虚空,直指自己的脖子!

远处,海波东发现了这边的状况,当下脸色大变,急忙想分身援救,可此时三名云岚宗长老犹如发疯了一般,冒着被重伤的危险,拼命地施展合击斗技,死死地拖着他。

满场目光此刻都停在了萧炎、云棱所在之处。若是萧炎被抓,那么这一次的战斗就该落幕了。

"看来要结束了,海波东一个人难以将萧炎从云岚宗带走啊。"加刑天咂了咂嘴,叹息道。

法犸微微点了点头,刚欲说话,脸色却骤然一变,目光霍然转向萧炎所在之处:"不对!有什么东西!"

变故再度陡然而生!

# 第十一章
## 七彩吞天蟒出场

　　天空之上，云棱即将擒获萧炎，萧炎的袍袖却猛然一震，旋即一个粗大的影子射出，狠狠地击中云棱的手掌，恐怖的力量居然将空气震得发出一阵阵尖锐的音爆之声。

　　在七彩影子出现的一刹那，云棱有所察觉，当下脸色剧变，然而他还来不及抽身而退，那七彩影子便已击中其手掌，顿时，他脸色涨红，一声闷哼从喉咙间吐出，身体犹如被拍飞的皮球一般，急速后退着。

　　天空之上忽然出现的变故，让场中正在激战的海波东以及那三名云岚宗长老，不由得停下了战斗，目光愕然地望向萧炎所在的方向。海波东倒还好些，其他并不熟悉萧炎的人，惊讶得下巴都差点儿掉了下来。以云棱的实力，在云岚宗内，除了云韵之外，没人能够胜过他，然而刚才他却被大斗师级别的萧炎震退了？

　　"刚才那是什么东西？"巨树之上，加刑天张了张嘴巴，脸色有些凝重与茫然地问道。那道影子的攻击速度实在太快，连他也并未瞧清楚，只是模糊察觉

到，有什么东西从萧炎袖子里射了出去，而云棱正是被那东西给击退了。

"似乎是条尾巴。"法犸迟疑了一下，有些不确定地道。

"尾巴？"闻言，加刑天一愣，眉头紧皱地盯着天空上的萧炎，"又是一张从未露过面的底牌？这家伙难道真的是杀了墨承的那个神秘强者？"

萧炎掀开了这么多让人感到震撼的底牌，加刑天心中不免动摇了起来，望向萧炎的目光中，开始多了一点儿什么。

"小子，你袖子里是什么东西？"天空之上，暴退了几十米的云棱终于化去了手掌上传来的恐怖劲道，低垂的手有些颤抖，他脸色难看地望着远处的萧炎，大喝道。

突如其来的变故也让萧炎怔住了，不过很快他就明白发生了什么，脸上迅速涌现一抹狂喜。还未等他出声，袍袖鼓动，七彩光影射出，随着一道清脆的嘶嘶声，一条七彩小蛇现出身来并欢快地在萧炎身旁游荡着，阳光洒照在其娇小的身体上，反射出七彩毫光，一眼看去，颇为美丽。

七彩小蛇自然便是那一直沉睡的七彩吞天蟒。没想到在紧急时刻，这个小家伙居然苏醒过来，为萧炎挡住一劫。

七彩吞天蟒出现之后，一直盯着这边的云棱，脸色猛然阴沉了下来，想必他认了出来，先前击退他的便是这个看似人畜无害的美丽小东西。

"五阶魔兽，嘿，没想到你竟然还藏有这一手。"云棱扭了扭先前被巨大的力量震得发麻的手腕，冷笑道。

萧炎斜瞥了他一眼，没有理会，手掌温柔地抚摸着七彩吞天蟒那如玉般冰凉的身体，看着它那对隐隐有着妖艳之色的蛇瞳，心中不由得一颤：这个小东西似乎越来越像美杜莎女王了，难道两者的灵魂开始融合了不成？

萧炎的抚摸让七彩吞天蟒极为受用，它不断地用小脑袋蹭着萧炎的手掌，旋即不断朝萧炎手指上的纳戒吐蛇芯子，妖艳的蛇瞳中，出现了萧炎熟悉的某种垂涎眼神。

看它这贪吃的样子，萧炎悄悄地松了一口气，手指一弹，一瓶伴生紫晶源出现在掌心中，手指伸入其中，轻轻一挑，蘸了两滴，然后小心翼翼地让七彩吞天蟒舔了个干净。

吃了两滴美味的伴生紫晶源，七彩吞天蟒这才有些享受地微闭着蛇瞳，感受着那股炽热能量流经身体，传出的一波波温暖感觉。

"嘿，小东西，吃了东西可是要办事的。"手指轻弹在七彩吞天蟒的小脑袋上，萧炎笑眯眯地说。

"打败他，给你多吃点儿，怎么样？"萧炎将伴生紫晶源放在七彩吞天蟒面前摇晃着，旋即指向对面的云棱，笑着道。

或许是美杜莎女王的缘故，这段时间，虽然七彩吞天蟒一直在沉睡，但是萧炎依然能够感觉到，这个小东西的实力变得越来越强。看它刚才击退云棱展现出的力量，想必不会弱于五阶魔兽，换算成人类强者等级，相当于一名斗王强者了。

此刻，一个能够抵挡斗王强者的帮手，对于被追得焦头烂额的萧炎来说，无疑有如神助。

听到萧炎的话，七彩吞天蟒眨巴着眼睛思量了一会儿，以它如今的灵智，自然能够听懂萧炎的意思。迟疑了一会儿后，七彩吞天蟒终于经受不住伴生紫晶源的诱惑，摇摆着尾巴转过身去，蛇瞳盯着远处的云棱，身体之上，猛然间七彩光芒大涨，身体居然犹如吹胀了气的气球一般，开始迅速膨胀变大起来。

在场中众人震惊的目光中，原本不过一尺多长的七彩吞天蟒，仅仅片刻，就变成了一条体长十来丈的庞然大物。

七彩巨蛇悬浮虚空，蛇鳞反射着七彩光芒，若是蛇身下还有爪的话，简直就是一条活脱脱的神龙。

随着身体变大，一股雄浑的能量缓缓自七彩吞天蟒体内溢出，让周围的空间略微起了一些宛如水波般的涟漪。

巨蛇盘旋天空，那庞大的身躯不仅令下方众人瞠目结舌，就连萧炎本人也有些目瞪口呆。谁都没想到那个迷你袖珍的小东西，居然能够变化出这般庞大的外形。

云棱轻吸了一口凉气，他脸上的神情逐渐凝重起来，偏过头对着远处海波东几人的战圈大喝道："云力，你们暂且拦住海波东，这东西交给我来对付！云岚宗执事听令，想尽办法擒住萧炎！"

经过先前的接触，云棱对七彩吞天蟒的实力有了一些判断。虽然七彩吞天蟒算是五阶魔兽，但是真要战斗起来，云棱对自己有充足的信心，他修炼的那些高阶斗技，足以让这头不知底细的古怪魔兽吃尽苦头。

"嘿，没想到萧炎这家伙竟然还有这么一头高阶宠物，我竟然一直都不知情。"震惊的目光缓缓从七彩吞天蟒身上移开，海波东忍不住咂嘴赞叹道。

"云棱，你今日可别在这些晚辈面前翻船了啊，不然，脸可就丢大了啊！"目光转向脸色凝重的云棱，海波东大笑了一声，旋即背后的寒冰双翼振动，朝着三名严阵以待的云岚宗长老冷笑着冲去，"嘿嘿，既然不用担心那边的事情，那么接下来，便让我来试试究竟是你们的融合斗技强横，还是老夫的寒冰斗气更胜一筹吧！"

瞟了一眼战成一团的海波东几人，云棱迅速将目光移至远处的七彩吞天蟒身上，双掌缓缓伸出袍袖。一股偏灰白的斗气逐渐浮现，最后覆盖住了云棱整条手臂，一眼看上去，他的手臂宛如岩石手臂一般，十分坚硬。

嘶嘶……蛇芯子悄然吐缩着，变化出巨型身体之后，七彩吞天蟒那有些妖艳的蛇瞳之中，终于多出了一些本就属于它的凶性，巨口之中，毒牙交错，散发着森然寒光。

天空之上，两股强大气息缓缓自一人一兽体内蔓延而出，再加上海波东那一处战圈散发出来的凌厉气势，令广场上云岚宗弟子们的脸忍不住有些抽搐。谁能想到，为了擒拿一个大斗师级别的小子，竟会招惹出一个斗皇强者以及一头能与斗王强者相抗衡的五阶魔兽?

萧炎背后双翼振动,急忙退后了一些,心中这悄悄松了一口气。七彩吞天蟒的出现,可真是及时解了他的窘境啊。看现在的情形,云岚宗内应该再没有斗王强者了吧?只要他小心地控制着飞行高度,凭那些执事,想必擒不下他,只需等到海波东将那三名云岚宗长老解决,就能彻底摆脱今日的困境了。

天空之上,一人一兽遥遥对立,气势压人,一场狂风骤雨即将到来!

某一刻,弥漫天空的迫人气势猛然一滞,云棱的双手一张一合,一把丈许长的灰白色能量巨剑自掌心中蔓延而出。云棱背后双翼一振,身体划破虚空,在天空上留下一道长长的划痕。

在云棱有所动作的一刹那,七彩吞天蟒猛然抬头,发出一声响亮的嘶鸣,庞大的身躯展现出的恐怖速度,令所有人都为之震撼!

一人一兽,划破长空,瞬间之后,在所有人的注视下轰然对撞!

相撞之时,惊雷般的爆炸声响彻天空,下方一些人忍不住捂住了耳朵,满脸惊讶地望着那对撞之处。

或许是由于功法属性属于硬战类型,云棱与七彩吞天蟒乍一接触,便采取了最强猛的近身狂攻,手中犹如岩石一般的剑,挥动间带起尖锐的破空声响。他凭借着敏捷的身形,不断地朝七彩吞天蟒的眼睛、鼻子等脆弱之处狠攻。

虽然云棱身法敏捷,可七彩吞天蟒也不慢,庞大的身躯不仅未影响它的速度,反而赋予了它极大的力量。巨尾灵活甩动,几乎有种要将虚无空间打破的浩瀚之势,音爆之声将周围空气直接炸出了一个个真空地带。

天空上,两道体形完全不成比例的身影,却爆发出了不相上下的恐怖气势和力量。

云棱脸色凝重地紧握着手中石剑,背后双翼不断振动着,身体从不在一个地方停留超过三秒钟。每一次移动身体,手中石剑就会携带着凶悍劲气,划出一道道令人眼花缭乱的剑身残影,重重地朝七彩吞天蟒劈砍而去。可是,云棱发现，这头不知底细的七彩魔兽的力量以及敏捷度，不逊色于任何一名普通斗王强者。每一次在他施展斗技时，对方便会瞬间蜷缩身体，能避则避，不能避的，则凭借着那坚硬无比的蛇鳞，将之硬扛下来。

因此，即使云棱的攻势犹如海浪一般连绵不绝，也没有给对方造成太大的伤害。其实让云棱心头微沉的，还是这七彩魔兽灵智之高远远超出了一般的五阶魔兽。它对于时机的把握，简直像是久经战阵的强者，战斗经验似乎并不比自己差多少。

心中急速地盘算着，某一刻，云棱感觉皮肤猛然一紧，身体条件反射般地左移了一段距离，手中那由能量凝固而成的石剑，对着前方刺出！

刺……

石剑刺出，迎面却涌来了一团七彩的液体，石剑接触到液体，立刻发出刺刺的声响，那足以抵抗斗灵强者全力一击的坚硬石剑，却犹如遇到了火焰的木柴一般，被急速腐蚀，转瞬间便只剩半截。

"好烈的毒！"

眉头紧皱地望着那团在腐蚀了能量石剑后依然不满足、仍快速蔓延而来的七彩液体，云棱当机立断抛弃了石剑。失去了云棱体内斗气的维持，那离手的石剑迅速变得虚幻，最后缓缓消失。

石剑离手，云棱还来不及有所动作，低沉的音爆之声便在头顶上霍然响起，他猛然抬头，发现巨大的阴影携带着可怕的恐怖力量向自己砸来。

"玄岩盾！"

云棱的双手快速结印，体内斗气急速流淌，周围的空间里，某种与云棱体内斗气属性相同的能量瞬间汇聚，旋即伴随着一道轻微声响，一个几米厚的巨大岩石盾牌，凭空出现在云棱头顶上方。

嘭！

巨大的尾巴狠狠砸下，重重地落在石盾上，凶悍无比的力量直接让那厚实的石盾蔓延出一道道裂缝，尾巴再次猛然一压，看似坚硬的石盾便轰然爆裂！

漫天石屑飞射，石灰弥漫间，一道影子猛地自其中射出，转瞬间便出现在了七彩吞天蟒头顶之上。云棱一声厉喝，拳头之上，灰白光芒猛然大涨，眨眼间，一道有一尺多厚的岩石拳套便覆上了他的手臂，他怒瞪着眼睛，一拳砸在了躲避不及的七彩吞天蟒头上。

轰！

云棱这一击，结结实实地砸到了七彩吞天蟒，那落拳之处的七彩鳞片瞬间崩裂，丝丝鲜血，渗透而出。

嘶！

头上传来的疼痛让七彩吞天蟒的蛇瞳红了起来，隐藏在骨子中的凶性终于完全爆发。它猛然一抽巨尾，庞大的尾巴带起一片阴影，以迅雷不及掩耳之势狠狠地砸向了正想抽身而退的云棱。

阴影眨眼便至，退后不及的云棱只能赶紧抬起被岩石包裹着的手臂，交叉挡在头前，瞬间后，庞大的力量直接将他砸落地面。轰然一声巨响，云棱的双腿犹如长枪一般，直挺挺地插进了坚硬的地面之中，一道道裂缝在地面上蔓延。

"好恐怖的力量。"望着几乎蔓延到广场尽头的裂缝，一些云岚宗弟子咽了一口唾沫，胆战心惊地喃喃道。

身躯一震，震开卡住双腿的碎石，云棱双翼振动，再度腾上半空，脸色略微有些苍白。他到现在才发现，自己真的小看了这头来历不明的蛇形魔兽，凭借斗技将之快速击退的计划已经不可能实现。云棱的目光扫过海波东几人的战圈，只见三名长老已经被海波东压制到了只能龟缩在一起自保的地步，看来再过不久，三人就会落败了。

紧皱着眉头，云棱看向另外一边，那里，萧炎正振动着翅膀，看戏般地望着他们。

"必须把他抓住，不过现在能够施展出斗气之翼的人，都已经被对方强者牵

扯住了，其他一些人虽然实力远超萧炎，但是不能持久飞行。"云棱皱着眉头，低声喃喃道，"只能让几位修行风属性功法的长老试试了，只要将萧炎擒住，这场战斗自然就结束了！"

想到此处，云棱低头朝石台上的几名长老打了个手势，旋即转身，冲着七彩吞天蟒迎了上去。

瞧见云棱的手势，高台上的十来名白袍长老微微一怔，相互对视了一眼，四名老者点了点头，站起身来，淡青色的斗气从体内升腾而出，轻风突兀地在周身浮现，将衣袍吹得缓缓飘荡。

借助轻风的驮负，四名白袍长老竟然徐徐升空，旋即极为默契地分散开来，朝着萧炎包围而去。

在四名白袍长老升空之时，萧炎便有所察觉，急忙振动双翼，小心翼翼地与他们保持着安全距离。虽然这四人没有阻拦海波东的三名长老实力强横，但是看他们那雄浑的气息，至少也是斗灵级别的强者，萧炎可不敢直接正面与他们交手。

望着后退的萧炎，四名长老倒并未着急，依然缓缓升空，四人呈四角之状，隐隐有将萧炎封锁在中央的趋势。

身体悬浮半空，萧炎谨慎地望着四周的白袍长老们，先前差点儿被那三人困死，因此现在他对这些家伙的站位极为留心，一瞧见他们站位有些诡异，就赶紧闪动身形，从下方逃离四人的包围圈，犹如无头苍蝇一般，开始在空中乱窜，就是不让四人形成某种有序的站位。

对于萧炎的狡猾举动，那四名长老极为无奈，没有斗气之翼的支持，他们的飞行速度根本不可能赶上萧炎，只能小心翼翼地接近他，等待对方露出破绽，然后一拥而上。

然而他们四人却小看了萧炎的谨慎程度，这个家伙宁愿不断消耗斗气，也丝毫不与他们有所接触。这般毫无意义的追逐持续了一会儿之后，四名长老终于有些不耐烦了，顿时，一大片连绵不绝的风刃向萧炎射去，他们想要借此逼萧炎露出破绽，然后伺机擒获他。

有异火护体的萧炎，并未太过在意那些风刃，在将斗气铠甲召唤出来之后，即使一些风刃穿过了青火的防护，也只会在铠甲上留下一些白色印子而已。

身形不断地闪避着，趁着空隙时间，萧炎四处看了看，发现海波东那边，对方三名斗王强者已经丝毫没有还手之力，那融合出来的防护罩也在海波东近乎疯狂的攻击下越来越薄弱，看来这三人应该坚持不了多久了。

另外一边，论单人实力，云棱明显远远强于那三名长老，因此，虽然七彩吞天蟒实力极强，但是要击败他，也很有些难度，现在双方正陷入苦战，谁也奈何不了谁。

微眯着眸子瞟了一眼苦战中的七彩吞天蟒与云棱，萧炎紧了紧手中的玄重尺，闪身再度躲避开一片风刃，开始等待着机会。

激战再度持续了几分钟，终于，随着一道剧烈的能量炸响声，三道人影极其狼狈地从空中掉落，最后砸在地面上，在坚硬的地面上留下三个深深的凹槽。

众人急忙看过去，发现掉下来的三人正是阻拦海波东的三名斗王强者。三人此时被冻得脸色铁青，袅袅寒气在头顶上萦绕，身体不停地打着哆嗦。

"你们中了我的寒冰劲，若是静下心来，运气驱逐一个小时，倒也无甚大碍，但若在这段时间内继续动用斗气，那么寒气就会侵蚀经脉，到时候，内伤恐怕十天半个月也修复不了。"天空上，海波东缓缓吐了一口气，瞥了一眼三人，淡淡地道。

闻言，三名云岚宗长老脸色一变，互相对视了一眼，只得恨恨地赶忙盘坐起身子，运转斗气，开始驱逐体内的寒气。

"啧啧，海老头儿的寒冰劲不逊色于当年啊。"望着在十几分钟内，便暂时使三名斗王强者失去战斗力的海波东，加刑天咂了咂嘴，笑道。

"嗯，那三个家伙不过是两三星的斗王而已，虽然借助融合斗技，拖延了海

老头儿一段时间，但是并不能持久。"法犸微微点了点头，目光扫向七彩吞天蟒之处，皱眉道，"这魔兽是何品种？为何我从未听说过？实力倒是不错，竟然能够和云棱僵持。"

加刑天的脸上同样有几分茫然，他盯着那庞大的蛇形身体，喃喃道："不知为何，总觉得这东西有种熟悉的感觉。可细细想来，我也从未见过这种七彩的蛇形魔兽啊。"

法犸叹了一口气，心中越发觉得萧炎让人捉摸不透，这稀奇强大的魔兽，真不知道他是从哪儿搞来的。

天空之上，海波东在将三名云岚宗长老击退之后，身形瞬间闪动，快速出现在那巨大的能量罩边缘处，双掌猛然挥动，一股股雄浑无比的寒气能量涌出，不断地击打在能量罩上。每一次击打，都会让那护罩之外，近百名云岚宗执事中的一两人脸色瞬间惨白，旋即身体摇摇欲坠。

在海波东狂猛的攻击之下，那厚实的白色能量罩，正在以肉眼可见的速度变得越来越虚幻。

"海波东，你不要太过分了！"眼睛里满是怒火，望着变得摇摇欲坠的能量罩，正被七彩吞天蟒纠缠，脱不得身的云棱，只得怒喝道。

怒喝声刚刚落下，云棱脸色一变，只见那七彩吞天蟒趁着他分神的空当，猛然再度自巨口中吐出大团七彩颜色的液体。

"该死的！"低声骂了一句，云棱急忙后退，双手舞动间，一块块厚实的岩石壁不断地出现在其面前。

七彩液体一路摧枯拉朽般地腐蚀而来，坚硬的岩石壁并没有多大的作用。慌乱地后退时，云棱并未发现他与萧炎之间的距离已经越来越近！

"机会！只要将云棱击退，云岚宗就再无人能阻拦我离开！"四名长老的牵制根本没有分去萧炎多少心神，他一直关注着空中的战斗。

手掌猛然握紧尺柄，萧炎霍然转身，旋即在众人的注视下，居然直直地向云棱飞了过去。

"这家伙要自投罗网吗?"看到萧炎的举动,众人在心中愕然地喃喃道。

萧炎没有理会那些不解的目光,缓缓举起玄重尺,深吸了一口气,体内斗气在此刻犹如沸腾的开水一般,猛然波动了起来,随着其体内斗气的涌动,那漆黑的尺身突兀地变得火红,犹如烧红的烙铁一般。

玄重尺变色,萧炎的脸也瞬间涨得通红。体内气旋之中的那块菱形斗晶,轻微颤抖着,释放出一股极为庞大的斗气能量,然后顺着经脉,灌注进玄重尺内!

"大长老,小心!"看到萧炎那把忽然变得火红的玄重尺,天空中一直追逐着萧炎的四名长老急忙提醒道。

"哼,不知天高地厚的小子!"

在萧炎向自己飞来时,云棱便有所察觉了,不过他把大多注意力都放在了对面紧追而来的七彩吞天蟒身上。对于萧炎的攻击,他只是随手在身后招出了一块半尺厚的岩壁,他认为这块石壁足以抵挡萧炎的猛烈攻击了。

萧炎看到那块并不算太厚实的石壁,嘴角浮现一抹冷笑,体内的斗气源源不断地灌注进尺身之中,随着斗气灌注,尺身上的温度越来越高,最后甚至使周围的空气都变得有些虚幻。

云棱正全神贯注地望着那即将突破最后一道防御的七彩吞天蟒,脸色却猛然一变,他霍然转过身来,望着萧炎手中那把释放出一股强烈红芒的巨尺,眼瞳骤然一缩!尺上蕴藏的能量,已经远远超出了他的预估!

"云棱大长老,试试这个!"

冷冷地望着一脸慌张的云棱,萧炎手中的玄重尺宛如一轮正在西落的太阳,轰然砸了下来!

"焰分噬浪尺!"

那道石壁瞬间爆裂!

在众人震惊的目光中,红色巨尺带起炽热火浪,狠狠地砸在了云棱头顶之上!

这一刻,全场鸦雀无声!

广场中的纳兰嫣然也满脸错愕与震惊,她没想到萧炎竟然能够施展出这般强猛的攻击,如此看来,在先前与她的比试中,他隐藏了实力!

红润的小嘴微微张着,半晌,纳兰嫣然终于颓丧地低下了头,萧炎的这记猛烈攻势,她自认接不下!

"真是个可怕的家伙。"

她喃喃了一声,表情有些苦涩。当年的那个废物,如今却一而再,再而三地在她面前展现奇迹,这种打击让纳兰嫣然心中有股酸疼的感觉。

# 第十二章
## 云烟覆日阵

　　天空之上，一道宛如夕阳斜晖的火红光线猛然浮现，刹那间，火红的光芒驱逐了广场上的日光，炽热的火浪让众人如同身处火炉。

　　在众人的注视下，火红光线轰然砸在措手不及的云棱头顶上，犹如闷雷般的声响，在空中响起。

　　嘭！

　　凶悍无比的劲气顷刻间爆发开来，这一刻，剧烈的疼痛从云棱头顶蔓延，仿佛要把脑袋撕裂一般。

　　"啊！"

　　云棱双臂抱着血流不止的脑袋，嘴里发出凄厉的哀号，身体犹如失去双翼的鸟儿一般，直直坠落地面。

　　身体急速下降，在距离地面还有十几米时，云棱双翼一振，竟将身体稳了下来，灰白色强光自其体内涌出，霎时间，强光仿佛带着暴怒的情绪，以一种不可抵挡的压迫之势，将那道火红光线压了过去，并强行击散。

斗王强者的含怒反击，岂能小觑！

火红光线缓缓消散，自云棱体内爆发的灰白强光迅速收敛入体，强光消散，云棱再度出现在众人的视线之中。然而，众人在瞧见云棱此时的模样之后，不禁倒吸一口凉气。

半空中，云棱略有些迟缓地振动着背后双翼，胸口剧烈地起伏着，双手紧紧地抱着脑袋，殷红的鲜血从指间渗出，滴滴答答地落下，几乎将脸染成了血色。

双手缓缓离开脑袋，只见云棱的脸上，一道半寸深的伤痕从左额角一直延伸到了右耳旁，深深的伤痕中，赫然能够看见森森白骨。

这般恐怖的伤势，若是云棱反应不及时，恐怕脑袋都会被削去半边！

本来以萧炎的实力，即使施展了地阶斗技，也不可能将云棱伤成这般，可是云棱太过轻敌。若是先前他在头顶覆盖一层能量膜，萧炎的这一击最多只能让他伤得重点而已，不可能出现现在这种致命伤。

云棱的手掌颤抖着，胸口不断地起伏。他忍着剧痛抬起头来，那张苍老的脸此刻变得极为狰狞，双眼怨毒地盯着天空上的萧炎，恨不得将对方碎尸万段。

"好，好……好小子，倒是老夫小瞧你了！"

云棱咬牙切齿地冷笑着，脑袋上传来的剧烈疼痛让他有些眩晕，然而与肉体的疼痛相比，精神上的暴怒更是让他失去理智。在云岚宗近千弟子面前，自己竟然被一个不足二十岁的小子，打成重伤，这脸丢得实在是太大了！

云棱快速从纳戒中取出几瓶疗伤药，全部敷在伤口处，缓缓扩散开的清凉感，让他觉得疼痛舒缓了一点儿。云棱目光怨毒地望着萧炎，深吸了一口气，狞然道："萧炎，今天，你别想安然离开云岚宗！"

萧炎淡漠地望着满头鲜血的云棱，心中略感可惜，施展出了地阶斗技，他也只是受了重伤，萧炎还以为能一尺解决这个老家伙呢。

"先前萧炎施展的斗技，应该是地阶斗技吧？"巨树上，加刑天微眯着眼睛，望着满头鲜血的云棱，目光又转向萧炎，低声喃喃道。

"嗯，凭借他大斗师的实力，能够伤到云棱，想必斗技等级不会低于地阶。"法玛微微点了点头，惊异地道，"没想到他竟然一直藏着实力，看来先前他与纳兰嫣然的比试，就算不取巧，要得胜也并非难事啊。"

加刑天叹了一口气，皱眉道："这家伙究竟是从哪里弄来这么多东西？先是异火，再是斗王级别的宠物，现在又是地阶斗技。难道他背后有我们不知道的强大势力？"

法玛摇了摇头，说实在的，他也觉得萧炎能够拿出这么多使他们感到惊讶的底牌，实在是诡异得过分了。就算是炼药师公会，也拿不出任何一种异火或者一只斗王级别的宠物。

"难道是萧家？"这话一出口，法玛就自嘲地摇了摇头。萧家能够拿出一种玄阶斗技已是不易，想要拥有地阶斗技，无疑是天方夜谭。

两人对视了一眼，都皱紧了眉头，他们所掌握的情报中，没有半点是跟萧炎这三年间的经历有关的。这个当年的萧家废物，似乎是从纳兰嫣然退婚之后开始崛起的，难道是纳兰嫣然的退婚刺激了他？

两人苦笑一声，如果真是这样的话，那纳兰嫣然算不算是自作孽？

天空上，从云棱体内散发出的狰狞气息，下方的云岚宗弟子们也有些察觉，大家面面相觑，不敢发出丝毫声响，以免点燃云棱这枚正处于临爆点的炸弹。

"萧炎这家伙，下手可真是狠啊。"能量罩边缘处的海波东也被场中的变故惊得回过了头，瞧见被打得头破血流、极为凄惨的云棱，他不由得摇了摇头，暗自笑道。

"海老，赶紧打破能量罩吧，这里还是不久留为妙啊。"萧炎抬头，望向海波东，开口催促道。

"三分钟！"

　　海波东也不废话，转头开始对能量罩发动了狂猛的攻击，那由百多名云岚宗执事联手构筑的能量罩倒也顽强，虽然能量涟漪不断扩散，但是能量罩始终不曾破碎。

　　"海波东，既然你如此不给我云岚宗留面子，那老夫也不用再给你这曾经的冰皇留什么脸皮了！"望着不断摇晃的能量罩，云棱暴怒地喝道。

　　没有理会云棱的喝声，海波东继续对能量罩发动狂猛攻击。现在事情已经搞大了，其他的事后再说吧。他还真不信，云岚宗有魄力敢对米特尔家族做什么事情，毕竟，一个疯狂报复的斗皇足以让任何人胆寒。

　　紧紧地握着拳头，原本暴怒的云棱却突然安静了下来，低下头，语气冰寒地对着场上近千名云岚宗弟子大喝道："云岚宗弟子听令！结云烟覆日阵！"

　　"这家伙竟然连护宗大阵都使出来了，看来真的被萧炎弄得发疯了。"听到云棱的喝声，古河一怔，眉头微皱，摇头低声道。

　　听到那响彻广场的冷喝声，云岚宗弟子们一愣，略微迟疑了一下后，便齐声应喝，缓缓闭目，片刻之后，一缕缕白色能量从他们头顶上渗透出来。

　　源源不断的白色雾气能量升起，最后几乎遮掩了整片天空，一眼望去，宛如云海一般，而云棱，则正好处于云海的中心。

　　"众位长老，助我一臂之力！"望着周围弥漫的云雾能量，云棱再度冷喝道。他脸上的血迹已经结成血疤，看上去尤为可怖。

　　随着云棱喝声的落下，那石台上十来名白袍长老顿时齐齐站起身来，纵身一跃，便迅速分开，飞到广场周围的大树上，手中印结同时动。

　　随着他们结印的动作，那弥漫天空的云海猛然波动了起来，云海中央位置，雾气能量急速凝聚，片刻之后，居然在云棱面前凝固成了一枚足有一丈长的白色能量螺旋状球体。

　　云棱缓缓抬起右掌，遥遥操控着白色螺旋球，眼中闪过一抹狠色，袍袖猛地一挥，那凝聚了所有云岚宗弟子力量的螺旋球，便以极为恐怖的速度，朝着天空上的萧炎射了过去。

白色螺旋球的能量极为恐怖，所过之处，出现了一条丈许长的真空地带，就连空气都被那股强大能量压迫成了虚无。

"萧炎，小心！"在大阵刚成的一刹那，海波东便有所察觉，一见到螺旋球对着萧炎射去，就急忙喝道。那能量球蕴藏的能量，恐怕不是萧炎一个大斗师能够抵抗的。

"晚了！凭他的速度，躲不开的！哈哈！"云棱狂笑道，袍袖猛然挥动，螺旋球闪电般地到了脸色大变的萧炎面前，携带着恐怖劲气，狠狠砸来。

望着射来的庞大能量球，萧炎的心头终于惊慌起来，这种能量远远超过了一名斗王强者能发出的能量！而且，这么快的攻击速度也根本无法逃脱。

双眼死死地盯着越来越近的能量球，萧炎刚欲咬牙拼命一搏，巨大的阴影忽然从天而降，七彩吞天蟒那巨大无比的身体闪掠下来，巨尾一扫，身体便盘踞而起，将萧炎牢牢地护住了。

嘭！

犹如雷鸣般的巨响在天空中回荡，凄厉的嘶鸣声也在随之响起。

在无数道紧张目光的注视下，能量余波缓缓散去，露出了被击中的七彩吞天蟒。

此时的七彩吞天蟒，模样颇为凄惨，美丽光滑的七彩蛇鳞崩裂了将近大半，殷红的鲜血从破碎的蛇鳞中渗出，滴滴答答犹如小雨一般滴落。

七彩吞天蟒巨大的身体微微蠕动，将安然无恙的萧炎放了出来。

萧炎抬起头，发现那蛇瞳中的光芒黯淡了许多，它的鲜血滴落在萧炎的脸上，略有些温热。

嘶……

七彩吞天蟒冲着萧炎吐了吐蛇芯子，蛇瞳中满含关切。如今它已经晋入五阶，早就有了不逊色于人类的灵智，若非被美杜莎女王的灵魂力量压制，恐怕

它早能口吐人言了。

七彩吞天蟒出世之后，第一眼见到的人便是萧炎，加上后来一直贴身相处，它虽为畜类，但对萧炎早已有了一些亲情。

紧紧咬着牙，萧炎望着鳞片破裂的七彩吞天蟒，特别是当瞧见它眼中的那抹关切之后，愤怒差点儿冲走他的理智，好在最后理智还是压住了怒火。萧炎目光阴冷地看了一眼下方的云棱，赶紧从纳戒中取出一瓶瓶的疗伤药，然后对着七彩吞天蟒的身体砸了上去。

瓶子砸在鳞片上，轰然裂开，温凉的疗伤液体顺着伤口缓缓流淌，为七彩吞天蟒消解着疼痛。

"好运的家伙！上一次这畜生能救你，那这一次呢？"望着受伤颇重的七彩吞天蟒，云棱冷笑一声，手掌一挥，云海之中，巨大的螺旋球再度凝聚，球体表面能量流溢，恐怖的劲气将周围的空气震成虚无。

"下地狱去吧！"

脸上浮现一抹狞然，云棱双掌猛然一推，庞大的螺旋球再度带着呼啸的压迫风声，向萧炎射去！

萧炎眼瞳中的螺旋球急速放大，他紧紧咬着牙，死命地握着玄重尺，体内的斗气疯狂运转！

"嘿，云棱，以你云岚宗大长老的身份，竟然对一个小辈下这般毒手，亏你还好意思。"在螺旋球即将射中萧炎之时，海波东的冷笑声响了起来。

"万花冰镜！"随着喝声的响起，一块巨大的冰镜猛然出现在萧炎面前，镜面并不平整，布满无数细小的切面，在日光的照耀下熠熠生辉，宛如一块阳光凝成的镜面。

轰！

能量螺旋球重重地轰击在冰镜之上，无比庞大的能量顿时被那无数的细小切面分散。冰镜满目疮痍，待所有能量散去后，方才咔嚓一声，爆裂成漫天冰晶，缓缓飞落。

"嘿，没事吧？"人影闪动，海波东出现在萧炎面前，背对着他，问道。

"没事。"萧炎摇了摇头，紧握着尺子，低声道。

"这下麻烦了，没想到这家伙竟然发狠将云烟覆日阵给弄了出来，这可是云岚宗的护宗大阵，发动起来代价不小，帮云岚宗渡过了不少难关。"海波东缓缓扫视着下方的云海，苦笑道，"我们就相当于在和云岚宗近千弟子作战，就算是斗皇强者也不可能强行扛下来啊。"

闻言，萧炎紧皱了眉头，低声地道："那我们该怎么办？"

海波东抬头看了一眼笼罩着广场的能量罩，道："除非能将这东西打破，只要它一破，我就能带着你离开，不过现在要护着你，我也分不出心了。"

说到这里，他瞥了一眼萧炎身后那庞大的七彩吞天蟒，道："那能量罩是由上百名云岚宗执事所构建，想打破，耗费的时间不会短，而我们现在最缺少的，便是时间。"

"我和七彩吞天蟒去试试，海老帮我们挡挡那家伙的攻击！"萧炎沉思了片刻，当机立断地道，现在没有多余的时间让他们消耗。

"唉，也只能这样了，那云烟覆日阵，只有斗皇强者方才能勉强抵抗。还好云韵不在，不然的话，她以斗皇实力来主持大阵，就算是斗宗强者，也会有所忌惮啊。"海波东虽然知道凭萧炎的实力想要打破能量罩很难，但到了这个时候，也没有其他办法了，若是能量罩不破，他们便只能被迫与云岚宗近千弟子硬战。

以一敌千，对斗皇强者来说并不困难，但是，有云烟覆日阵相助，这近千名云岚宗弟子的实力，几乎全部叠加到了作为阵眼的云棱身上，这样的对手，就算是海波东，也不敢轻视。

"海波东，既然你执迷不悟，那就别怪老夫不念旧情了！"冷冷地望着天空上的海波东，云棱也不含糊，再度从云海中召唤出一枚云烟球，这一次球体的

体积,比先前的几乎大了整整一倍。

望着那巨大的能量球,海波东的脸上浮现一抹凝重,双手间寒气缭绕,周身无数细小的冰晶缓缓出现。

"唉,事情真是闹大了。"望着即将展开大战的双方,加刑天叹息着摇了摇头,"为了一个墨承,与一名斗皇强者以及一名潜力无限的未来强者闹成这样,值得吗?"

"倒不全是为了那墨承,他一个外门执事,还没这么大的能耐。"法犸摇了摇头,苦笑道,"云岚宗要的是声誉,不过事情闹到这个份儿上,也的确有点儿过了。萧炎先前的那一击让云棱颜面尽失,所以他才出动了护宗大阵,说起来,他也是动了私心啊。"

"唉。"叹了一口气,加刑天苦笑一声,闹到这种地步,任何人都不可能从中调和了。

嘭!

玄重尺夹杂着凶悍劲气,狠狠地砸在能量罩上,却只带起了一波波细小的涟漪。

脸色阴沉地望着那坚固的能量罩,萧炎转头望了一眼七彩吞天蟒,它发出的攻击使能量罩扩散出一波波涟漪,的确颇有些声势,不过距离摧毁能量罩,还有老大的距离。

"浑蛋!"萧炎回头,望了一眼即将爆发大战的海波东与云棱,低声狠狠骂了一句。

"我就不信打不破你这狗屁东西!"怒气逐渐加剧,萧炎红着眼睛,紧握着玄重尺,体内斗气狂涌,大吼着狠狠砸上了那坚固无比的能量罩。

嘭!

玄重尺落下,巨大的声响猛然响起,众人抬头,满脸愕然地望着裂缝正在蔓延的能量罩。愕然持续了片刻,众人旋即又看向那握着黑尺同样目瞪口呆的萧炎。萧炎自己也不敢相信，这个连斗皇强者都需要一段时间才能够打破的能量罩，竟然被他一尺子砸破了？

"不可能！"云海中，云棱也呆呆地望着那布满裂缝的能量罩，旋即气急败坏地吼道。

"哈哈，没想到名震加玛帝国的云岚宗就是这副德行，整个宗门近千人，竟然联起手来对付一个不到二十岁的少年，真是丢尽了当年云破天在大陆上为云岚宗打出来的脸面啊！"略有些嘶哑的大笑声，突兀地在天空中响起。

"是谁？竟然敢辱我云岚宗先辈，藏头露尾之人，有本事给老夫现身！"云棱脸色一变，抬头厉喝道。

"哈哈，现身就现身，别人怕你云岚宗，我却没半点儿惧怕！"大笑声再度响起，那本来就已经即将崩溃的能量罩，终于轰的一声，炸成漫天能量碎片，缓缓化为虚无。

能量罩一破，周围巨树之上，上百名云岚宗执事的脸色猛然变得惨白，旋即口喷鲜血。

没有理会那些吐血的执事，云棱抬头将目光死死地锁定在一处虚无的空间上，那里的空气忽然诡异地蠕动了起来，片刻后，一道黑影缓缓浮现，转瞬之间，一个身着黑袍的人便凭空出现在所有人的视线之中。

随着黑袍人的出场，场中海波东、加刑天、法犸、云棱等人的脸色猛然大变。

"又是一名斗皇强者？"加刑天缓缓吸了一口凉气，声音中有掩饰不住的震惊。

"看起来似乎是萧炎的援兵。这个家伙的背后果然有一股极为庞大的势力。"法犸脸色凝重，喃喃道，"云岚宗这次恐怕要倒霉了。"

# 第十三章
## 斗皇，凌影！

  整个广场，随着黑袍人的出场，陷入了安静。普通云岚宗弟子虽然并不清楚这个神秘黑袍人的实力，但是从那些脸色骤然变得极为凝重的长老的反应中可以看出，这个神秘黑袍人的实力应该强大得有些恐怖，不然长老们不会如此震惊。

  "你是谁？"

  云棱死死地盯着天空上的黑袍人，对方体内溢出的丝丝强横气息，让他的指尖忍不住颤抖了一下，他色厉内荏地喝问道。

  "你可以叫我凌影。"黑袍人微微低头，露出了一张黝黑的苍老面孔，笑道。

  "你不是加玛帝国的人！"云棱仔细地打量着自称凌影的黑袍人，旋即似是发现了什么，惊异地喝道。

  "我自然不是加玛帝国之人，不过谁规定了，不是加玛人就不能进入这个国家？"自称凌影的黑袍人嘿嘿笑道。

  紧紧皱着眉头，云棱深吸了一口气，压下心中的惊慌，对着天空上的凌影抱拳沉声道："这位朋友，加玛帝国并没有阻止任何人进入，不过今日之事，是我云岚宗宗内之事，还请阁下不要随意插手，事后，我云岚宗定会将阁下视为上宾对待。虽然我云岚宗已许久未踏出加玛帝国，但是对于来到加玛帝国的大陆强者，一直持欢迎态度。"

"哈哈，你倒是会说话。"笑了笑，凌影却摇了摇头，转头瞟了一眼正与海波东站在一起的萧炎，叹息道，"不过可惜，老夫受人之托，这个叫萧炎的小家伙，今日我要毫发无损地将他带走。"

闻言，云棱的脸色逐渐阴沉，嘴角抽搐着，眼中闪过一抹狞然。

"朋友，虽然不知道你究竟是何人，但是这般得罪我云岚宗，可不是什么明智之举啊。"云棱声音低沉地道。

"哈哈，云岚宗很了不起？虽然在加玛帝国说话有几分分量，但若是放在斗气大陆上，却也不过是二流势力而已，你有何资格与我这般说话？这些年未曾了解外界信息，没想到云岚宗竟然出了你们这些井底之蛙。哈哈，当年云破天千辛万苦方才打拼出来的名声，恐怕要败在你们手上了啊。"凌影大笑道，笑声中的嘲讽让云棱脸色铁青，不过碍于对方实力强横，再加上摸不清底细，云棱也不敢直接动手。

"原来是从大陆上来的强者。"微眯着眼睛望向天空上的凌影，加刑天轻声道，"虽然这些年皇室也往大陆上派出了不少人，但是这个名叫凌影的人，我却没半点印象，想来应该是一直在闭关修炼吧。不过萧炎怎么会和大陆上的强者扯上关系？以他的实力，根本没资格接触到这个层面的人啊。"

法犸苦笑着摇了摇头，现在的局面真的是越来越乱了，那萧炎背后的势力也显得更神秘了。

"唉，这样子看来，萧炎那边，算上海波东以及这个凌影，居然有两名斗皇强者，再加上那条神秘魔兽，这般阵容，要是云韵赶不回来，云岚宗似乎留不住萧炎了。"加刑天捋着短短的胡须缓缓道。

"事情发展到这一步,云棱也该认真思量一下得失了,为了一个墨承,简直是得不偿失啊。"法犽低声道。

"现在就要看云棱自己的想法了,如果他能够放下萧炎带给他的耻辱,让对方离去,倒也没什么,可若是放不下,执意要留人的话,那么大战难免!"

加刑天微微点了点头,看向那一脸铁青、拳头紧握的云棱,喃喃道:"希望他不会一意孤行吧。"

场中,所有人都抬头望着天空,纳兰嫣然贝齿轻咬着红唇,心情复杂得犹如打翻了五味瓶一般。她从没想过,今天的事情竟然会将两名斗皇强者牵扯了出来,而这两名实力不弱于她师父的强者,却都以萧炎为中心,全力协助他离去。

纳兰嫣然的嘴角溢出一抹苦涩,当年那个萧家废物,如今却将云岚宗搅了个天翻地覆,而这一切皆是因为当年的自己的退婚之举。或许正是因为自己的那番刺激,这个本是废物的萧家少爷,才彻彻底底地蜕变了吧?

"如果……当年没有……"轻轻地呢喃了一声,纳兰嫣然猛然惊醒,玉手紧握,心中升起的那抹淡淡悔意让她有些惊恐,她用手掌捂住胸口,深吸了一口冰凉的空气。

巨树上的纳兰桀也颓丧地叹了一口气,越来越多的强者出场为萧炎撑腰,他深刻地感受到了这个年仅十八岁的青年背后所隐藏的恐怖势力。本来这个很有可能会成为加玛帝国最强者的青年,能够成为他纳兰家的人,或许还会带领家族走上前所未有的强盛之途,但是纳兰嫣然当年的冲动之举,彻彻底底地将这个希望给粉碎了。

这时,纳兰桀终于知道了什么才叫真正的后悔,在后悔之余,他心中也不免羞愧,如果先前在云棱对萧炎出手时,他能够站出来替萧炎说几句话,也比现在好啊。明明知道萧炎便是救了他一命的岩枭,他却依然没有挺身而出,似乎在潜意识中，他并不想见到可能对纳兰家抱有敌意的萧炎顺利离开云岚宗！

想到这个可能，纳兰桀额头上瞬间布满了冷汗，手脚一片冰凉，此举真是忘恩负义！亏他当初还信誓旦旦地跟岩枭说，有事尽管来找自己。

在纳兰桀满心羞愧的时候，萧炎的视线已经完全投射在了那个突然出现的凌影身上。

海波东望着凌影，忽然皱了皱眉头，好半晌后，轻吐了一口气，沉声道："是他！"

"谁？海老认识他？"闻言，萧炎一愣，旋即问道。这个忽然出现的斗皇级别帮手让他一头雾水，他可不记得自己什么时候结识过此人。

"你在帝都时，不是说感觉到有人在窥视你吗？我当初也说自己同样有过这种感觉，不过那感觉太虚幻，所以我也不敢确认。直到刚才这人出现之后，我方才能够确定，他身上的气息，与那位窥视我们的人完全相同。"海波东沉声道。

萧炎微皱眉头，低声道："他为什么要窥视我们？"

"我怎么知道？"海波东摊了摊手，瞄着萧炎道，"看他的样子，明显是冲着你来的，你应该问你自己吧，什么时候结交了这么一个强者？"

"我也正一头雾水呢。我能肯定，这个人我是第一次见到，至于他为什么要帮我，我还真不知道原因。"萧炎苦笑道。

"嘿，那就怪了，难道这世上还真有那种路见不平拔刀相助的蠢人？"眉头一挑，海波东似笑非笑地道。

"好了，也别管他的身份了，现在能量罩已破，撤吧。"萧炎摇了摇头，权当没听出海波东话中的那抹戏谑，催促道。

海波东点了点头，两人背后双翼振动，正面对着云棱，开始缓缓后退。

两人刚刚有所动作，云棱便有所察觉，目光一转，阴冷地看向萧炎，脑袋上传来的剧烈疼痛，让他脸上浮现出一抹狰狞，他的手掌开始颤抖，眼睛猛然

变得赤红，厉喝道："萧炎，哪里走？！今日若留不下你，我云棱还如何协助宗主管理偌大宗门？"

"走！"没有理会云棱那恼怒的喝声，萧炎脸色不变，身体继续后退着。

"浑蛋！给我站住！"

脸色逐渐变红，暴怒中的云棱猛然挥动双手，周边云海一阵翻涌，片刻之后，云海中竟然凝聚出了一把一丈多长的巨型云弓。他手掌一挥，云弓自动拉成满弦，弓身之上，能量急速汇聚，转瞬间，便化成了一支两三米长的巨大云箭！

"去死吧！"

云棱怨毒地盯着萧炎，额头上浮现些许冷汗，召唤出这云弓、云箭需要消耗大量的能量，斗王级别的云棱，有些支撑不住。

"去！"

口中一声低喝，云箭猛然射出，刹那间，犹如那射日之箭一般，穿透了虚空，对着萧炎射去。

"小心！"

因为两人是正面对着云棱，所以云棱刚有所动作，海波东便率先发现，一声大喝，一把将萧炎拉在身后，双手急速挥动，寒气暴涌。

"带着萧炎走，我来拦住他！"就在海波东准备扛下此箭之时，一道黑影突兀地出现在他面前，背对着他，转头笑道。

微微一愣，海波东微眯着眸子打量了一下凌影，也不说话，拉着萧炎，缓缓后退着。不过在后退时，谨慎小心的他，不仅防备着云棱的攻击，也小心地警惕着凌影。对于这个忽然出现的家伙，海波东自然不可能这般轻易地信任他。

见海波东后退，凌影这才转过身来，淡淡地望着那划破长空射来的恐怖云箭，袍袖轻挥，铺天盖地的黑色影子猛然自其背后涌出，霎时间，冲天而起的黑影几乎遮掩了整个天空，这般庞大声势，顿时将下方一些云岚宗弟子骇得脸色苍白。身体悬浮在漫天黑影形成的黑幕的中心，此时，黑袍人放声狂笑，宛如那降世的天魔一般，笑声中有着难以掩饰的张狂。

"哈哈，今日我倒要看看，我家小姐要护的人，谁敢伤其一根汗毛！"

# 第十四章
## 云岚宗的底牌

浩荡天空,黑影遮天蔽日,竟然连那倾洒而下的日光,都难以穿透。此时的广场,完全陷入了一片黑暗,众人唯有以斗气覆盖体表,方才能够借助微弱光芒察看天空上的战况。

在黑暗遮掩了天空之际,那穿透虚空而来的巨大云箭,猛然暴射而至。云箭之尖所蕴含的恐怖劲气,导致其所过之处出现了一圈圈水波般的涟漪,尖锐的爆炸声不断响起。

"万影缚!"

身体仿佛完全融合进了漫天阴暗之中,凌影的手印猛然结动,弥漫天际的黑幕骤然涌动,铺天盖地的黑色匹练自其中喷出,互相缠绕着,向那云箭迎了上去。

一白一黑,两道颜色截然不同却都蕴藏着极为恐怖的能量的匹练划破长空,在下方无数道目光的注视下,轰然相撞。霎时间,只听天空中传来一声宛如惊雷般的怒响,庞大的劲气自两者相撞处汹涌而出,居然将那弥漫天空的黑幕都冲散了许多，阳光从黑幕的缝隙间倾洒而进，星星点点地洒在广场之上。

"这个人实力很不错啊。"加刑天抬头望着在黑幕中若隐若现的黑袍人，满脸凝重地道，"他的实力至少是七星斗皇级别。"

"的确很强，而且他的功法属性似乎偏向暗系，这种属性可不常见啊。"法犸点了点头，环视了一圈，忽然道，"再这样继续闹下去，我们需要出手吗？不管怎么说，云岚宗都是我们加玛帝国的势力。"

加刑天皱了皱眉头，沉吟了一会儿，道："先暂且不动，那个神秘斗皇似乎无意大闹云岚宗，只要萧炎能够安全离开，想必他也不会久留。而且我们现在也搞不清他背后是否有其他势力，所以还是不要轻举妄动为好。"

听他这般说，法犸点了点头，也就不再说话。

"哈哈，倒是有几分能耐，难怪如此猖狂。"天空之上，凌影缓缓从黑幕中浮出，望着下方脸色苍白的云棱，大笑道。

云棱咬着牙，透过黑幕的缝隙，望着即将退出广场的萧炎，嘴角一阵抽搐，脑袋上不断传来剧烈的疼痛，他心中的怒火正侵蚀着理智。

"给我留下！"

一声怒吼，云棱原本苍白的脸顿时涨得通红，澎湃的斗气自体内缓缓溢出，将弥漫周边的云海震得不断动荡。

"哼，冥顽不灵，还真以为老夫不敢下杀手！"望着竟然还不肯放弃的云棱，凌影的脸上涌现一抹阴沉，手掌缓缓探出袍袖，漆黑的能量雾气在掌心处急速凝聚着，转瞬间，便凝聚成了一把长达两米的黑色长枪。长枪表面，黑色的纹路密布其上，能量宛如水波一般不住地在枪身流淌，黑气袅袅升起，将之映衬得颇有几分阴森之感。

手掌紧握着黑色长枪，凌影瞟了一眼下方的云棱，嘴角一撇，右脚退后半步，全身呈半旋转之状，右手握着长枪，略微沉寂，旋即身体骤然扭动，手中的长枪带起一股丈许长的能量匹练，对着下方云海中的云棱射去。

"魔蛇噬!"

黑色长枪犹如流星划破天际,缭绕的黑气,竟然隐隐汇聚成了黑色巨蛇的形状,巨蛇仰天嘶吼,天地震动。

感受到自天空射下的恐怖劲气,云棱的脸色猛然大变。他能够察觉到,这一次对方是真的没有半点儿留情的打算。

云棱的心中升起一抹惊恐,他急忙舞动双手,顿时,周围云海波动了起来,一股股能量升腾而起,在其头顶上方缭绕不绝,眨眼间,便构筑成了一块宽长三米左右的盾牌,盾牌表面毫光若隐若现,看上去宛如实质,极为坚固。

在盾牌出现之后,周围的云海淡薄了许多,显然,这个云盾消耗了不少能量。

黑色长枪匹练没有因为云盾的出现而有丝毫停滞,依然带着一往无前的凶悍气势,在众人的注视下,狠狠地轰在了云盾之上。霎时间,惊天动地的巨响传来,让下方的云岚宗弟子忍不住捂住了耳朵。

黑色光芒与云盾在天空上互相交融着,两者交接处的空间竟出现了些许扭曲的感觉。凌影这一击竟然强悍如斯,真不愧是斗皇强者。

"哼,给我破!"凌影望着僵持不下的两色能量,双手缓缓结印,片刻之后,喉咙间猛然发出一道低吼声。

随着凌影吼声的落下,漆黑长枪上,黑芒暴涨,一条有七八丈长的黑色能量巨蛇自枪身上抬起身子,巨嘴带着血腥阴森之气,狠狠大张着,然后在目瞪口呆的云棱的注视下,竟然一口将盾牌给吞了下去。

云盾被吞,已经失去了最强防护的云棱无疑有种魂飞魄散的惊恐感。

黑色长枪并未因为他的惊恐而有所停顿,长枪下指,狠狠地对着其心脏部位射去。

尖锐的枪尖,在云棱的瞳孔中不断放大,最后关头,云棱只得咬着牙,以斗气覆盖双手,再用双手一把将长枪死死抓住,与此同时,身体急速一扭。

噗！

刚刚抓住黑色长枪，其上所蕴含的恐怖劲气便让云棱口吐鲜血，身体被那股庞大力量震得落下云海。

云棱一离开云海，那弥漫天际的云海就逐渐变得淡薄起来，最后，竟然完全化为虚无。

而随着云海的消散，那广场四角上的众位长老的脸上也都浮现出一抹苍白，他们的手掌捂着胸口，带着痛楚的闷哼声从喉咙中传了出来。

与众位长老相比，广场上那些为云海添注力量的云岚宗弟子，显得更为凄惨。不少实力较弱的弟子当场便喷出一口鲜血，旋即脸色惨白地昏厥了过去。一些实力较强的倒是强行扛了下来，只不过从那萎靡的神色不难看出，云海被破，他们受了极大的牵连。

凌影这一击，几乎使整个云岚宗都陷入了瘫痪状态，斗皇强者居然强悍至此，恐怖如斯！

轰！

云棱重重地砸在广场之上。顿时，宛如地震了一般，石屑飞射，一道道巨大的裂缝从云棱落地之处蔓延开来。这些裂缝之大，甚至到了那些云岚宗弟子不得不起身躲避的地步，由此足可瞧出凌影此次攻击是何等恐怖。

凌影虚立天空，淡淡地望着一片狼藉的广场，手掌挥动，漫天黑影涌回体内。随着黑影的退去，温暖的阳光洒下，暖和的温度让那些浑身冰凉的云岚宗弟子略微松了一口气。

稍一恢复，广场上所有人的目光都急忙投向云棱坠落之处。那深深的坑痕，让云岚宗弟子们忍不住咽了一口唾沫。

"还没死。"加刑天望着那黝黑的深坑，轻叹了一口气，现在的局面真是越来越难以控制了。

加刑天的声音刚落，黝黑的深坑中就传出一阵剧烈的咳嗽声，一道人影缓

缓地从其中爬了出来，那狼狈的模样，哪里还有半分云岚宗大长老的威风？

此时的云棱，不仅衣衫破碎，满脸血痕，而且在其腰间的位置，鲜血正不断地流出，显然，先前他虽然强行抓住黑色长枪，避开了要害部位，但是依然被枪上所蕴含的尖锐劲气弄成了重伤。

望着犹如丧家之犬的大长老，云岚宗所有人都低声叹了一口气。

从深坑中爬出来的云棱，出人意料地脸上没有半点儿怒意，反而平静得犹如一潭死水。他冷冷地瞟了一眼腰间滴落的鲜血，再用手轻触了一下脑袋上那被萧炎留下来的狰狞伤痕，忽地轻轻地笑了笑，笑声中有着难以掩饰的疯狂。

"你的确很强。"抬起头来，云棱对着凌影森然笑道。

凌影微皱眉头，缓缓扭动手掌，黑气缭绕，声音淡漠："你的命也的确很硬，若是嫌活着累，老夫可以帮你一把。"

"哈哈。"眼睛盯着凌影，云棱忽然大笑了起来，笑声牵动了伤势，使他咳出了几口鲜血，抹去嘴角的血迹，他霍然抬头，眼神狰狞如野兽。

"你是这么多年来，第一个让我云岚宗如此难堪之人，今日若是放你安然离去，恐怕日后我云岚宗在加玛帝国内，将再无声望可言。为了宗门声誉，我不管你究竟是谁，今天，别想离开！"

"你没这本事。"凌影讥诮道。

"我的确没这本事。不过……"阴声笑了笑，云棱在众目睽睽之下，忽然从纳戒中取出一支白色的笛子，凑在嘴边，狠狠一吹，顿时，一段有些奇异的尖锐声调，猛然自笛子中传了出来。

尖锐的笛声，缭绕在云岚山上空，经久不息。

广场上，所有人都因为云棱的举动而安静了下来，一时间，只能听见那笛声不断传扬。

加刑天微眯着眸子，与法玛对视了一眼，猛然间似是想起了什么，眼瞳骤缩！

"是那个老家伙！他果然还没死！"

随着加刑天与法玛的声音落下，云岚山深处，一股浩荡磅礴的气势犹如那从远古苏醒的巨龙一般，带着无可匹敌的威压降临！

在这股磅礴气势苏醒之时，在云岚宗几百里之外的天空中，一道白色流光骤然顿住，半空中现出一道雍容美丽的身影。此时她正望向遥远的云岚宗方向，那张淡然脱尘的俏脸上此刻布满了震惊。

"老师……他怎么苏醒了？"

那股磅礴的气势，转瞬间便笼罩了整座云岚山，一股萧炎从未感受过的强大威压，自云岚山深处蔓延开来，最后弥漫到广场上。顿时，广场上，所有云岚宗弟子心中都升起一抹敬畏，向着气势蔓延处跪了下去，而云棱以及那些云岚宗长老，虽然并未行跪礼，但是也恭敬地弯下了身。

"这股气势……"纳兰嫣然盯着云岚山深处，俏脸上浮现一抹震惊。没想到，今日之事竟然将这位闭关了许久的师祖都惊动了。

"糟了……这个老家伙竟然真的没死！"察觉到这股气势，海波东的脸色霍然变了，声音中有着掩饰不住的震惊。

"是上一届的云岚宗宗主云山？"萧炎的脸色此刻也阴沉了许多，想起那夜海波东说的话，他皱眉问道。

"嗯。"海波东点了点头，声音低沉地道，"看这股气势，他真的突破了斗皇障壁，晋入了斗宗级别啊。"

"斗宗强者吗？"萧炎的手掌轻微地哆嗦了一下。他平生见过的最强者，也就是美杜莎女王和加刑天而已，虽然斗皇与斗宗仅仅是一阶之差，可这之间的差距，却是天壤之别。海波东能够凭一己之力将三名斗王强者击败，而那斗宗强者要击败三名斗皇，同样不会困难到哪里去。

"该死的，总是这样麻烦。"抿着嘴，萧炎着实被这一波三折的变故搞得有

些不耐烦了，每次以为能够离开时，总会冒出一些意外。

"海老，既然云山真的出来了，那你，恐怕也得退去了吧？"猛然间想起那夜海波东的话，萧炎低声叹道。

闻言，海波东一愣，脸色阴晴不定，片刻后，他忽然咬了咬牙，道："虽然我这人不喜管闲事，但是做事也得有始有终，今日就算云山真要阻拦，我也会尽力将你带下云岚山！"

望着坚决的海波东，萧炎怔了怔，旋即心头微暖。虽说海波东在这种时候都没有放弃，多少有一些复灵紫丹的缘故，但不管怎么说，冒着得罪云岚宗的风险，他还愿意助自己脱险，这份情义大大出乎了萧炎的预料，远比某些人要好很多。

"多谢了，海老，今日相助之恩，萧炎谨记于心，日后，在下必有所报！"萧炎深吸了一口气，对着海波东拱了拱手，极为认真。

"日后的事再说吧，现在还是先摆脱那个老家伙吧。云山苏醒了，这座云岚山都笼罩在了他的气场之中，此时想走，也不容易了。"海波东苦笑着摇了摇头，瞟了一眼悬浮在萧炎身后的七彩吞天蟒，再瞥了一眼不远处的凌影，心中不断盘算着双方的战斗力。

在两人低声商谈时，那自云岚山深处散发出的磅礴气势越来越浓烈，最后，一道清啸声猛然冲天而起，在众人的注视下，一道白影忽然自云岚山深处浮现，旋即脚踏虚空，缓缓朝着广场而来。

白影并未召唤斗气之翼，可在虚空踏步而行的速度却丝毫不比海波东等人慢，每次脚步落下时，虚空便会荡漾起一圈圈涟漪，涟漪消散时，人影却早已经出现在百米之外，极为玄妙。

如此几个跨步，仅仅片刻，人影便闪现在了广场中央那处石碑之顶。他淡淡的目光扫过一片狼藉的广场，微微皱起眉头，笼罩着广场的威压，此刻变得强烈了许多。

萧炎悬浮在天空上，目光扫向那道白影，仔细地上下打量着这上一任云岚宗宗主。

他身着一套极为朴素的白色长袍，微风拂来，长袍飘飘，颇有出尘飘逸之感。他年龄看上去并不是很大，脸上没有老人该有的皱纹，皮肤犹如一块散发着毫光的温玉一般。要不是那一头雪白的长发，萧炎还真的难以将他归为和海波东一个年代的强者，不过从下方那些云岚宗弟子脸上的敬畏表情来看，这人正是云岚宗上一任宗主云山。

"嘿，这老家伙突破斗宗后，竟然变得年轻了一些，看来突破那个障壁的好处，还真是不小啊。"望着云山，海波东忍不住咂了咂嘴，声音中的羡慕之意，倒是未加掩饰。

"云棱，给我个解释吧。你知道的，我说过，若非极为重大之事，不要打扰我静修。"云山看向下方的云棱，淡淡地道。

"老宗主，您可算出来了啊，若是再晚点，恐怕云岚宗就得被人给毁了！"云山的目光扫来，云棱双膝不由自主地跪了下去，老脸上的血痕使他看上去尤为凄惨。

"云韵呢?"眉头一皱，云山问道。

"宗主外出了，还未归来。"云棱急忙回道。

"简略说说事情吧，这么多年来，我云岚宗还是第一次被人破坏成这样。"云山将双手插在袖间，平淡地道。

闻言，云棱精神一振，手指指向天空中的萧炎，大声道："老宗主，今日之事，全部都是由他引起！"

说着，云棱赶忙将萧炎与墨承之死的一些联系说了出来。不得不说，云棱作为云岚宗大长老，口才的确不错，在讲这些事的时候，他将那强留之举，说成了想要请萧炎在云岚宗暂时歇息几天，直到把事情弄清楚。而这些话，云棱也的确当场说过，所以即使他这般说，也没人能当场反驳。之后，便是萧炎的

反抗以及他背后的强者轮番出场。最后，他云棱以一种保护者的姿态，举全宗之力维护宗门声誉，却依然不敌，这才不得不使用笛子，将闭关中的云山请了出来。

云棱说的大多都是实话，可是其间有意地掺杂了点东西之后，事情的责任方则完全变成了萧炎。

广场之上，一片安静，唯有云棱那略带着愤怒的声音不断地响起。

许久之后，云棱有些悲切地道："老宗主，虽然墨承只是宗内的一个执事，但是这些年对我们云岚宗的贡献极大，若是他随意被人击杀而宗门坐视不理，日后，还有谁敢为宗门效力？那不是寒了大家的心吗？

"我云岚宗也并非胡乱冤枉人，只是要那萧炎在宗内暂住一段时间，等到事情查清楚，若是冤枉了他，我云棱亲自向他赔礼道歉，可他却仗着背后有人撑腰，丝毫不将云岚宗放在眼里，在谈判无果之后，竟然大打出手。虽然他本身实力不怎么样，但是有好些帮手，如今宗主不在，我也只能打扰老宗主，将您请出来了。"

天空之上，萧炎将双臂抱在胸前，冷漠地望着那不断列举自己"罪状"的云棱。他不想做任何辩解，因为他知道没有什么作用，人都是护短的，难道还能指望云山来帮着他不成？

听完云棱的控诉，云山的脸上并未有什么表情，只是缓缓抬起头，目光在广场四周扫过，淡淡地笑道："没想到今日的事情还闹得挺大啊，连加刑天、法犽你们两个老家伙都过来了。"

加刑天与法犽对视了一眼，笑了笑，指向天空，道："那里还有一个。"

"我知道，海波东吧？刚才出来的时候，便感觉到了你的气息。没想到过了这么多年，你竟然还活着，我本以为你已被美杜莎女王击杀了呢。"云山抬起头，望着海波东，道。

"嘿嘿，你这老不死的不也一样嘛。"海波东咧了咧嘴，朝前跨了一步，刚好将萧炎挡在身后，笑道。

"他便是萧炎吧？"云山瞥了一眼海波东身后的萧炎，道。

"小子萧炎，见过云山宗主。"萧炎直视着那浑身散发着压迫气势的云山，不卑不亢地笑道。

"气度倒是不错，可惜就是弱了点。"云山淡淡地道。

"喊，云山，你十八岁的时候，别说斗宗了，看见一个斗王强者，都激动得跟什么一样。"海波东撇嘴道。

"十八岁的大斗师吗？"一直淡如清风的眼睛中终于掠过些许诧异，云山摇了摇头，抬头说道，"先前云棱所说，你们可有辩驳？"

"呵呵，云山宗主既然相信他的话，又何必再多此一问？"萧炎语带讥诮地笑问道。

"云棱的话，我信一半，他的性子，我了解。"出乎萧炎的预料，云山摇了摇头，"不过不管此事究竟谁对谁错，可将我云岚宗弄成这般模样，你们确实需要负些责任的。"

"那云山宗主想要如何？"

"我也不说那些留你做客的客气话，今日你们这一场大闹，对云岚宗的声誉损害不小，这声誉，必须挽回。既然你们几人能将我云岚宗搞得一片狼藉，那么便让我与几位切磋一下吧。"云山淡淡地瞟过海波东、凌影以及悬浮在天空上体形庞大的七彩吞天蟒，手掌缓缓探出袍袖，平静地道。

"你们可以一起。"云山低头挽着袍袖，随意地添了一句。

"嘿，没想到这云岚宗也出了一个斗宗强者，如今倒是勉强能够挤进大陆一线势力之列，可惜比起当年的云破天，似乎还差了不少啊。"凌影闪动身形，出现在萧炎面前，正对着下方的云山，嘿嘿笑道。

"你是大陆上的强者吧？不知道是哪方势力？虽说我闭关已久，但对于大陆上的势力，倒还是略知一二。"挽动袍袖的手掌微微一停，云山抬头道。

"这可不能透露。"凌影摊了摊手，旋即脸色略显凝重，沉声道，"不过在此提醒你一声，莫要以为成为斗宗强者便能为所欲为，这个小家伙，我奉劝你最好不要妄动他，否则，日后你绝对会后悔的！在这大陆上，有能力毁灭你云岚宗的，并不少！"

云山轻皱眉头，望向凌影："这是威胁？"

"你可以这样认为！不要怀疑我说的话！"凌影针锋相对地盯着云山，声音低沉地道。

"你们一起吧。云岚宗这么多代累积的声誉，不能断送在我手上，不过若是你们能从我面前离开云岚山，那么今日之事，也就一笔勾销了。"叹了一口气，云山不再说话，身体毫无预兆地缓缓升空，澎湃的能量竟然让周围的空气都震荡了起来。

脸色凝重地望着正在升空的云山，海波东与凌影对视了一眼。海波东转头对萧炎道："让你的那条大蛇护着你吧，我与他阻拦云山。"

"你们小心。"萧炎迟疑了一下，点了点头，忽然转向凌影，道，"这位老先生，不知您……"

"别问我的事，等你离开了云岚宗，我也会离开加玛帝国，日后时机到了，你自会知道。"挥了挥手，凌影打断了萧炎的问话。

闻言，萧炎一怔，旋即苦笑着点了点头，只好振动双翼，退后了。

"唉……没想到最后还真的把云山这个老家伙给惊动了。"望着空中的局面，法犸摇了摇头，叹息道。

"斗宗啊……嘿，这个老家伙竟然真成功了。"加刑天咂了咂嘴，脸上有些掩饰不住的艳羡。他如今已经位列斗皇巅峰，只要再进一步，也能够晋入那个令人向往的境界，可惜这一步之差，加刑天修炼了好多年，却依然未能晋入。

"接下来，我们该怎么办？要不要调和一下？"法犸皱眉道。

"没用的。"加刑天摇了摇头，目光扫过下方场中，望着那些昏厥过去的云岚宗弟子以及满地裂痕的广场，苦笑道，"这次，萧炎他们的确是狠狠扇了云岚宗一个耳光。为了挽回声誉，云山必须当着我们所有人的面打败他们。当然，或许事后他并不会太难为萧炎，毕竟萧炎背后的那个神秘支持者，也让他颇为忌惮。在搞清楚萧炎背后的神秘势力之前，云山并不会轻易动他。"

"海波东和那凌影能打过云山吗？"法犸微微点了点头，旋即又问道。

"很难。"

广场中，云棱望着上方的云山，再看了看远处的萧炎，眼中掠过一抹不可察觉的冷笑。

"海波东，念在以往的交情上，你若此时退去，我可以不计较你先前出手之事。"与海波东、凌影两人平行悬浮在天空上，云山淡淡地道。

"唉，动手吧，此时说这些，晚了点。"海波东叹息着摇了摇头，双掌旋动间，白色的冰寒气息自其体内溢出，顿时，周围的温度骤然降低。

"让我来瞧瞧，晋入斗宗之后，你能强到什么地步。"海波东轻吐了一口气，双掌猛然一扭，十几道足有半丈宽的圆形冰刃忽然凭空浮现，并高速旋转着，发出阵阵呜呜声。

一旁，凌影的脸色变得凝重，袍袖轻摆，诡异的黑色影子在脚下不断吐缩着，手掌微握，黑色气息急速凝聚，转瞬间竟再度形成了一把两三丈长的黑色长枪，长枪微摆，枪尖之处，空气荡漾。

"萧炎，走！"海波东沉声喝了一句，将手掌往前一推，那十几道圆形冰刃猛然间划破长空，对着云山射去。

在海波东攻击之时，那凌影一把握住黑色长枪，身体一扭，旋即狠狠投掷了出去。

冰刃和长枪带着令人恐惧的强大压迫力，径直向不远处的云山射了过去，沿途所过之处，竟然留下了两道长长的痕迹。

在两人发动攻击时,萧炎双翼一振,轻巧地落在七彩吞天蟒的头顶上,一声催促,七彩吞天蟒立刻转身,庞大的身体展现出令人惊讶的敏捷速度。

见海波东两人的反应,云山摇了摇头,不再废话,双手缓缓举起,对准那疾射而来的圆形冰刃以及黑色长枪,嘴巴微动,低声道:"风壁!"

云山的声音落下,天空中狂风猛然大作,一道几乎横跨了半个天空的深青色巨大风墙,眨眼间便急速成形,那庞大的风墙,让下方无数人目瞪口呆。

嘭!

圆形冰刃以及黑色长枪瞬间便到达风壁之前,三者相撞,霹雳般的炸响响彻天空,一道道能量涟漪从碰撞处扩散出来。不过,那庞大得有些过分的深青色风壁,竟然没有半点晃动,海波东和凌影的联合攻击,对上云山的防御,似乎显得微不足道。

望着横跨天空的庞大风壁,海波东和凌影脸色略有些变化。

瞟了一眼飞出的七彩吞天蟒,云山对着它一挥右手,风声大作,一道巨大的风壁猛然出现在七彩吞天蟒面前,惊得七彩吞天蟒急忙高飞,方才没有一头撞上去。

"万风缠缚!"

阻拦了七彩吞天蟒的飞行之后,云山的手掌猛然对着海波东和凌影一握,顿时,由狂风汇聚而成的实质风绳铺天盖地涌出。风绳互相缠绕,宛如一条条长蛇,在虚空中穿行而过。片刻时间,海波东和凌影便发现,自己不知何时竟然被缚绑了起来,当下他们体内斗气急涌,可惜每当震断一些风绳之后,便有更多的风绳呼啸而来,将两人越捆越牢。

"呼……不愧是斗宗强者,明明使用的攻击方式并不算出彩,可两名斗皇强者在他手中,竟然没有多少还手之力,这就是两者间的差距吗?"望着仅仅一回合便被云山束缚了身体的海波东二人,加刑天等人不由得感叹道。

"看来萧炎他们这次是彻底栽了啊。"

将海波东二人暂时束缚起来之后，云山看向了正打算绕开拦路风墙的七彩吞天蟒，他脚步朝前一踏，再次出现时，赫然出现在七彩吞天蟒面前。

七彩吞天蟒望着闪现而来的云山，巨嘴一张，蕴含着剧毒的七彩液体向云山涌去。

云山轻挥手掌，风墙出现在其身前，七彩液体洒下，将犹如实质的风墙迅速腐蚀成虚无。然而当七彩吞天蟒刚准备继续攻击时，巨大的力量猛然自尾巴上传来，它扭头一看，只见云山不知何时出现在了它身后。

"下去吧！"脚掌轻踩在七彩吞天蟒尾巴上，庞大的力量让七彩吞天蟒发出一声凄厉的嘶鸣声，旋即身体猛然下坠！

嘭！七彩吞天蟒重重地砸在广场的一角，顿时，坚硬的广场被它那巨大的身躯给压得崩裂了。

噗……

先前云山发出暗劲时，萧炎刚好在七彩吞天蟒身上，因此他也受了一点儿伤，毕竟只有大斗师的实力，虽然仅仅是云山的一点儿暗劲，依然让他脸色苍白地喷出了一口鲜血。

从七彩吞天蟒脑袋上滑落下来，萧炎抹去嘴角的血迹，偏头望着蛇瞳黯淡的七彩吞天蟒，牙齿不由得咬得嘎吱作响。

"你们输了。"轻风刮过，云山的身影再度宛如鬼魅般地出现在萧炎面前的半空处，他淡淡地道。

嘴角微微抽搐，萧炎锵的一声抽出背后的玄重尺，指向云山，将嘴中的鲜血吐出，冷笑道："还有我呢。"

云山缓缓落下地面，然后在众人的注视下，一步步地朝萧炎走去。

嘶！

瞧见正在接近的云山，七彩吞天蟒口中发出几道尖锐的嘶鸣声，可惜这并未使云山的脚步有所停顿。云山越来越近，某一刻，七彩吞天蟒巨尾猛然一甩，

带起巨大的阴影,对着云山狠狠砸了下来。

那铺天盖地而来的阴影,并未让云山脸色有所变化,他不经意地对着上方挥了挥手,七八丈大的巨大青色能量手印凭空浮现,旋即拍上七彩吞天蟒的巨尾,其上所蕴含的巨力竟然直接将七彩吞天蟒的尾巴扇到了另外一个方向,而那尾巴所过之处,十几棵参天大树被拦腰拍断。

嘶……尾巴上传来的剧痛,让七彩吞天蟒发出一阵嘶鸣声,嘶鸣声中带着难以掩饰的痛苦。

淡淡地看了一眼体形庞大的七彩吞天蟒,云山微微皱了皱眉头,这个大家伙的抗击打能力,远远超出了一般的五阶魔兽。

蛇瞳泛着赤红,死死地盯着云山,七彩吞天蟒巨嘴一张,七彩液体再度喷出,不过这一次,云山没有半点闪避,闲庭信步般径直从液体中穿过,竟然连衣袍都完好无损。

脚步缓缓停住,云山淡淡地望着面前的萧炎,抬起手掌,然后对着萧炎轻飘飘地打了过去。

死死地盯着那越来越近的手掌,萧炎涨红了脸,因为他发现,在这一刻自己竟然丝毫动弹不了。

"别反抗了,在云岚宗待半年时间吧,我不会伤害你的,不过你需要为自己的莽撞付出一点儿代价。"望着拼命想挣脱束缚的萧炎,云山平静地道。

嘶!身后,七彩吞天蟒的巨嘴狠狠对着云山噬咬而去,却又一次被云山一巴掌打翻了过去。

眼瞳中的手掌不断放大,萧炎紧握着玄重尺的手颤抖得越来越厉害,脑海之中此时一片空白,唯有心脏不断跳动的声音。

安静的世界中,似乎有种极为庞大的力量正要涌出。

然而,在这股庞大力量即将涌出的一刹那,却猛然一滞,旋即闪电般地退了回去,宛如从未出现一般。

那股庞大的力量退回，萧炎安静的状态也随之被打破，一抬头，他发现云山的手掌几乎已经贴上了自己的肩膀，顿时，绝望的情绪充斥着萧炎的心。

嘶！

紧急关头，萧炎身后的七彩吞天蟒忽然仰天长鸣，剧烈的强光猛然自其体内涌出。

七彩吞天蟒的异变立刻吸引了全场的目光，就连云山也微皱着眉头盯着那一团强烈的光芒，然后，某一刻，他一直平淡的脸色终于霍然大变。

萧炎身后，强光之中，一只修长的玉手忽然轻巧地探出，看似缓慢，却刚好将云山的手掌阻拦。

两只手掌相触的一刹那，大地猛然震动，地面上，一道道恐怖的裂缝蔓延开来。

"老家伙，刚才打得爽了吧？"

妩媚的声音缓缓地在广场上响起，众人的目光顺着声音移动，当他们看见那站在萧炎身后的妖娆人儿时，都不由得呼吸一滞。然而知情的人，比如海波东，则是一脸惊恐。

萧炎咽了一口唾沫，缓缓转过头来，一张集冷艳、妩媚、妖娆于一体的完美脸庞，出现在视线之中。

# 第十五章
## 回家之途

随着那妖娆人儿的出现,广场上,众人陷入了短暂的沉默。

沉默持续了半晌,终于被一道惊恐的声音打破:"美杜莎女王?"

短短几个字出口,让广场上所有人都猛然打了个冷战。这个名字,大多数加玛帝国人都有所耳闻:那个冷艳且心狠手辣的美丽女人,在以往与加玛帝国的战争中,不知道亲手斩杀了多少成名强者。在这个帝国之中,只有寥寥可数的几人,能够有实力与这个妖艳女人抗衡。

这个女人用丝毫不逊色于铁血帝王的狠辣手段,震慑着塔戈尔大沙漠附近的好几个帝国,让他们不敢轻易发动战争。

对于她,很多人都用"可怕"一词来形容。

天空上,原本脸色凝重的海波东,此刻已满脸惊恐。在云山面前他还能保持镇定,可在美杜莎女王面前,他却难以掩饰内心的畏惧,当年沙漠里的那场战斗,至今都让他心有余悸。

而那害得他不得不忍受了几十年隐居生活的封印,更让海波东对美杜莎女王心惊胆寒。

在惊恐之余，他忽然打了个哆嗦，看先前那道强光，那条七彩大蛇明显就是美杜莎女王的化身，想到自己竟然在没有察觉的情况下，与这个恐怖的女人相处了那么久，海波东感觉后背一片冰凉。

"萧炎这个家伙，有美杜莎女王在身旁，竟然不和我说，浑蛋啊，想害死我不成？"海波东心中有些恼怒地暗骂道。

"啧啧，美杜莎女王！这个小家伙不愧是小姐看上的人啊，虽然实力不怎样，但是这护身的强者，却一个比一个变态。这次云岚宗之行，就算没有我，想必他也能顺利离开吧。"凌影赞叹着摇了摇头，这忽然出现的美杜莎女王，同样让他极为诧异。

巨树上，加刑天和法犸的脸色此刻也变得极其凝重起来。两人对视了一眼，深深吸了一口气，再也说不出半句话来，这一次的震惊实在是太大了。

"美杜莎女王？她不是在晋级中失败了吗？"古河愕然地望着那妖艳美人，目光缓缓扫向一旁的萧炎，眉头轻皱，低声道，"看来并非失败了，而是在晋级之后，被萧炎神不知鬼不觉地给带走了。这个家伙真是胆大得让人无语，这个女人杀起人来，可不比杀只鸡麻烦多少啊，他倒是好运，竟然还能活到现在。"

其身后，柳翎苦笑，现在萧炎所展现出来的实力，明显已经远超年轻一辈，即使是那些老辈，也不及啊。

古河身旁的纳兰桀和木辰等人皆面面相觑，在美杜莎女王的凶名之下，他们同样不敢发出半点儿声响。

萧炎悄悄滚动了一下喉咙，身体不着痕迹地移开了一点儿，目光往身后的美人身上扫了扫，虽然不是第一次看见，但是心中依然忍不住暗赞一声她的美艳。

此时的美杜莎女王，身上只披了一条淡紫锦袍，满头青丝顺着香肩垂落，目光下移，萧炎诧异地发现，美杜莎女王那条蛇尾竟然化成了两条修长白皙的

人腿，雪白的小脚悬浮在离地半寸的位置，晶莹剔透，不染尘埃。

"美杜莎女王，没想到啊，你竟然是那条古怪的大蛇，难怪我总觉得有些不对。"手掌轻轻震动，一股能量涟漪自掌心中扩散，云山借势退后了几步，淡然的脸上头一次出现些许凝重的神色。

修长玉指优雅轻弹，那扩散而来的能量涟漪自动消散。美杜莎女王缓缓前行一步，刚好与萧炎并肩，那充满着异样魅惑的眸子扫了云山一眼，淡淡地道："我也没想到，你竟然真的突破了斗皇障壁，进入斗宗级别了。"

"你不也进化成功了吗？"云山笑了笑，瞥向萧炎，道，"只是我还真挺诧异的，以你的性子，竟然会出手帮助人类。"

"你若是不动七彩吞天蟒，我就不会出来。他的生死，我倒并非很在意。"美杜莎女王瞟了萧炎一眼，轻声道。

萧炎摊了摊手，手掌紧握着玄重尺柄，体内斗气快速运转着，若美杜莎女王有任何异动，他便赶紧撤退，对这个性子诡异莫测的女人，他同样满怀戒备。

"现在你出来了，打算如何？"背后的白色长发随着轻风飘荡，云山似是随意地问道。

"带他走。"美杜莎女王把玩着纤细玉指，轻描淡写地道。

"我可以不动你化身的那条大蛇。"云山皱了皱眉道。经过先前的交手，他清楚现在美杜莎女王的实力并不比自己弱，若是真打起来，谁胜谁负还真不好说。

"我若是不带他走，那小家伙立马就会暴动，我能出来，是因为他有危机，那小家伙方才放弃对我的压制。"美杜莎女王用纤指揉着光洁的额头，眉宇间有着淡淡的无奈。出来救萧炎，她明显有点儿不太情愿。

美杜莎女王这番有些不着边际的话，云山倒听得明白，当下额头上的皱纹更深了一点儿，目光缓缓在周围扫视了一圈，脸色变化着，也不知道在想些什么。

广场上，因为云山的沉默再度安静了下来，这两位高端强者的谈话，其他人还没资格插嘴。

搓了搓双手，云棱望着有些犹豫的云山，心中顿时急躁了起来，他自然不希望费了这么大的力气之后，依然让萧炎顺利离开云岚宗。他用手掌轻触了触脑袋上那有些可怖的伤痕，此时，虽然伤痕已经结了疤，但是剧痛依然盘旋在他脑中，让他心中的怒火越来越盛。

"老宗主，若是就这样让萧炎离开，那必定会有损我云岚宗的声誉啊！"怒火伴随着剧痛，不断侵蚀着云棱的理智，某一刻，他终于忍不住出声大喝道。

"聒噪。"如画柳眉微微一蹙，美杜莎女王转头，妖艳的眸子注视着大喝的云棱，眼中妖异的光芒大盛。

望着美杜莎女王眸中的妖异光芒，云棱心中大感不妙，刚想急退，脑中却一阵眩晕，低头一看，骇然发现灰白色的岩石层忽然顺着双脚蔓延了上来。

"住手！"

轻喝声猛地响起，云山的身影瞬间出现在云棱身旁，一脚狠狠踢在云棱脚踝之上。一股澎湃的力量涌出，将那蔓延的岩石直接震成一片粉末。

岩石化为粉末，云棱这才脱离束缚，脑门上却直冒冷汗，他急忙后退了几步，躲在云山身后，再也不敢说半句话。

"带他走吧！"云山轻吐了一口气，注视着美杜莎女王，忽然挥了挥手，沉声道。

听了云山此话，广场上的众人都松了口气。今天这事，闹得实在是太大了，他们都希望赶紧收场，若继续这般闹下去，不知道还会牵扯多少强者出来。

"老宗主……"云棱有些不甘地出声。

"闭嘴！"脸色阴沉地冷喝了一声，云山将目光转向萧炎，道，"你与嫣然的那三年之约，我也听韵儿说过。这事嫣然的确冲动了点，不过如今约定已经结束，日后，你们也就没什么瓜葛了。今日你们大闹云岚宗之事，我并不想追根

究底，不过我希望这是唯一的一次，日后若是你再这般胡闹，就算有美杜莎女王护着你，我云岚宗也要好好讨教讨教了！"

"云山宗主请放心，这地方，来一次也就够了。"深吸了一口气，萧炎对着云山拱了拱手，淡淡地笑道。

"走吧。"云山挥了挥手，脸色有些不好看。

美杜莎女王瞥了萧炎一眼，也不说什么废话，转身便朝着广场外的石阶走去。萧炎手提着玄重尺，面对着云山等人退后了几步，然后扫了一眼人群中的纳兰嫣然，发现对方正好神情复杂地看了过来。

四目相对，与来时相见，却是两种截然不同的情绪。

收回视线，萧炎垂下眼，在无数人的注视下，转身跟上了美杜莎女王。

天空上，海波东脸色阴晴不定地看了美杜莎女王许久，方才振动双翼，远远地悬在天空上，无论如何也不肯降下身来。

在云岚宗所有人的注视下，萧炎和美杜莎女王的背影，缓缓地消失在云雾缭绕的无尽石阶上。

"唉……终于结束了。"

望着消失在视线尽头的两人，大树上的众位强者都长长地松了一口气，相视苦笑。谁能想到，两个小辈间的约定比试，最后，竟然引出这番他们都为之咋舌的恐怖阵容。

"诸位，今日之事，就这样结束吧，真是抱歉，让大家看了一场小辈的闹剧。"云山抬头环视了一圈，微笑道。

"呵呵，云山宗主说笑了，既然事情已经结束，那我等也就不再久留了，日后有时间，定来云岚宗做客。"树顶上的众人自然能够听出云山话中逐客的意味，当下也知道这种场合不好久留，于是客气了两句后，一个个都跃下树顶，向着山脚下飞去。

"老宗主，我们就这样放萧炎离开了？他将云岚宗搞成这副模样！"看着离开的众人，云棱满脸不甘地看了一眼萧炎消失的地方，终于忍不住出声道。

"那你想怎么办？"云山淡淡地瞥了他一眼，道，"那美杜莎女王，即使是我，也没把握能打败，再加上对方还有两名斗皇强者，这般阵容，要将萧炎留下来，需要付出多大代价？"

云棱咬了咬牙，道："可今日之事，明显是萧炎不给我云岚宗面子啊，若是不找机会挽回的话，此事传了出去，那不是成人笑柄了吗？"

云山眉头微皱，道："你想如何？"

"看今日萧炎背后的帮手，我敢肯定，墨承之死绝对与他脱不了干系，既然他不肯留在云岚宗，我们或许可以去乌坦城将他父亲'请'来。"云棱低声道。

"糊涂！"云山脸色一沉，低声斥道，"我看你真是老糊涂了，你既然知道萧炎背后的帮手不少，还为了一个墨承去得罪他，值得吗？此事到此便结束了，日后休要再提！"

语罢，云山袍袖一挥，转身朝广场中央走去，开始安排弟子收拾残局。

脸色一阵青一阵白地望着拂袖而去的云山，云棱的手掌缓缓摸着脑袋上那条可怖伤痕，苍老的脸再度变得狰狞起来，眼中充满了怨毒与阴狠。

战斗落幕后不久，天空上，破风声忽然响起，旋即一道曼妙优雅的倩影突兀地闪现在广场上空。来人的美眸扫视着满地狼藉，俏脸不由得骤沉。

"老师！"

场中，纳兰嫣然率先发现从天空中徐徐降下的雍容美人，微微一怔，美眸顿时变得通红起来，她快速冲了过去，一头撞进来者怀中，心中的委屈终于化为低泣声。

"宗主！宗主回来了！"

广场上，望着出现的女人，所有云岚宗弟子都激动地跪伏了下去。

"好了，好了，嫣然，不要哭了，和老师说说，发生什么事了？"

女人温柔地抚摸着纳兰嫣然柔顺的长发，缓缓抬起头来，那张高贵的美丽

容颜,赫然便是当年在魔兽山脉与萧炎有过些许暧昧的云韵。

绿荫葱郁的小道上,两道人影,一女一男,一前一后,缓缓地行走着,诡异的气氛笼罩着两人。

在两人头顶的天空上,两道影子远远地跟着。

某一刻,前方的女人率先停下了步伐,纤手轻捋着额前青丝,清冷的声音从诱人的红唇中吐出:"上面那两人,飞得不累吗?"

虽然她的声音并不响亮,但是天空上的两道人影在同一刻停了下来,对视了一眼后,只得缓缓落在萧炎身后的一棵大树上。

"海老,你现在有何打算?你那复灵紫丹,至今药材还未凑齐。"萧炎小心翼翼地退后了一步,目光转向海波东,问道。

闻言,海波东一怔,微微皱了皱眉头,目光有些畏忌地扫向那斜靠着树干、漫不经心把玩着一片落叶的美杜莎女王,沉吟了一会儿,苦笑道:"小家伙,既然你已经顺利离开了云岚宗,那么日后,我也不会跟在你身旁了。至于那复灵紫丹,日后你若寻到了足够的药材,可以帮我炼制,然后找个信得过的人,送给我就行。以后,我应该会一直在帝都。"

萧炎微抿着嘴,默默地点了点头,对着树上的海波东郑重地躬身行礼,沉声道:"海老,无论如何,今日你的帮助,萧炎都谨记在心。日后海老若是有需要人手的时候或是难办之事,力所能及,小子定会鼎力相助!"

"呵呵,好,既然如此,那就在这里分别吧,日后有需要帮忙的地方,可以直接来帝都米特尔家族找我。"笑着点了点头,海波东道。

"嗯。"

"记着,小家伙,虽然不知道你和美杜莎女王是什么关系,但是无论如何,对她都要多一分戒备。这个女人的狠辣,远远超出你的意料。"海波东再次瞥了一眼前方的美杜莎女王,嘴巴微动,低不可闻的声音被斗气包裹着,悄悄传进了萧炎耳中。

萧炎不着痕迹地点了点头。

"小家伙,告辞了!"对着萧炎再度拱了拱手,海波东看了一眼身旁的凌影,冲着他和善地笑了笑,随后振动双翼,冲天而起,消失在蔚蓝的天空之上。

"这位老先生……"目送着海波东离开,萧炎又将目光投向笑眯眯的凌影,恭声道。

"呵呵,你离开了云岚宗,我的任务就完成了,所以我该回去了。"凌影笑了笑,冲着萧炎竖起大拇指,"小家伙,这次干得不错,有魄力。"

"老先生谬赞了,小子也只是因为有几位撑腰方才敢这般大胆,不然,借我几个胆,也不敢在云岚宗放肆啊。"萧炎笑着道。

凌影开怀大笑,道:"小家伙,你这脾气倒是对我胃口,不过我有其他任务在身,也不能久留了,就在这里告辞吧,日后再见时,老夫请你痛饮一番。"

"多谢了。"望着缓缓腾起身体的凌影,萧炎笑着点了点头。

"另外,看在你我臭味相投的分上,我给你露点话。"双翼忽然一停,凌影正视着萧炎,认真地道,"斗气大陆很大,你必须尽快让自己变强,不然的话,你连选择喜欢的人的权利都没有!好了,话已至此,你好自为之吧,日后,你会知道我这话的意思。"摆了摆手,凌影急速升空,伴随着一阵破风声响,身体化为一道模糊黑影,迅速消失在天际。

"唉,都走了。"

站在原地,萧炎轻叹了一口气,旋即微皱着眉头望向凌影消失的地方,对方走前留下的话,让他有些疑惑。

"好了,告完别了吧?"在萧炎愣神之际,淡淡的声音将他从失神状态中拉了回来。

转过身来,萧炎望着正用一对妖异美眸盯着自己的美杜莎女王,扯了扯嘴角,勉强露出一个略显难看的笑容,讪讪地道:"那个……女王陛下,您……您

怎么还没变回去?"

"变回去?"眉梢一挑,美杜莎女王似笑非笑地盯着萧炎,"谁说我要变回去了?"

"你不会把七彩吞天蟒的灵魂给同化了吧?"萧炎的脸色微变,袍袖中的拳头猛然紧握。

平静地看着萧炎,他身体的细微变化并未瞒过美杜莎女王的眼睛,她将身体站直,慵懒地伸了个懒腰。

"作为这次救你的代价,那小家伙三天之内不能出来。"美杜莎女王的唇角有一抹淡淡的笑意,显然,这次的交易让她颇为满意。

"哦。"心中松了一口气,萧炎转了转眼珠,笑道,"女王陛下这三天,是打算用人形模样待在我身边了?"

"别动花心思,那可是会送命的。"美杜莎女王莲步微移,来到萧炎面前,那笑吟吟的模样却让萧炎全身僵硬。

雪白玉手忽然伸到萧炎面前。"东西给我。"美杜莎女王声音柔柔地道。

"什么东西?"对此,萧炎一脸茫然。

"融灵丹药方。"美杜莎女王慢条斯理地替萧炎解除疑虑。

"呃……"嘴角抽搐了一下,萧炎旋即苦笑着叹了口气,手指轻弹纳戒,那卷不知道费尽多少气力方才得到的融灵丹药方,便这般轻巧地送到了对方手中。

纤手握着融灵丹药方,美杜莎女王妩媚的脸上头一次露出迫不及待的表情,双手迅速打开药方,细细地阅读着上面记载的融灵丹的功效,半晌,她长长地吐了一口气,将药方合上,纤指摆动,那药方顿时便在其手指上灵活地旋转了起来。

望着陷入沉默的美杜莎女王,萧炎心中嘀咕了几声,只得保持安静。

啪!旋转的药方忽然轻轻掉在手掌上,美杜莎女王抬起那对妖艳得让人忍不住沉迷其中的美眸,盯着萧炎,冲着他扬了扬手上的药方,道:"你应该看过了吧？"

"嗯。"萧炎老实地点了点头。

"能炼制出来吗？"美杜莎女王轻声问道，萧炎能够感觉到，对方的呼吸变得急促了。

"我是一个不到四品的炼药师，这融灵丹可是六品丹药。"萧炎苦笑着摊了摊手，然而话还未说完，便被一声冷笑打断了。

"虽然我一直被七彩吞天蟒的灵魂压制着，但是我也模糊地知道一些你的事。当初你给那海波东炼制的破解我封印的丹药，不也是六品品阶吗？虽然我不太清楚为什么有时候你的实力前后不一致，但是我知道你能够炼制六品丹药！你能炼制六品丹药，那便有资格与我说话，若是不能的话，那我不介意在这里就……"

美杜莎女王的玉手轻轻地对着萧炎脖子虚划了一下，萧炎顿时感觉脖子一凉，赶忙摸了一下，骇然发现脖子处竟然出现了点滴殷红的鲜血。

"海老所说果然不差，这女人还真是狠辣。"咽了一口唾沫，萧炎在心中暗自骂了一声，沉思了一会儿，也就不再掩饰，直视着美杜莎女王，"好，我帮你炼融灵丹，不过我能得到什么好处？"

"好处？你先前得罪我之事，我可以不和你计较。"美杜莎女王淡淡地道。

"喊，那你去找别人炼吧，我可没兴趣。"闻言，萧炎一撇嘴角，冷笑道。

美眸微眯，冰冷的杀意缓缓浮现，美杜莎女王的纤手之上，七彩的能量忽然犹如水波一般涌出。她凝视着七彩水波，轻笑道："你有资格与我谈条件吗？"

"你若真的要杀我，恐怕七彩吞天蟒的灵魂也会瞬间反扑吧？"萧炎退后了一步，笼罩在袍袖中的手掌上，青色火焰悄悄浮现。

杀气忽然一滞，美杜莎女王微蹙着黛眉，道："你倒是有几分小聪明，竟然知道用七彩吞天蟒来压制我。"

见状，萧炎心中松了一口气，看这模样，似乎七彩吞天蟒对美杜莎女王还

真有一些压制作用。

"我这人一向不会狮子大开口,不过女王陛下空手套白狼,不太厚道啊。炼制六品丹药是极为烦琐与耗神的事,您轻描淡写地说一句话,便要我去拼命炼制,这世上哪有这么好的事?您说是吧,女王陛下?"萧炎有些无奈地道。

"别油嘴滑舌了,说说你的条件吧。"美杜莎女王淡淡地说。

"现在海老和那位凌影老先生都走了,我一下子没什么安全感了。"萧炎挠了挠头,讪笑道,"只要女王陛下肯答应保护小子三年时间,那我说什么也都帮您把融灵丹炼制出来。"

"啧啧,保护你三年?"妩媚的俏脸上顿时浮现一抹笑容,美杜莎女王将玉手轻轻搭在萧炎肩膀上,笑容极为动人,"那我还不如冒着被七彩吞天蟒压制回去的风险,直接把你杀了算了。"

"那就是没得谈啦?"萧炎缩回肩膀,摊了摊手。

"好了,你不要有那些不切实际的念头了,我没海波东那么蠢。我给你一年时间,这一年里,我可不会做你的打手,只会在生死关头,出手帮你摆脱麻烦。其他时候,我若是心情好,或许会出手。当然,一年之内,你若是拿不出融灵丹,那就别怪本王心狠了。这个交易,你答应还是不答应?"美杜莎女王有些不耐烦地道。

萧炎微微皱眉,好半晌,方才抬头望向那脸上已经浮现出冰冷杀意的美杜莎女王,不情不愿地点了点头。

"好吧。"

闻言,美杜莎女王俏脸上的杀意,顿时变为柔和的微笑,妩媚动人。

望着瞬间便将杀意收敛的美杜莎女王,萧炎只得苦笑了一声,这个女人能让加玛帝国众强者都对她忌惮不已,果然并非靠虚名。

"接下来你打算去哪儿?"美杜莎女王将手中的融灵丹药方抛给萧炎,随口问道。

萧炎小心翼翼地接过药方，沉吟了一会儿，道："我想先回乌坦城一趟，然后，或许得离开加玛帝国一段时间。"

"离开加玛帝国吗？"闻言，美杜莎女王微蹙黛眉，旋即微微点了点头，慵懒地道，"随你吧，反正蛇人族内，他们几个首领也能暂时顶替我，在你炼制出融灵丹之前，我会一直跟着你。"

见她并未反对，萧炎微松了一口气，手掌轻拍了拍背后巨大的黑尺，笑道："既然如此，那就走吧。"

"云岚宗的事情已经结束，现在你的时间应该很宽裕吧？这一路去乌坦城，路经几个大城市时，停留一下，好去寻找炼制融灵丹的药材。"美杜莎女王淡淡地道，看似商量的语气，却不容萧炎拒绝。

对此，萧炎只能无奈地点了点头，瞥了一眼美杜莎女王那妩媚妖娆的脸庞，耸着肩膀道："我建议你在进城的时候，把容貌遮住，不然，惹上一些不必要的麻烦，还挺让人头疼的。"

轻轻点了点头，美杜莎女王转身朝密林小道之外缓缓行去。

望着那诱人的身姿，萧炎摊了摊手，转过头，看向视线尽头处若隐若现的青石台阶，视线缓缓上移，最后停在云雾缭绕的山峰之上，沉默片刻，轻叹了一口气。这束缚了他三年的约定，如今终于卸下了，而在完成让他奋斗努力了三年的目标之后，他却忽然有些茫然起来。然而茫然并未持续多久，那忽然浮现在脑海中的少女清雅的笑容，让他的脸上扬起了一抹温暖的笑容。

"薰儿，你在那里还好吧？等着我。"低声喃喃着，想起已经快两年未见的少女，萧炎的心中升起一团火热。

转过身来，萧炎看向那已经走出密林的动人背影，笑了笑，赶忙追了上去。

离开云岚山之后，萧炎并未再回到帝都，而是与美杜莎女王直接改道，朝着乌坦城的方向飞去。

帝都与乌坦城之间,几乎横跨了大半个帝国,这般广大的疆域,即使以萧炎和美杜莎女王两人的飞行速度,也至少需要两天的时间才可能抵达。再者,根据美杜莎女王的要求,沿途路过大城市时,萧炎不得不停下来,等待此地的拍卖场以及交易会开始,如此一来,时间更是被拖延得厉害。不过好在如今三年之约已经结束,萧炎摆脱了那种每天掐准时间去拼命的生活,一路走来,没有了约束和心理负担,晃晃悠悠的,倒也轻松自在。这种悠闲生活,从三年之约开始之后,萧炎就从未真正享受过了。

在赶路回家的头三天,虽然两人在几个大城市中停留了点时间,但是让美杜莎女王失望的是,那炼制融灵丹的奇异药材,竟然连一株都没有找到。她对此很是无奈。不过,若是炼制六品丹药的材料这般好寻,它的价值也不会这般昂贵了。

两人一路走走停停,让萧炎感到诧异的是,美杜莎女王所说的三天交易时间明明已经到了,她却并未变回七彩吞天蟒。对此,她的解释是她私下与七彩吞天蟒的灵魂商议了一下,晚些时间再变回去。

对于这个解释,萧炎虽然有些愕然,但也没有办法,难道她不变回去,自己还能强迫她变回去不成?到时候一巴掌甩过来,吐血重伤都有可能。

时间悄然而逝,萧炎和美杜莎女王越来越接近乌坦城了,由于寻找药材耽搁了时间,原本两三天的路程,竟然足足走了五天时间。

黑焰城,帝国北部的一座颇大的城市,这里距离乌坦城已经不远了,以萧炎二人的速度,不到半天时间就能到达。不过由于这座城市在北部一向以药材之城闻名,因此美杜莎女王未征求萧炎的意见,便迅速落了下去,在郊外用一块薄薄的青纱将脸遮住后,才朝着黑焰城内行去。萧炎只得按捺住归家的热切心情,无奈地跟在她身后。

两人闲庭信步地走进城市,并未遇到任何阻拦。

进入城市后，萧炎在前面带路，顺着街道走了一段距离，然后拐进了一座人流量不小的酒楼。帝国北方民风彪悍，这种酒楼在帝国北部省份才能经常看见，在帝都等豪华都市，却并不常见。

酒楼里云集了三教九流，帝国的民间消息、官方情报都在这里流传，因此它能够让萧炎快速地知道，这座城市中哪里的药材最多最好。

两人上了酒楼，在一处靠窗位置坐下，美杜莎女王用玉手托着香腮，美眸盯着窗外，一副不理不顾的样子。这几天来，打听情报的事情，全部都由萧炎出面。

见她这副模样，萧炎只得无奈地摇了摇头，抬手将一名侍女叫了过来，点了些并不算烈的酒水后，他站起身来，朝人流拥挤的地方挤了过去。如此折腾了半天后，萧炎方才满头大汗地抽身退回到桌旁，望着那正惬意地抿着小酒的美杜莎女王，不由得郁闷地叹了一口气，这女人的架子也太大了吧。

"怎么样？问清楚了吗？"美眸瞟了一眼萧炎，美杜莎女王轻声道。

"据说本城有一座采药殿，极有名气，很多珍稀的药材那里都有货，不过价格极为昂贵。"萧炎端起酒杯灌了一口，瓮声瓮气地道。

"休息一下吧，等会儿去那采药殿看看。"满意地点了点头，美杜莎女王含笑道。

翻了翻白眼，萧炎轻拍了拍背后的黑尺，懒得再说话。

"嘿，你们听说云岚宗的事了吧？"

在萧炎二人安静地休息时，旁边不远处的桌上，忽然响起的神秘兮兮的声音，将萧炎的目光吸引了过去。

"你说的是那个叫萧炎的年轻人大闹云岚宗的事吧？"一名男子对着那一脸神秘的同伴不屑地撇了撇嘴。

"呃……你都知道了？"先前说话的那人顿时一怔，尴尬地道。

"这么大的事，早在两天前就传出来了。那萧炎，在正式比试上将云岚宗少

宗主纳兰嫣然打败了，听说好像是当年纳兰嫣然退婚的缘故吧。现在看来，当初传出来的纳兰嫣然被萧炎强行休掉的消息，还真有几分可靠啊，如今萧炎所表现出来的实力与天赋，配她纳兰嫣然，绰绰有余啊。"

"呃……后来呢？"

"后来据说云岚宗似乎想将萧炎留下，嘿嘿，不过人家虽然年轻，但是那背后的强者却是恐怖得让人咋舌。听人说，当日的那场争斗，不仅搞出了两名斗皇强者，甚至连那蛇人族的美杜莎女王都现了身。虽然云岚宗倾尽全力，但萧炎还是全身而退了。"

"美杜莎女王？"这名字一出口，周围的人顿时惊呼了起来。

"嘿嘿，根据可靠消息，那个萧炎还是这一届炼药师大会的冠军。"周围那一道道惊讶的目光，让那名男子的虚荣心大涨，他嘿嘿一笑，再度爆出猛料。

"炼药师大会的冠军，不是叫岩枭吗？"一道低低的声音忽然响起。

"岩枭，萧炎，倒过来读不就是了，哈哈……"男子得意地笑道。

"呃……"周围人一愣，旋即恍然大悟。虽然名字一倒过来读就非常明显，可谁没事会把名字倒过来看呢？

"唉，这家伙可了不得啊，如此年纪便干出这种惊天动地的事情，假以时日，那还得了？"男子狠狠地灌了一口烈性麦子酒，有些艳羡地叹道。哪个男人心中没有干出一番大事的热血梦想？只不过因为能力所限，很多人注定只能空想而已。

有些愕然地听着传过来的话语声，萧炎不由得苦笑着摇了摇头。他没想到，这才不过几天时间，那云岚宗的事竟然就传到帝国的另外一边来了。

"你现在也是个名人了啊。"美杜莎女王晃着手中的酒杯，戏谑地道。

摊了摊手，萧炎笑道："我对这东西又不感兴趣。好了，走吧，去看看那采药殿里有没有我们需要的药材。"

"嗯。"

站起身来，萧炎和美杜莎女王刚想离开此处，一旁桌子上再度传来的对话，却让他的脸色微微一变。

"那萧炎，好像是乌坦城萧家的人吧？"

"是啊，萧家这次可是露脸了啊，出了这么一个厉害的族人，日后在北部省份，还有谁敢对萧家不敬？"

"嘿嘿，那可不一定，我刚好从乌坦城过来，听说萧家这两天遇到了一些麻烦。"

"呃？这个时候，竟然还有人敢去找萧家麻烦？"

"萧家保密工作做得太严，我也不知道确切消息。"那名男子摇了摇头，低头喝了一口麦子酒，却忽然一愣，缓缓抬起头来，望着忽然出现在面前的黑袍青年。黑袍青年身上萦绕的雄浑气势，让仅仅是两星斗者的他咽了一口唾沫，他小心翼翼地道："这位大人，您有何事？"

"你刚才说，萧家出什么事了？"萧炎沉声问道。

"呃……小的也不是很清楚，只是听说前两天在萧家似乎爆发过剧烈的战斗，然后萧家便谢绝了任何外客进入。而且从那以后，经常露面的萧战族长，也没怎么出现了，想来是在整理家族中的事情吧？"男子忐忑地道。

脸色逐渐阴沉，萧炎忽然有些不安起来。他对男子道了一声谢后，便转身和美杜莎女王匆匆行下楼梯。

"这个人背后的武器挺古怪的啊。"看着萧炎消失在楼梯处，一人忽然低声道。

"武器？尺子？"先前那个男子一怔，猛然间似是想起了什么，脸上逐渐浮现一抹惊骇，失声道，"他就是萧炎？竟然这么年轻？"

此时的萧炎，自然并未理会酒楼上的骚动，下了楼之后，他站在街道上，紧皱着眉头，望着美杜莎女王，道："我不能在此逗留了，我要先回乌坦城。"

闻言，美杜莎女王轻蹙黛眉，淡淡地道："先看看这里的药店吧，万一有我

需要的药材呢。"

"我说,我现在就要回乌坦城!"萧炎目光凌厉地盯着美杜莎女王,一字一顿地沉声道。

萧炎忽然变得强硬起来的态度,让美杜莎女王怔了怔。这几天来,萧炎对她说的话从未有半点违背,没想到现在竟敢直接顶撞她,这让贵为一族之王的美杜莎女王心中升起怒火。

"本王要寻找药材!"妖艳的眸子冰冷地盯着萧炎,美杜莎女王缓缓地道。

死死地盯着那双让人着迷的眸子,萧炎猛然伸出手来,在美杜莎女王错愕的目光中,一把将那柔若无骨的纤手紧紧抓住,冷声道:"想要融灵丹,那就别给我摆什么女王的架子。先前敬你,是看在你帮我脱困的分上,再这般胡搅蛮缠、蛮不讲理,休怪我不给你留情面了。走!"

语罢,萧炎一把拉着她,快速朝城市之外奔去。而美杜莎女王似乎被萧炎忽然间爆发出来的冷厉惊住了,当下竟然没有反抗,只是愕然地盯着萧炎。她从来没想过,竟然有人敢凶巴巴地吼自己。

一时间,美杜莎女王有些哭笑不得,自己多少年没被人这般对待了?而且,这人仅仅是个她一巴掌就能扇飞的年轻大斗师,真是嫌命长了吗?

拉着美杜莎女王飞奔出城市,萧炎迅速召唤出紫云翼,急速地向乌坦城赶去。仅仅用了两个小时,一座若隐若现的城市轮廓,便出现在萧炎的视野之中。

# 第十六章
## 萧家变故

  两人在乌坦城外降落,落地后,萧炎并未再理会身旁的美杜莎女王,而是脸色有些阴沉地冲着那大开的城门快步走去。

  行近城门,萧炎抬头瞟了一眼城门上方硕大的"乌坦城"三个大字,不由得停下脚步。望着那隐隐传出鼎沸人声的城门通道,他轻吐了一口气,自言自语地喃喃道:"乌坦城,我萧炎终于又回来了。"

  举步行进城门,穿过有些阴暗的城门通道,阳光骤然大亮,萧炎微微抬头,那亲切熟悉的街道出现在了视线之中。

  "快两年了,也没变多少啊。"轻声笑了笑,归家的喜悦让萧炎脸上的阴沉淡了不少。他偏头望了一眼不急不缓地跟在身后的美杜莎女王,然后转过头来,抬脚沿着那条曾经走了十几年的街道快步行去。

  由于心中挂念着族中发生之事,萧炎途中并未停留,匆匆沿着记忆中的道路快步行走着,在路过几座萧家的坊市时,他略微停了一下脚步。望着有些萧条的坊市,他轻皱着眉头,逐渐加快步伐。

十几分钟后,萧炎轻车熟路地穿过几条街道,然后忽然顿住脚步,抬头望着那坐落在街道尽头处的一座庞大院落,看到院门上硕大的"萧家"二字,他缓缓松了一口气。

站在自家门口,萧炎安静了许多,目光在门口附近扫过。当年他离家时,这里门庭若市,如今却显得颇为冷清,往日大门口整齐站立的颇具威势的门卫,现在竟然一个都没看见。

"究竟发生了什么事?"萧炎转头看了一眼身后的美杜莎女王,沉默了一下,忽然轻声道,"能答应我一件事吗?"

"不能。"这个女人似乎一直对萧炎先前的态度耿耿于怀,听了他的话,拒绝得极为干脆。

"条件是一株炼制融灵丹所需要的药材。"萧炎淡淡地道。

"你有?"闻言,美杜莎女王的眸子顿时亮了一点儿。

"有一株八陵魔针果。"当初离开魔兽山脉的那个小山谷时,萧炎带了不少药材,而炼制融灵丹所需要的八陵魔针果刚好在其中。

"什么事?"

"今天听我的话。"

"杀人,可以。"美杜莎女王仅仅沉吟了不到两秒,便点头答应了。

笑了笑,萧炎转身走进大门,然而脚才刚刚踏进,一道有些稚嫩的愤怒声音便从门后响了起来:"你又是谁?真当我萧家好欺负是不?"

听到这声音,萧炎的脚步不由得一顿。他偏过头来,望向声音响起的地方。在大门后方,一个年龄大约十二三岁的清秀小女孩正瞪大眼睛,怒视着他。

"你……"目光缓缓地从小女孩身上扫过,记忆自脑海深处浮现,萧炎的表情柔和了一点儿,他轻笑道,"我记得你叫萧青吧?萧媚表妹的妹妹,快两年没见,竟然都长这么大了。"

听萧炎一口便叫出她的名字,小女孩明显怔了怔,灵动的眸子先是在美杜莎女王身上停留了一会儿，虽然年龄尚小，她依然为这个脸上蒙着轻纱的妖娆女人的美丽而感到吃惊，之后，她的目光便顿在了萧炎脸上。望着那张有点儿熟悉的脸，小女孩皱起了纤细的眉头，苦苦地思索着。

沉思了许久，萧青猛然间想起了什么，小脸瞬间涨红了，灵动的眸子中跳动着惊喜与激动，片刻后，忽然向萧炎扑了过去。

"萧炎表哥？真的是你，你终于回来了！"

向前跨了一步，将那扑过来的小女孩接住，萧炎微笑地抚摸着萧青的发丝，声音柔和地道："小妮子，好久不见，都快赶上你姐姐了哦，以后肯定也是个大美人。"

"表哥，呜呜，你可回来了，族里出大事了，那些坏家伙想趁火打劫，每天都来萧家。听妈妈说，他们想抢我们的坊市，最近我们连家门都不敢出。"从萧炎怀中抬起哭得稀里哗啦的小脸蛋儿，萧青红着眼圈，哭着说道。

萧炎微微点头，微笑地拍着萧青的后背，低声道："好了，小妮子，不怕了，这些事交给表哥吧，带我进去看看。"

"嗯嗯……"萧青急急地点着小脑袋。由于当初萧炎助萧家一举成为乌坦城最大的势力，萧炎的声望在萧青这一代小辈之中极高。而且这段时间，因为萧炎留下的疗伤药，萧家的势力也在逐步地扩大，所以在这些小家伙心中，那个离家历练的萧炎表哥，几乎有着神一般的能力。

站直身子，萧炎望着因为心情愉悦而在小道上蹦跳着前行的萧青，脸上的表情却缓缓阴沉了下来，手掌轻拍了拍背后的玄重尺，那忽然自体内升腾而起的阴冷杀意，让一旁的美杜莎女王都略感诧异地挑了挑眉尖。

跟在萧青身后，萧炎的脚轻轻地踏在碎石小道上，看到这阔别快两年的熟悉环境，童年的记忆缓缓地在萧炎脑海中浮现。

一路跟着萧青穿过几条小道，一座颇为宽敞的大厅出现在他们视线尽头。

"那些坏蛋就在里面，大长老他们也在里面，不过他们身上都有伤，不然那

些家伙也不敢这么放肆。"萧青对着大厅扬了扬小拳头，愤愤地道。

"有伤？族里果然出事了。"紧抿着嘴唇，萧炎踏上石梯，然后停在了紧闭的大门之外，听着里面的声响，他的唇角逐渐掀起一抹冷笑。

宽敞的大厅里，光线略显昏暗，气氛也有些阴沉。大厅中满满地挤着上百人，这些人分成两群，互相对立，彼此虎视眈眈，看上去很有即将动手的趋势。

两方人马最前面，坐着几人。在萧家族人前面坐着的，是萧家的三位长老，不过此时三人的脸色都有些苍白，从他们外表那掩饰不住，溢出体外的些许斗气来看，明显受了不轻的内伤。

在萧家族人对面，则是一群满脸凶相的大汉，有三个人坐在前面的太师椅上，其中一人赫然便是那曾经被萧炎搞得元气大伤的加列家族族长加列毕！

而另外一人，萧炎也认识，当年与萧家并列乌坦城三大家族之一的奥巴家族族长奥巴帕。

至于第三人，却相当陌生。此人身着一套炼药师长袍，一脸冷酷，年龄在五十岁左右。另外，最引人注目的，还是此人长袍胸口处绘制的一个鼎炉徽章，徽章上，三道银色波纹犹如活物一般，轻轻波动着。

三品炼药师！

在乌坦城这个连炼药师公会都没有的城市中，一个三品炼药师能让城中的任何势力都感到敬畏。而这个陌生的三品炼药师，也正是萧家三位长老此时最为忌惮的人。

"两位族长，虽然我萧家最近遇到一些麻烦，但是两位真以为我萧家是泥捏的不成？乌坦城坊市是我萧家辛苦打拼来的，你们那般低价便想收购，做梦不成？"二长老阴沉着脸，目光扫过对面那如狼似虎的一群人，冷声道。

"哈哈，二长老说笑了。这一两年你们萧家几乎把乌坦城的钱都赚走了，若是再这般继续下去，我们除了离开这里之外，恐怕没有第二条路能走了。此处是我们的根基，离开这里，想要在别的地方落地生根，那可不是容易的事啊。唉，为了生存，我们也是迫不得已啊，还望三位长老体谅一下。只要你们答应我们提出的条件，看在以往的情分上，日后，我们不会太难为萧家。有钱大家一起赚，不是很好吗？"奥巴帕笑眯眯地道。

"八万金币一座坊市，你这是抢啊？"眼睛赤红地瞪着奥巴帕，脾气火暴的三长老忍不住一拍桌子，指着奥巴帕怒骂道。

"老三！"大长老一把将三长老拉住，低喝道，"别乱了方寸！"

恨恨地坐下来，三长老捏着茶杯的手嘎吱作响。

"呵呵，三长老火气还是这么大，当心气大伤身啊。"一直沉默的加列毕忽然阴声笑了笑，道，"不过可惜，今天这事，你们可没有什么选择的余地，你们卖也得卖，不卖也得卖！"

"加列毕，当初真不该心慈手软，放你这丧家之犬一条生路。"大长老阴沉地道。

"抱歉，这世界上可没后悔药卖。"加列毕笑了笑，脸上的阴狠让人心寒，"曾经我加列家族所受的伤，今日，我加列毕要全部还给你萧家！"

"如果你们真要相逼的话，那我萧家也只能拼个鱼死网破了。"望着那犹如一条毒蛇般的加列毕，大长老沉默了一瞬，旋即森然道。现在他只能期望对方舍不得硬拼，努力拖延时间了。

"哈哈，你现在还有什么资格与我们拼？有本事去将萧战叫出来啊！你们三个老家伙现在这副样子，我一人就能解决！"加列毕冷笑道。

眼角微微抽搐着，大长老挥手将身后那群暴怒的萧家族人拦下，目光阴冷地盯着加列毕，寒声道："只要你敢动我萧家，我萧家子孙绝对会让你们寝食难安，只要他回来，你们就等着接受最疯狂的报复吧！"

"他？"眼皮忽然一跳，不知为何，不仅加列毕和奥巴帕沉默了下来，就连那一旁的陌生炼药师放在椅子上的手掌也忍不住跳了一跳。

　　众人的脑海中缓缓浮现出一个年轻的背影，曾经，就是那个仅仅十六岁的少年，将如日中天的加列家族打下了万丈深渊！

　　如今，少年已经不仅挑战了云岚宗，而且还全身而退！

　　要知道，在加列毕这些势利眼中，云岚宗几乎是犹如神灵一般的存在，云岚宗内随便出来的一个人，就能将乌坦城的这些势力给横扫干净。

　　第一次听见萧家小子大战云岚宗的传闻时，整个乌坦城的人都为之一怔，而那些与萧家为敌的势力，更是从骨子中生出一股寒意。

　　若非那个连加列毕也不知道底细的神秘强者私下告诉他，萧炎已经暗中被云岚宗击杀了，即便他有一个三品炼药师撑腰，再给他十个胆子，他也不敢来萧家趁火打劫。

　　"嘿，那你就等吧，等你死了，恐怕就能见到那个叫萧炎的小浑蛋了。"加列毕森冷地笑了一声，试图借此来掩饰自己对萧炎的恐惧。

　　"不要再拖延时间了，既然他们不肯答应，那便直接动手吧。萧家这些年的垄断，可差点儿让我们破产啊，不能再客气了。"转过头来，加列毕对奥巴帕阴声道。

　　"唉，既然三位长老这般不识时务，那就别怪我不讲情面了啊。"惋惜地叹了一口气，奥巴帕挥了挥手，顿时，其身后的几十名大汉锵的一声抽出腰间锋利的武器，满脸杀意地盯着对面的萧家族人。

　　"既然你们要赶尽杀绝，那我萧家就算拼得只剩一人，也要你们不好受！"手掌重重地砸在桌面上，一直压抑着怒火的大长老终于爆发了，他霍然站起身来，怒吼道。

　　"大长老，萧家可没退缩的软蛋！和他们拼了！"其身后，几十名萧家族人因为愤怒而涨红了脸。

　　"只要我们能够熬到萧炎少族长回来，今日受的怨气，都能一并向他们要回来！"大长老喘着粗气，咬着牙喝道。

"少族长"这个称呼，代表了族中长老对家族未来族长的认可。从云岚宗传过来的消息，让每一个萧家人为那个名叫萧炎的族人感到自豪，包括当年看不起他的三位长老。

"抱歉，你们或许没那个机会了。当年萧炎害死我学生，今天我就让你们萧家人来陪葬！"那一直沉默的炼药师忽然站起身来，声音嘶哑地道。

炼药师缓缓抬起头来，目光扫过萧家众人，淡淡地道："忘了告诉你们，我学生就是当年给加列家族制造疗伤药的柳席。"

随着炼药师的话语缓缓落下的，是一股足有六星大斗师级别的强大气势，自其体内猛然涌出。在这股气势的压迫下，本就受伤不轻的大长老等人，急忙后退了几步，脸色显得更加苍白。

"杀了他们！一个不留！"加列毕冷笑着望着满眼怒火的萧家族人，阴森地道。

"今日真是天要亡我萧家啊。"望着那群朝他们包围过来的人，大长老的嘴角忽然溢出一抹鲜血，心中有些绝望。

嘎吱……

就在萧家众人打算拼命一搏之时，清脆的推门声打断了即将开始的杀戮。

房门被缓缓推开，刺眼的阳光顺着门缝蔓延进来，最后照亮了大厅另外一端。

大厅内的众人转头望向门口处，那里，一个瘦削的年轻身影逆着光缓缓走了进来。

"抱歉，回来迟了。"

青年满含歉意的声音，响了起来。

听到这隐隐有些熟悉的声音，大长老先是一怔，旋即紧绷的身体彻底放松了下来，两行激动的浊泪顺着苍老的脸颊滚落。

身形瘦削的青年缓缓走了进来，旁若无人地穿过那手持武器的一众大汉，

最后从满脸呆滞的加列毕、奥巴帕两人身旁徐徐而过。

大厅中鸦雀无声，仅有那略显急促的呼吸声。

在所有人的注视下，青年缓缓来到萧家众人面前，低头望了一眼那激动得老泪纵横的老人，轻轻欠身。

"萧……萧炎。"在身后族人的搀扶下，大长老激动地望着面前那张比离家时少了些许稚嫩、多了几分刚硬线条的清秀脸庞，声音忍不住有些颤抖，"真的是你？"

抬头望着那张曾经他看着就想踩一脚的老脸，萧炎轻笑着点了点头，心中却有些感慨。经过近两年历练，他的确成熟了许多，当年的那些怨恨也随着时间的流逝变得淡了，不管怎么说，自己与这个家族都有着难以割舍的血缘关系。

"大长老，真的是萧炎少爷！"

"萧炎少爷回来了！我们萧家有救了！"搀扶着大长老的萧家族人面露狂喜，激动得不知道说什么才好。

望着那张依稀能够看出昔日轮廓的脸，这两天精神极为紧绷的萧家众人，终于如释重负地松了一口气。顿时，欢喜的气氛替代了先前的那股绝望，一些人甚至忍不住发出了欢呼声。

二长老与三长老对视了一眼，心中悄悄松了一口气，盯着那张淡然微笑的清秀面孔，欣慰地点了点头。以前那个锋芒毕露得有些刺人的家族晚辈，终于懂得如何收敛自己的锐气了。

过刚易折，太过锋芒毕露并非好事，宝剑藏匣，剑气暗蕴，方才是正道啊。

与萧家众人相比，对面本来气势汹汹的加列毕一干人却瞬间哑火，一众人面面相觑，那紧握着武器的手忍不住有些颤抖起来。这些天，几乎每一个乌坦城人，都听说了不下于十个版本的萧炎大战云岚宗的震撼故事，对这个仿佛存在于传说中的人物，所有人都心怀敬畏，但现在传说中的人物活生生地出现在了他们面前，也难怪这些杀气满溢的家伙会感到恐惧。

"加列毕，你个浑蛋，不是说萧炎已经被云岚宗暗中击杀了吗？那他现在为何还活着？"盯着背对着他们的瘦削背影，奥巴帕的眼中闪过难以掩饰的惊恐，他脸色铁青地转过身来，一把抓住加列毕的领子，低声怒吼道，吼声中带着颤抖。

同样盯着那背影的加列毕不断地哆嗦着，双腿此刻有些发软。他艰难地咽了口唾沫，原本阴狠的脸此时却带着沮丧的神情："我怎么知道？那个人明明说萧炎已经被击杀，以他的实力，没必要骗我一个小家族族长吧？"

"那面前这个人，难道是从地狱里爬出来的？"奥巴帕咬着牙怒声说道。他答应加列毕共同对付受重创的萧家，有一部分原因确实是这一两年被萧家压制得太狠，但最主要的还是加列毕说萧炎已经被云岚宗的强者暗中击杀了，他方才敢点头拼命一搏。

天知道，在他第一次听说萧家那个小子竟然与云岚宗大战且全身而退时，心中是何等震惊。

要不是加列毕以极其恶毒的赌咒发誓，他怎么会将信将疑地点头答应。

答应之后，萧炎确实迟迟未归，这让奥巴帕对加列毕的话更相信了几分，然而，就在当他以为坊市即将到手时，那说是已经被击杀的萧炎，却活生生地出现在他的面前。这种打击以及萧炎所带来的恐惧，让奥巴帕陷入暴怒与惊恐之中。

加列毕脸色惨白，此刻的他浑身冰凉。

死死地盯着萧炎，那名三品炼药师喉咙滚动了一下，脸上阴晴不定，先前爆发出来的那股强横气势也萎靡了许多。

"三位长老，没事吧？"背对着那些脸色各不相同的人，萧炎望着面色苍白的三位长老，轻声道。

"没事。"大长老挣扎着站直身子，摇了摇头，旋即神情肃穆地对着萧炎缓缓躬身，然而其身体才刚刚弯下，一只手臂却将他撑了起来，他抬头，瞧见那张噙着柔和笑容的脸，当下老眼忍不住有些发酸。

"大长老，你是长辈，这般对萧炎，可使不得，父亲看见恐怕又得责怪我了。"萧炎微笑着轻声道。

"以前是我们几个老家伙过分了，日后，我以大长老的身份保证，往日的那些事不会再发生了。"大长老偏头擦拭了一下有些湿润的眼角，对萧炎叹息道。

"呵呵，小时候我也挺不招人喜欢的，而且事情已经过去了，我这人挺健忘的。"萧炎笑着耸了耸肩。再次踏进这个家族时，他便知道，不管怎样，自己的血脉与这个家族是一体的，至少在变成废物之前，这个家族给予了他美好的童年。

萧炎的目光扫过那些熟悉的族人面孔，微笑道："不过现在，我觉得还是先把这里的麻烦解决掉，再叙旧吧。"

"孩子，小心点，加列毕和奥巴帕都已经是五星大斗师了，而那个老头儿是当年那个柳席的老师，三品炼药师，六星大斗师的实力。"大长老点了点头，低声提醒道。

微笑着点头，萧炎缓缓转过身来，目光扫向加列毕等人，脸上的笑意被阴冷取代。

"好久不见，加列毕族长依然是雄风不减当年啊。"萧炎的目光从对方那一群人中缓缓扫过，最后停在加列毕身上，笑道。

加列毕死死地盯着萧炎的脸，忍不住打了个哆嗦，咽了一口唾沫，颤声道："呵呵，萧炎侄儿，没想到还能再见到你啊。"

萧炎微微笑了笑，随手从身后抽出一把椅子，当着所有人的面，大大咧咧地坐下了，他手握住尺柄，猛地一抽，玄重尺夹杂着凶悍劲气，插进了坚硬的石板地面之中，顿时，一道道细小的裂缝顺着玄重尺落地处蔓延开来。

"奥巴族长，没想到您也在啊。"目光转到一旁脸色变幻不定的奥巴帕身上，萧炎缓缓道。

"啊？哦，呵呵呵……萧炎侄儿的气度越来越不凡了啊。当真是虎父无犬子，萧老哥看见的话，肯定会高兴得合不拢嘴的。"听到萧炎的话，奥巴帕浑身一颤，赶忙赔笑道。

"废话就吞回去吧。"淡淡地瞥了他一眼，萧炎的手掌缓缓摸上一旁的玄重尺柄，声音骤然变得森然，"我只想知道，两位今日带人来我萧家，究竟是想干什么？"

"啊？那个……那个……哈哈，萧侄儿，今天的事是误会，我们过来，只是因为听说萧家遇到了一些麻烦，所以特地来看看。你知道的，我们与萧家也有不少合作，如今萧家出事，我们自然应该来关心一下。"听出萧炎声音中暗藏的森冷杀意，奥巴帕的脸色又白了一分，他赶忙笑着解释道。

一旁，加列毕的脸色忽白忽青。

"是吗？"

萧炎低头笑了笑，猛然抬头，漆黑的眸子犹如锋利的刀芒一般，冷冷地盯着奥巴帕两人，一道轻微闷声忽然响起，旋即，炽热的青色火焰毫无预兆地自萧炎体内涌出。这一刻，大厅中的温度骤然升高，距离萧炎颇近的萧家族人赶忙后退。

"如果两位是来打我萧家主意的，今天，就别走了吧。"青色火焰缭绕着全身，萧炎的声音却冰寒无比。

口干舌燥地望着从萧炎体内升腾而起的青色火焰，奥巴帕、加列毕以及那名三品炼药师，皆恐惧地后退了两步。

"萧炎侄儿，不要误会，在下对萧家并没有半分其他想法，今天的事，只是一场误会，现在我立刻带人离开！"奥巴帕咽了一口唾沫，因为恐惧，声音竟然变得有些尖锐。

说完这话之后，他便赶忙一挥手掌，几十名手持武器的大汉急忙向他靠拢，然后一行人小心翼翼地朝大厅外退去。

"少族长，不能放他走啊，这两天，我们不少族人被他们伤了，有些甚至……"望着想逃走的奥巴帕，性子急躁的三长老忍不住出声道。然而他的话还未说完，便被萧炎挥手制止，当下他只得咽下口中的话语，退了回去。看他这般模样，现在明显已经将萧炎当成了支撑这个家族的顶梁柱。

"你……"瞧见正要退走的奥巴帕，加列毕一怔，脸微微抽搐着，身体僵硬了片刻，也急忙转过身来，对着坐在椅子上一脸平静的萧炎谄笑着说道，"萧炎侄儿，今日之事的确是误会，来日我定会亲自登门谢罪，今日族内有事，先告辞了。"

说完，他也赶忙一挥手，带着手下，转身欲离开。

看到带领各自手下狼狈往外窜的加列毕和奥巴帕，那名三品炼药师脸色铁青。虽然他也因为萧炎的名声而有些发怵，但是身为炼药师，他的高傲不允许他犹如丧家之犬一般离开，当下他咬着牙厉声喝道："你们给我站住！萧家如今元气大伤，一个毛头小子就将你们吓成这般模样，日后还有何脸面在乌坦城立足？"

听到炼药师的喝声，加列毕和奥巴帕的脚步皆是一顿。就在他们犹豫之时，一道凄厉的惨叫声在大厅中响了起来。两人忍不住回头一望，骇然地看见，那名三品炼药师此时正被包裹在一个七彩颜色的能量膜中，那能量膜顶端竟然还不断地朝膜内洒下七彩液体。

十几秒后，能量膜已经被灌满了一半，而身处其中的炼药师也已经死了。大厅内，众人的喉咙忍不住滚动了一下。

砰！能量膜忽然爆裂，七彩液体喷出，在众人注视下，缓缓融合成一具曼妙娇躯，片刻后，一个妖艳的美人出现在了大厅之中。美人轻抬妖异的美眸，眼中的森然让人浑身发寒。

牙齿打战地望着那妖艳的美人，这一刻，一个让人几乎要瘫倒的名字，在加列毕和奥巴帕的心中浮现。

"美……美杜莎女王?"

"萧……萧侄儿,告辞了,今天的事,绝对只是误会啊。"

对着那犹如木桩一般安静地坐在椅子上的萧炎颤抖地拱了拱手,加列毕和奥巴帕终于忍不住心中的恐惧,带着手下狼狈地蜂拥而出。他们已经决定,一离开这里,就立刻收拾东西,远离乌坦城!

淡漠地望着狼狈跑出大门的加列毕等人,一直沉默的萧炎这才轻轻挥手,平淡的话语却让所有萧家族人都感到大快人心。

"一个不留。"

随着萧炎的声音落下,大厅中,美杜莎女王的身影缓缓变得虚幻起来,大门哐的一声紧紧闭上,紧接着,大门之外,惨叫声接连响起。

宽敞的大厅中,鸦雀无声。听着门外响起的道道惨叫声,所有萧家族人都紧握拳头,脸上有一种痛快的表情。这几日萧家的变故,让他们的心中憋满了不忿。如今萧炎归来,终于将这个即将走进末路的家族一把拉了回来,前几日所受的怨气,在此刻,方才随着门外的惨叫声缓缓消减。

门外的惨叫声,仅仅持续了不到一分钟,便逐渐消失。而随着杀戮的结束,大厅中,一道道目光再度看向那背对着他们、安静地坐在椅子上的萧炎身上,此刻,那些目光中多出了些许狂热。

"少族长。"大长老激动地上前一步,打破了大厅中的沉默气氛。

"大长老还是叫我萧炎吧,这少族长,我可是当不起。"萧炎缓缓从座椅上站起身来,转身轻笑道。

望着那与刚刚杀气凛然的模样截然不同的笑脸,大长老微微一怔,旋即笑着点了点头:"如今在这个家族,你的话就是命令。"

"那父亲可不答应了。"萧炎开玩笑地说,手指轻弹,十来个小小玉瓶出现在桌面上,"这里有些治疗内伤的药,先给受伤的族人服用了吧。"

闻言，大长老连忙点了点头，手掌一挥，两名族人快步上前，将玉瓶收起，然后依次分发了下去。

看了看服下疗伤药的众人，萧炎一手抓起玄重尺，随手插在背后，然后向大厅之外走去。

嘎吱……拉开房门，阳光洒进，温暖的阳光将大厅中那略有些阴暗的气氛驱逐殆尽。

踏过门槛，萧炎站在大门外，目光四处扫了扫，满地尸体的场景并未出现，在阳光的照耀下，只有那美杜莎女王正慵懒地斜靠着一株柳树，纤手随意地把玩着翠绿的柳叶。

见萧炎出来，美杜莎女王抬头瞟了他一眼，淡淡地道："尸骨无存，一个没留。记着，那株八陵魔针果是我的了。"

"这女人果然够狠……"心中叹息了一声，萧炎点了点头，转头望向那些跟在自己身后走出来的萧家族人。此时他们正用惊诧的目光看着面前的空地，不过碍于那不远处妖艳女人的恐怖力量，即使是脾气火暴的三长老，也没敢主动开口询问。

"日后，乌坦城便没有加列家族和奥巴家族了。"萧炎的声音，让萧家族人松了一口气。

"对了。"忽然想起什么，萧炎眉头一皱，沉声道，"大长老，族中的人呢？萧家不止这点人吧？"

"呵呵，不用担心，如果萧家只剩这点人了，那我还有何脸面见列祖列宗？"笑着摇了摇头，大长老解释道，"早料到会有人趁火打劫，所以我提前将族中妇孺安排到了后山，在那里，还有不少实力不错的族人守护着。"

闻言，萧炎松了一口气，转头望向从人群中挤出的一个小脑袋，此时，这个扎着小辫子的俏丽小女孩，正用一对崇拜得几乎要冒出小星星的水灵大眼睛，盯着萧炎。

"小妮子，去后山将族人都叫出来吧，表哥回来了，萧家不会再有事了。"萧炎对萧青招了招手，微笑道。

听见萧炎的吩咐，萧青急忙挤出人群，脆生生地应了一声，然后欢呼蹦跳着跑向萧家后院，沿途不断传来小女孩欢喜的笑声，她心中的那个无所不能的表哥，并没有让她失望，族中长老都束手无策的难题，他不到一个小时便彻底解决了。

长长地吐了一口气，萧炎转头，凝视着大长老："现在，大长老可以把最近萧家发生的事情，仔仔细细地说给我听了吧？"

"唉。"听到萧炎的问话，大长老那带着笑意的脸顿时挂上苦涩的神情，他轻叹了一声，转身挥了挥手，将族人遣走，然后对萧炎道，"先进来再说吧。"

说着，他率先转身进入大厅，二长老与三长老对视了一眼，满脸阴沉地跟了上去。

萧炎望着三人的模样，手指轻颤，抬脚跟上。

四人再次走进大厅，原本一片狼藉的大厅已经被萧家族人收拾干净了，四人依次而坐，一旁的族人赶忙端上热茶。

双手捧着茶杯，感受着那渗透到掌心的温热，萧炎瞥了一眼脸色阴沉的大长老，轻声道："说吧，怎么回事？"

大长老点了点头，刚想开口，嘴巴却一闭，目光停在了萧炎身旁，萧炎微微转头，发现美杜莎女王不知何时已经脸色平静地坐在了那里。

"不用管她，你说吧。"摇了摇头，萧炎道。

苦笑着点了点头，大长老沉默了一会儿，叹息道："自从你离开乌坦城，萧家借助你留下的大批疗伤药，在乌坦城的势力逐渐增强。虽然加列家族以及奥巴家族曾经联手打压，但是还好有雅妃小姐的支持，我们萧家倒是一次次挺了过来。不过，萧家因为疗伤药获得的利润实在太大，导致加列家族、奥巴家族与我们的冲突愈加剧烈，三个月前，他们终于忍不住动用了武力。还好，萧家

的势力也不弱，即使他们两家联手，也并未占得多大便宜。"

"不过……"大长老说到此处，脸色忽然阴晴不定了起来，紧握的拳头发出嘎吱的声音，萧炎知道，此时大长老心中隐藏着巨大的愤怒。

"就在三天前，萧家却遭受了惨烈的打击。"

眼角一跳，萧炎缓缓抿了一口茶水。

"那天深夜，正是萧家防守最薄弱之时，三个神秘黑袍人忽然从天而降，虽然他们并未伤人，但却将萧家破坏得一塌糊涂。他们的大肆破坏，惊动了整个萧家，族长大怒，率萧家一干实力稍强之人前去阻拦，然而对方的实力实在是太恐怖了，我们三人在那领头黑袍人手上没有走过一招，便成重伤。我们看得出，那个人有所保留，不然的话，只那一招，我们三人就活不下来。"大长老的身体轻微地颤抖着，低头道。

咔嚓……清脆的声音猛然响起，大长老等人急忙抬头，瞧见萧炎的脸色变得极为难看，他手中的茶杯已经被捏成了粉末，粉末混合着茶水，顺着指缝滴落。

"父亲呢？"萧炎死死地盯着三位长老，呼吸急促，声音有些嘶哑。

闻言，大长老三人的脸色一片灰暗，苦涩地摇头。

"父亲没在后山？"萧炎的脸色难看得有些可怕，望着满脸苦涩的大长老三人，他猛然站起身来，吼声自喉咙中传出，"给我说啊！"

"那三个神秘黑袍人是冲着族长来的，而族长也明白他们的意图，为了不使族人伤亡，族长独自将那三个神秘人引开了，至今……至今未回。"大长老咬了咬牙，说道。

轰！

凶悍气势猛然在大厅中涌起，一旁的桌子轰然崩裂。来回穿梭着收拾东西的族人们，此刻都身体僵硬地望着狰狞的萧炎。

"有那三个神秘人的消息吗？"身体包裹在一片炽热的青色火焰中，萧炎冰寒的声音中透着疯狂的杀意。

"没……"咬牙迎着那扑面而来的炽热温度,大长老苦涩地摇了摇头。

"不过,虽然不知道族长现在的确切情况,但我们能够确定,他现在没有生命危险。"大长老忽然从怀中小心翼翼地摸出一个古朴的盒子,打开盒子,一枚翠绿的玉片出现在其中,此时玉片的中心位置,一个光点正缓缓游走着,宛如具有灵性一般。

谨慎地拿起玉片,大长老仔细地打量了一番,低声道:"这枚玉片是萧家祖宗所留,每一任族长都会在其中留下一点儿灵魂力量。如果族长身死,那么这个游走的光点就会随之消失,而现在族长留下的灵魂光点依然强盛,想必他并没有性命之忧。"

大长老的话语让萧炎的心终于安稳了一点儿。他从大长老手中接过玉片,轻轻地抚摸着。

"它能让我知道,父亲现在的位置吗?"萧炎问道。

"不能……"大长老苦涩地摇头。

萧炎深深地吸了一口气,缓缓闭上充满杀意的眸子,心中疯狂的杀意不断冲击着他的理智。

"他们三人体内有云岚宗的人留下的能量痕迹。"静坐一旁的美杜莎女王,忽然淡淡地瞥了萧炎一眼,道,"有点儿像那个云岚宗首席长老的……"

紧闭的眼睛骤然睁开,一股连美杜莎女王都为之诧异的阴冷杀意,缓缓自萧炎体内渗出。他微微抬头,那张清秀的脸上此刻布满了狰狞与疯狂。

"此次,他必须死!谁阻,谁死!"

所有人都胆战心惊地停下了手中的动作,望着萧炎那狰狞的脸,不敢发出半点儿声响。

"少族长,那三名神秘人是云岚宗的人?"大长老脸色有些难看地低声道。

深吸了一口气,萧炎强行压制住心中的杀意,微微点了点头,声音阴寒地道:"既然她都说了你们体内有云棱残留的能量,那么自然假不了。而且我离开云岚宗后不久,家族便遭遇这种强者的袭击,那云岚宗怎么可能脱得了干系!"

"那……那少族长打算怎么办?"在云岚宗这般强大的势力面前,大长老有些手足无措了。

"我说过,他,此次,必须死!"萧炎森然道。

"唉……"叹息了一声,望着满脸杀意的萧炎,大长老沉默了一会儿,道,"少族长,虽然不知道那神秘人在云岚宗的地位,但是他的实力想必不会低吧?"

"除了宗主等少数几人外,他在云岚宗的地位应该最高。"

"果然啊……"摇了摇头,大长老沉吟道,"先前少族长大战云岚宗,是三年之约的缘故,而且也并未给云岚宗高层带来太大的麻烦,所以云岚宗对你也并不是十分记恨。可如果这次你将那名神秘强者给杀了,那双方的关系则是彻底交恶了啊。"

"那大长老的意思是,让我不管父亲的生死了?"萧炎一皱眉头,声音有些阴沉。

"少族长误会我的意思了。"大长老叹了口气道,"我只是想跟少族长说,如果你真的将那神秘人击杀了,那么萧家与云岚宗间的关系将会彻底恶化。"

"上一次,碍于你和纳兰嫣然的三年之约,他们理亏,并没有动萧家,当然,那三个云岚宗神秘强者的出现,实在是出乎所有人的意料。可这一次,如果你将那名在云岚宗地位不低的神秘强者给杀了,恐怕云岚宗也会派人来动萧家。

"我说这些,并非想阻止少族长去解救族长,只是想让少族长能暂代族长之位,想个万全之法,万一在援救族长时,与云岚宗发生了不可避免的冲突,也能够保全萧家血脉。对这个家族,族长付出了极大心血,想必少族长也不想让它就此凋零吧?"

脸上的阴沉逐渐淡去，萧炎点了点头，大长老这话并非全无道理。此时的萧家根本无法对抗云岚宗，对方要毁灭萧家，是极简单的事。自己若是杀了云棱，必然会引起云岚宗高层的震怒，到时候，萧家也难逃牵连。所以若他要去云岚宗寻回父亲，就必须先给萧家想好后路。

安静地坐回椅子上，萧炎微闭着眸子，手指轻轻地敲打着桌面。

见萧炎沉默下来，大厅中的众人也主动地保持着安静，一道道目光紧紧地盯着他。此时，他的一举一动，牵动着整个家族的安危。

敲动桌面的手指猛然一顿，萧炎睁开眼来，目光缓缓扫过四周的族人，最后停留在三位长老身上，他语气坚决："无论如何，我都必须将父亲找回来，即使代价是彻底激怒云岚宗。"

三位长老互相对视了一眼，旋即望向萧炎，缓缓地道："那萧家……"

"萧家是父亲和爷爷的毕生心血所在，我不会看着它凋零。"萧炎虚眯眼睛，忽然站起身来，紧盯着三位长老，沉声道，"不知道现在在萧家，我说的话，算不算数？"

"算！"三位长老一怔，迟疑了片刻，然后脸色严肃地齐声道。此时此刻，只有面前的萧炎，才有能力将面临绝境的萧家从泥潭中拉出来。

"你们呢？"萧炎霍然转身，望着站立在门口处的一干族人，喝道。

"唯少族长之命是从！"

先前灭杀加列毕等人的铁血手段，已经彻底让刚回来不久的萧炎，在萧家拥有了难以撼动的地位。当下，听到他的喝声，那些族人立刻脸色涨红地大吼着回应道。他们知道，在这种生死关头，这个曾经被称为萧家废物的青年，是他们唯一的救星！

"好！"

萧炎点点头，转身走向往日父亲所坐的位置，拂袍而坐，他环视全场，石破天惊地道："我打算将萧家迁离乌坦城！"

　　此言一出，大厅中顿时骚动了起来，萧家在乌坦城中拥有不下十座坊市，这些坊市可价值不菲，若就这般离开，那不是损失大了？

　　萧炎手掌轻挥，大厅中的骚动缓缓停止，他沉声道："各位应当知道，族长失踪之事，云岚宗难逃干系，虽说云岚宗势大，但我萧家血性男儿，难道便要任他欺凌不成？若我们毫不作为，岂不是要被人指着鼻子嘲笑我们没骨气？"

　　"告诉我，是援救族长，得罪云岚宗，还是像乌龟一般缩在乌坦城，任人指着脊梁骨唾弃。你们，要选择什么？"萧炎一瞪眼睛，厉声喝道。

　　"救族长！我们萧家可没有缩头乌龟！"青涩稚嫩的声音突然从大门外响起，萧青的小脑袋从后面挤了出来，小脸由于激动涨得通红，她挥舞着小拳头，大声道。

　　"对，救族长，我们不要当缩头乌龟！"又有几道稚嫩的声音响起，大门外人头涌动，十几个年龄不过十二三岁的小孩挤了进来，大声喊道。

　　"云岚宗又怎么样？我萧家从未招惹过他们，他们却将我们的家族破坏成这般模样，差点儿让我们惨遭灭族！少族长，我听你的！"一名身材壮硕的萧家族人望着那些义愤填膺的后辈，心头热血狂涌，忍不住前踏了一步，涨红着脸大喝道。

　　"说得对，少族长，我们都听你的！"那名族人一站出来，便仿佛带起了连锁反应，一个个萧家汉子脸色通红地挥动着拳头喝道。这段时间的憋屈，他们实在难以忍受，如今萧家终于有了主心骨，他们也不想再忍受那种屈辱了，即使代价是惹怒加玛帝国最强大的势力！

　　"呵呵，少族长，既然族人都愿意听你的，那么你就将计划说出来吧。"望着那些脸色激动的族人，大长老转头对萧炎欣慰地笑道。

　　"我打算将族人分批派出乌坦城，让他们分别前往帝国东部省份，在那里，云岚宗的势力要相对薄弱一些。而且萧鼎和萧厉两位兄长，在那边的势力也正急速扩大。我想将族人秘密地送到他们那里去，这样便能够解除云岚宗对我们萧家的威胁了。"萧炎缓缓地道。

"去帝国东部？"闻言，大长老一愣，有些迟疑地道，"那么远？"

"帝国东部临近塔戈尔沙漠，只有那里，云岚宗的势力才相对薄弱一些，其他地方很容易暴露。日后，我们与云岚宗的关系恐怕会变得极糟，所以我们必须做好准备。"萧炎道。

"现在，大长老，你就开始整理萧家一切事务，财物能带走的全部带走。至于那十几座坊市，我会让米特尔拍卖场打理，所得利润与他们分成便是。以我和米特尔家族的关系，倒不用担心他们会泄露我们的行踪。"

"是！"大长老点头领命，迟疑了一下，道，"何时开始撤离？"

"事不宜迟，今夜便开始分批离开，族中妇孺以及没有战斗力的小辈先行，必须让实力不错的族人一路护送。记住我们的集合点，加玛帝国东部的石漠城，到了那里，寻找漠铁佣兵团！"萧炎当机立断地道。

"另外，近两日我会带人清洗城内残余的加列家族和奥巴家族的势力，借此引开城内监视的视线，而分批离开要做的烦琐事情，便交由三位长老了。"

"是！"三位长老同时应道。

"还有……"

大厅之中，萧炎坐于首位，脸色凝重，有条不紊地发布着命令，那种风雨临近却岿然不动的从容，让萧家一些年龄稍大的族人感到恍惚，这还是当初那个沉默低调的小家伙吗？

与那些年龄大的族人不同，萧青等一干小辈都满脸崇拜地望着萧炎。在他的指挥下，本来已经陷入慌乱的萧家，竟然再度充满了秩序和活力。

美杜莎女王安静地坐在椅子上，纤手捧着温热的茶杯，随意地浅饮，偶尔瞥向首位的萧炎时，眼中略有些惊诧。这才没多久，他竟然便稳住了这个人人慌乱的家族。不得不说，他的能力与心智远超常人，难怪当初在沙漠时，丹王古河也被这个家伙摆了一道。

当最后一名族人领命退出后,萧炎望着变得空荡荡的大厅,长长地吐了一口气,他端起茶杯,一饮而尽,茶水浸润着干燥的喉咙。

"云岚宗……云棱,给我等着吧,等萧家安顿好,我会再去的。这一次,我不会再手下留情!"轻轻地握着茶杯,萧炎的脸上再度涌现狰狞,他手掌一震,茶杯轰然爆裂!

萧炎一道道的命令发出之后,萧家上下都运作了起来,待天黑时,十支轻装队伍出现在宽敞的广场上。经过萧炎严格的审查之后,这十支轻装队伍被安排进来一些实力稍强的族人,然后趁着夜深人静,他们化整为零,悄悄撤出了萧家。在城外他们再度聚合,然后分头奔赴帝国东部。

天色逐渐明亮,萧家的族人已经撤离了将近大半。

清晨,萧炎站在一处楼阁上,环顾着整座大院,半响后,抬头看了一眼从地平线上跳出来的太阳,脸上闪过些许冷意,霍然转身下楼。

走下楼阁,广场上,上百名萧家汉子手持武器昂然站立,他们似乎知道今日要干些什么,因此浑身充满凶煞之气,犹如下山的猛虎一般。

"加列家族和奥巴家族的所有残余势力,今日必须全部消灭!"背负着巨大的玄重尺,萧炎缓缓朝广场外行去,冷漠的话语让广场上的萧家族人热血沸腾。这几日,不知道有多少族人被加列家族和奥巴家族暗杀,终于等到了复仇之时!

安静的乌坦城被突如其来的杀气笼罩,街道上的行人满脸愕然地望着犹如洪水一般从萧家涌出的汉子,他们身上散发出的阴冷杀气,让人们都浑身发凉。

"萧家这是打算干什么?"一些路人忍不住喃喃道。

"那个……领头之人,好年轻啊。那模样也挺眼熟的。"一些在乌坦城居住了不少年头的人,有些疑惑地道。

"那尺子真大。"一道稚嫩的声音忽然响起。然后,整条大街都陷入了死一般的寂静。

"那是萧家萧炎！"寂静持续了片刻后，终于被一道惊骇的声音打破。这段时间，萧炎大战云岚宗的事，所有乌坦城的人都听到耳朵要起茧子了，而萧炎那把独特的巨大尺子也成了他的标志。

"这次，加列家族和奥巴家族要倒大霉了。"一些清楚乌坦城最近局势的人，在感到震撼之后又恍然大悟起来，旋即面露怜悯地摇着头。

与这些人所想相同，萧家这股洪流直接涌向了加列家族和奥巴家族的坊市，两个家族所有的防卫都瞬间被摧毁。任何敢于抵抗之人，迎接他们的，都是明晃晃的利刃！

萧家众人在萧炎的带领下，犹如洪水过境一般，所过之处的坊市，都被破坏得彻彻底底，而加列家族和奥巴家族的护卫队也基本上被消灭了。洪流过处，坊市破碎，满地狼藉，萧家用最狠的方式，回报了这段时间两个家族对他们的压制与侮辱。

没有了族长的指挥，这两个家族没能组织任何有效的抵抗。因此，仅一个上午的时间，两个家族在乌坦城的坊市以及地下赌场等，便被萧家彻底摧毁了。两个家族，这一次是真的完蛋了！

整个乌坦城的人，都被忽然间爆发的萧家吸引了视线。那弥漫乌坦城的杀意，让他们知道，萧家这一次的确是暴怒了。

然而，当整座城市的目光都汇聚在那不断扫荡的萧家战队上时，族中妇孺都已经暗中撤离了。

破坏行动从早晨持续到黄昏，城中所有人都为萧家这一次的行动目瞪口呆，但他们却并未发现，那原本上百名的队伍不知何时少了许多人。

太阳即将西落，破坏活动彻底结束。萧家大队狂笑着返回了大院，院门重重一关，将那些好奇的视线阻挡在外面。

广场上，几十名浑身散发着凶煞气息的萧家族人席地而坐，大声笑谈着，

诉说今日的畅快。今天，是他们这段时间以来最畅快淋漓的一天。以前萧家虽然势力不弱，但是族长因为要顾全大局，并没有这种无视一切的魄力，但萧炎却有！

脚步声缓缓响起，换上了一套整洁袍服的萧炎，微笑着走进了广场。

"少族长！"瞧见萧炎，那几十名萧家大汉齐齐起身，狂热地大喊道。今天，萧炎的狂野手段几乎征服了萧家所有战士。

轻笑着点了点头，萧炎走上一处高台，目光缓缓扫过灯火通明的萧家大院，外人根本不知道，萧家现在只剩下这几十个人了。

"少族长，族中功法、斗技、财物等，已经整理完毕。呵呵，少族长面子大，那米特尔拍卖场竟然借给我们八枚纳戒，真是替我们解决了不少麻烦。"大长老笑着道。

"嗯。"满意地点了点头，萧炎俯视着广场上的萧家战士，轻笑道，"各位，今夜，你们也分头离开乌坦城，然后在规定的地点集合，结伴前往石漠城。到了那里，我们萧家会有新的开始。"

"少族长，那你呢？"大长老忽然出声道。

大长老的话音落下，所有人的目光都落在了萧炎身上。

萧炎轻声笑了笑，清秀的脸上隐隐有着狰狞的神色："我？我要去把那个老杂种的命给收了！"

微微一滞，大长老望着萧炎的脸，良久之后，对着他缓缓躬身，其身后，萧家那一干刚刚经过鲜血洗礼的铁汉战士也弯下了腰杆。

"少族长，我们在石漠城等您！"

"时间到了，走吧！"萧炎轻轻点头，抬头望了一眼月色，挥手道。

"少族长，保重！"

几十名萧家战士齐声大喝，旋即霍然转身，一个接一个钻进了黑暗中。漆黑的夜空下，人影蠕动着，犹如四散开来的蚂蚁一般，悄悄地撤出了乌坦城。

站在高台上，萧炎望着变得静悄悄的院落，轻吐了一口气，低声喃喃道："云棱啊，如今我萧家这般，都是你害的。这一次，就算是云山，也保不了你！"

双手缓缓探出袍袖，手掌上青色的火焰升腾而起，片刻后，另外一只手掌上，森白色的火焰悄然蔓延。

夜空下，青白两色火焰互相交织，妖娆起舞。

一处楼阁上，美杜莎女王盯着萧炎双手上升腾而起的两色火焰，微张着红润的小嘴，妖异的眸子中，闪过凝重的神色。

# 第十七章
## 再上云岚宗

蔚蓝的天空上万里无云,两个小黑点停留在天上,俯视着下方那依山而建的乌坦城。在这个高度,刚好能将乌坦城一旁的魔兽山脉收入眼底,一眼望去,连绵无尽的山峦颇为壮观。

背后紫云翼轻轻振动,萧炎低头俯视着下方的乌坦城,良久,轻叹了一口气,这次离开,恐怕日后不会再回来了。

"再见了。"呢喃了一声,萧炎转头望向身旁不远处,那里,美杜莎女王犹如站在地面上一般,身体没有半点飘忽。

"此次再上云岚宗,目的很直接,杀云棱,寻我父亲。所以,此次双方的矛盾,再没有半点儿调和的余地。"萧炎淡淡地道。

"我说过,生死关头,我会救你,其他时候……"美杜莎女王瞥了他一眼,忽然微皱眉头,妖异的眸子中闪过些许七彩光芒,片刻后,她无奈地低声喝道,"给我安静点,他又不是你的亲人,这么关心他干吗?"

妖异眸子中的七彩光芒再度闪烁,半晌,美杜莎女王只得咬了咬牙,抬头对萧炎冷声道："放心吧，你死不了！"

"多谢了，生死关头助我一把就够了。"萧炎淡淡地笑道。他自然知道，刚才定然是七彩吞天蟒的灵魂在与美杜莎女王交谈。

"你就逞能吧，有云山在，你想杀掉云棱，哪儿有那么容易。"美杜莎女王冷笑道。她虽然对萧炎拥有两种异火极度震惊，但是毕竟他的实力太低，难以彻底发挥出两种异火的真正力量，若想借此与一名斗宗强者相抗衡，是根本不可能的。

"或许吧。"

萧炎此时并没有心情与她争辩，他知道，此次云岚宗之行，危险程度远远超过上一次。这一次，双方将会真正地撕破脸皮，云棱对萧家以及他父亲所做的事，唯有用性命方才能够抵偿，所以云岚宗的大长老，这次必须死！即使有云山相护！

佛怒火莲是萧炎最后的底牌，可惜这东西的威力虽然恐怖，但后遗症也实在可怕，这是萧炎唯一担心的问题。

"走吧。"

再度低头望向乌坦城，许久之后，萧炎深吸了一口气，手掌一挥，背后双翼猛地一振，转过身去，化为一道光线，朝着遥远的帝都飞去。

望着远去的萧炎，美杜莎女王喃喃道："这算是自投罗网吗？还是有着能打败云山的自信？"她轻轻摇了摇头，脚掌踏下，在虚无的空间中激起一阵阵涟漪，旋即，身体诡异地消失不见了。

此次再上云岚宗，萧炎中途没有在任何地方停留，一路狂奔，废寝忘食地赶路，原本三天左右的路程，生生地节省了将近一半的时间。

在离开乌坦城的第二天，风尘仆仆的萧炎便进入了帝都范围。当然，他并未在城中停留，身体化为一道流光，径直从城市上空掠过，朝着地平线上的一

座雄伟山峰飞去。

虽然萧炎并未在帝都停留,但是他从帝都上空飞过时,却依然被城中一些顶尖强者察觉,当这些强者感应到那股熟悉的气息后,都骚动了起来。

帝都,皇宫深处的一片偏僻竹林,正盘坐修炼的加刑天猛然睁开双眼,惊诧地望向遥远的天空,半晌后,错愕地道:"这股气息……是萧炎?他怎么又回来了?看他的方向,好像是去云岚宗?这家伙在搞什么?"

帝都东城,米特尔家族总部,喧闹的长老会议上,海波东微闭着眸子,身体轻轻地随着椅子摇晃着。他周围的那些长老正在激烈地争论着族中事务。在海波东身旁坐着的是雅妃,不过她并未插嘴众人的争吵,那安静的模样,仿佛听不到那些吵闹声一般。

"海老。"微微偏头,雅妃微笑着将刚刚斟好的茶水递给海波东,海波东睁开眼睛,点了点头,接过茶水,浅浅地抿了一口,笑道:"雅妃啊,能进入族中长老院,便代表你真正有了家族实权,可得好好把握啊。这么年轻的长老,米特尔家族可从未出现过哦。"

"海老的教导,雅妃自然谨记。"雅妃嫣然一笑,目光环视着周围,忽然低声道,"海老,萧炎他没事吧?"

"呵呵,这个问题这几天你已经明着暗着问了好多遍了。"海波东笑着摇了摇头,看着雅妃那略微泛红的脸颊,笑道,"放心吧,那小家伙本事可大着呢,连美杜莎女王那种级别的强者都跟在他身边,云岚宗也拿他没办法。"

"哦。"心中悄悄松了一口气,雅妃刚想将心思转向会议上,一脸慵懒的海波东,脸色却骤然大变,突然从椅子上坐起身来,死死盯着天花板。

看到海波东的动作,大厅内的人都吓了一跳,立刻安静了下来,小心翼翼地望着海波东。

"海老,您怎么了?"米特尔·腾山也被吓了一跳,当下小心地问道。

"萧炎这家伙,怎么又跑回来了?还是去云岚宗?他想干什么?"愕然地望着天花板,海波东喃喃道。

"啊?"闻言,雅妃顿时一声惊呼,一旁的米特尔·腾山的脸色也有些变化。

"我得去看看,腾山,让'影卫'集合,这次或许有麻烦了,萧炎这般模样,恐怕是出大事了。"海波东快步向门外走去,边走边吩咐道。

"呃?召集'影卫'?"米特尔·腾山一愣,望向即将走出门的海波东,忍不住道,"海老,为了一个萧炎,便暴露'影卫',会不会有些不妥啊?"

前行的脚步猛然一顿,海波东转头冷冷地望着大厅内的众人,沉声道:"说真的,在我眼中,其实萧炎比云岚宗更具威慑力。日后你们会知道,今天我的决策,会给米特尔家族带来多大的好处。"

说完,海波东便转身走出大门,丝毫不理会那群目瞪口呆的长老。他们从未想到,那个萧炎在海波东心中竟然有这般分量。

炼药师公会……

木家……

纳兰家……

庞大的帝都中,好几处地方都发生了类似的事情。原本随着炼药师大会以及那三年之约的结束而回归平静的帝都,因为萧炎的到来,再次暗流汹涌起来。

云岚宗的议事大殿,十几道人影坐在宽大的桌旁,这些人大多身着一身白袍,胸口上特殊的徽章说明他们在云岚宗的地位可不低。

在桌子的另一边,丹王古河随意地坐着,在他身后,柳翎正躬身站着。柳翎的目光时不时地瞟向对面一名女子,细细看去,此女正是纳兰嫣然。

此时的纳兰嫣然,脸庞较前几日清瘦了不少,原本灵动的眸子有些失神,不知在想些什么。现在的她,看上去少了几分拒人于千里之外的气势,多了点纤弱的动人之感。

"云棱,前几日,你和云雷、云盛为何离宗?"安静的大殿中,女子威严清

冷的声音忽然响起。

"宗主……我……我们只是因为一点儿私事，外出而已。"坐于长老首位的云棱微微一握手掌，旋即赶忙笑道。

顺着云棱的目光看去，只见在中间位置，一名身着月白色裙袍的女人正端坐其上，那张雍容高贵的脸上，隐隐有些许怒意。听云棱对她的称呼，此人赫然便是云岚宗现任宗主云韵！

"你们是去了乌坦城吧！"冷哼了一声，云韵道。

云棱一愣，抬头望了一眼会议桌上的另外两人，见他们一脸苦笑，知道隐瞒不了了，云棱只得无奈地点了点头。

"宗主，萧炎害我云岚宗声誉大损，若是这般轻易地放过他，岂不是让人以为谁都能在我云岚宗脸上踩几脚？况且他与墨承之死难逃干系，照理来说，即使将他列上云岚宗追杀的名单，也不为过啊。"云棱辩解道。

"与萧炎的纠葛，在三年之约结束后，便彻底结束了。你私自带人前去萧家，无疑会让人说我云岚宗气量小，日后，还有谁肯信服我们？"瞥了一眼听到那个名字，脸色便黯淡下去的纳兰嫣然，云韵无奈地摇了摇头，旋即沉声道，"你别以为我不清楚，你此次的行动，更多的是出于你私人的怨恨。至于墨承之死，仅仅是借口而已，他墨承和你的关系，还没好到这种地步。"

听见云韵的呵斥，云棱的老脸忽青忽白，却并不敢反驳，只得将求救的目光投向那坐在云韵身旁、闭目犹如沉睡的云山身上。

"你不用看我，按照宗门规矩，韵儿现在才是宗主，她的话，就算是我也只能听着。"虽然闭着眼睛，云山却仿佛能看到云棱一般，开口淡淡地道。

闻言，云棱彻底蔫了下去。

"宗主，大长老也是为了宗门着想，况且他此次去乌坦城，并未给萧家造成多大伤亡，只是破坏了一些房屋建筑而已。呵呵，不管怎么说，他也是我云岚宗的大长老，若是让他屈身去给一个小家族道歉，岂不是落了我宗门的脸面？

照我说，反正萧家也没人认出隐藏了身份的大长老，此事就装聋作哑地让它过去吧，大不了日后给萧家一些好处。"一名长老起身笑着打圆场。

"你是把萧炎给忘了吧？前几日云岚宗上演的闹剧，你们还没看够？那萧炎不是蠢货，迟早会怀疑到云岚宗头上来，以他的性子，你认为他会忍气吞声？哼，还有美杜莎女王，有那种强者撑腰，即使是老师，也不敢说能必胜吧？"云韵皱着黛眉，冷笑道。

"呃……"见云韵脸色微冷，那名长老也不敢再多说，只得缩着脖子坐了回去。

"那宗主现在打算怎么办？难道要把我交出去给萧炎泄愤？"云棱被训出了一点儿火气，忍不住回道。

"把你交出去倒不至于，而且就算交了，萧家也没胆子收，但是你也别高兴得太早，宗内惩罚你是免不了的。"淡淡地看着云棱，云韵接着道，"还好你此次没惹出太大的事，过几天，我会派人去萧家调和一下，那萧炎即使有美杜莎女王撑腰，想必在加玛帝国也不敢太得罪云岚宗。"

闻言，云棱悄悄松了一口气，宗门惩罚虽然很严厉，但是以他在云岚宗的地位，想必刑堂的人也不敢下重手。

"此事就到此为止吧。"挥了挥手，云韵站起身来，蕴含着威严的目光扫视着大厅内的众人，道，"我再重复一次，当日的那场闹剧已经结束了，为了一个墨承，得罪萧炎，不值！"

"是。"众位长老闻言，皆点头应道。

云韵轻吐了一口气，刚想让众人散场，却发现一旁的云山脸色骤然一变，紧闭的眼睛霍然睁开，雄浑恐怖的气势在大殿之内震荡。

"老师，怎么了？"云韵微愣，连忙道。

"这事我们虽然想就此结束，可惜，他不答应啊。"脸色略显阴沉，云山望向了大殿之外的天空。

云山话音刚落,一道带着凶狠杀意的冰冷喝声,犹如惊雷一般,自天空降临,旋即传遍了整座山峰。

"云岚老狗,滚出来受死!"

# 第十八章

## 击杀云棱

冰冷的喝声如惊雷般,席卷云岚山。

云岚宗内,所有弟子都抬起头,将疑惑的目光投向那蔚蓝的天空。那里,两道人影悬空而立,而那森然杀意正是从站在前面的那名黑袍青年体内溢出的。

"萧炎?他怎么又来了?"一些眼尖之人瞧清那黑袍青年的脸后,不禁发出惊呼声。这个不久前才将云岚宗闹得天翻地覆的青年,每一名云岚宗弟子都牢牢地记住了他的名字。

萧炎阴冷的目光缓缓地扫过云岚宗各处建筑,最后停留在一处大殿上。那里,一道白光忽然夹杂着怒气射出,最后悬浮在天空中,云棱愤怒的咆哮声响彻天空:"萧炎,你竟然如此无礼,当真找死不成?"

萧炎用右手猛地抽出背后的玄重尺,赫然指向云棱,森然道:"云棱老儿,今天就算云山护着你,我也定要取你性命!"

"嚯,好大的口气!正好在找你,今日,我看你还是留在云岚宗吧。"冷笑了一声,云棱咬着牙怒喝道。被人闯上宗门这般指名道姓地威胁怒骂,简直让

他在宗门内名誉扫地。

"云棱，住嘴！"清冷的喝声忽然响起。听到喝声，下方那些云岚宗弟子皆不约而同地微微躬身，连那云棱，也只得恨恨地甩了甩手，退后了一步。

几道白光闪过天际，顿时，几个人影错落地出现在天空之上，中间位置的那人，身着一袭月白裙袍，裙角随风轻扬，头上长发盘成凤凰之状，而那张美丽容颜高贵中又带着几分难以掩饰的威严。

目光缓缓地从这几人身上扫过，萧炎的目光在云山身上停留了一会儿，便移到了处于中间位置的白袍女人身上。能够呵斥身为大长老的云棱，想必她的身份绝对不低，在这云岚宗内，除了云山之外，恐怕也就现任宗主云韵有这种资格了吧。

萧炎的视线上移，停留在了那张雍容高贵的面容之上，四目交织，两人微微一愣，旋即陷入呆滞。

"云芝？"

"药岩？"

半空中，两道惊诧的声音忽然从萧炎和那云岚宗宗主云韵的口中传了出来。

话脱口而出之后，两人又是一怔，他们环视四周，似乎都察觉到了什么，当下脸色都有些变化。

"云芝？"

死死地盯着那张略显慌乱的美丽的脸，半晌，想通了什么的萧炎，深吸了一口冷气，不知为何，心悄悄地冷了一圈，声音中有着一些愤怒："恐怕叫你云岚宗宗主云韵更好一些吧？"

"你……"先前在大殿中充斥着威严的眸子，此时却装满了慌乱，云韵苦笑道，"你……没想到，嫣然口中的萧炎，竟然是你。"

"韵儿，你与萧炎认识？"听两人这没头没脑的对话，周围的云棱等人皆是一愣，一旁的云山一皱眉头，忍不住插嘴道。

"嗯。有……有过几面之缘，不过他也掩去了真实姓名，所以……"云韵的目光有些躲闪，轻声道。

听到云韵的话，萧炎的心缓缓凉了下去，自嘲地摇了摇头，抬头轻笑道："云韵大人贵为云岚宗宗主，我一介无名小子，又怎么可能与她相识？我认识的那人，叫云芝，并非云韵。"

贝齿紧咬着红唇，云韵盯着那张年轻面孔。他的话让云韵的心隐隐作痛，袍袖中的玉手紧紧地握了起来，力气之大，竟然让那指骨处有些发白。

目光来回地在萧炎和云韵脸上扫过，云山的眉头皱得更深了。他能够感觉到，这两人之间必然有什么事情。

"萧炎，上次放你离去，为何要再度来我云岚宗，还当众侮辱我宗门长老！你还真当我云岚宗好欺负不成？虽说你有美杜莎女王撑腰，但老夫依然要奉劝你，做事留一线，想找软柿子捏，你可是找错了地方！"云山瞥了一眼萧炎身后的美杜莎女王，沉声喝道，喝声中隐隐含着怒意。

将目光从云韵身上移到云山这里，萧炎冷笑道："云山宗主，我为何要来云岚宗，恐怕这事，你得问云棱大长老吧？"

脸色微变，云山狠狠地瞪了云棱一眼，沉声道："云棱此次行事，只是一时意气用事而已，况且，他并未给你萧家造成太大的损失，那些被破坏的东西，我云岚宗会派人给你们赔偿。好了，如果你是为这事来的，那可以走了。"

"哈哈……"听了云山此话，萧炎却一怔，旋即笑了起来，笑声中带着几分狰狞的杀意。下一刻，低头大笑的萧炎猛然抬头，清秀的脸布满杀意："云山，我敬你是前辈，方才这般客气说话，你是真不知道还是假不知道？云棱那老狗来我萧家，哪里只是破坏了点建筑？因为他的诡计，我萧家差点儿满门被灭。这事，你一句轻描淡写的赔偿，便可以完全抵消？"

闻言，云山和云韵的脸色都难看了许多，他们没想到云棱三人对他们隐瞒了这么多。

"这事的确是云棱做得过分了。你想要何种补偿，我云岚宗会尽量答应。"云山严肃地道。这一次，或许是因为己方理亏，他的语气终于软了一点儿。

"补偿，你就知道补偿！"雷霆般的暴怒咆哮，猛然自面目狰狞的萧炎口中响起。

听到这毫不客气的怒骂，云岚宗所有人，就连云山本人，也有些晕眩，以他的身份，这么多年来，何时受过这种辱骂？云山的脸色阴沉了下来。

"我父亲被云棱那老狗追杀，至今未归，生死未卜。今天不给我一个交代，就是拼了这条命，我也要让你云岚宗元气大伤！"萧战的失踪，原本便让萧炎心中充斥着杀意与暴怒，如今忽然发现云芝的真实身份，更让他添了几分烦躁，再加上云山满嘴的废话，萧炎那澎湃的杀意，此刻终于如火山般爆发了出来。

"你父亲？云棱可并未说过他伤了你父亲啊。"望着暴怒的萧炎，云韵忍不住道。

"那你的意思是我们萧家上下几百人亲眼所见的事实，是捏造的不成？为了引开云棱等三条老狗，我父亲独自逃出乌坦城，云棱三人则一路追了出去，此后，我父亲便没了音信。这笔账，我不找你云岚宗算，还能找谁算？找谁？你说啊！"萧炎面目狰狞地对云韵怒吼道。

这么多年来，头一次被人这般怒声斥责，照理说云韵本该勃然大怒，可不知为何，对面前这人，她却生不出半点怒气。云韵的贝齿咬着红唇，半晌后，瞪向云棱，怒声道："云棱，给我把事情说清楚，否则，我有权让你暂时交出大长老的职位！"

"宗主，我并没有伤害他父亲啊。"脑门上淌下些许冷汗，云棱急忙道，"当日我们的确追了上去，可就在一处密林，即将抓到他时，他人却忽然消失了，再后来，我们搜索了附近区域，依然没找到他的踪迹。"

"忽然消失了？"云韵一皱黛眉，咬牙斥道，"萧战的实力在大斗师级别，怎么可能从你们一名斗王、两名斗灵面前消失？你说谎也找个好点的借口吧！"

"这我也不知道啊,可事实就是如此,宗主若是不信的话,可以询问云雷两人,他们也是亲眼所见。此事,我可以发誓,绝对没说假话。"云棱苦笑道。

云韵与云山对视了一眼,皆皱紧了眉头,这话就算他们相信,萧炎也不会就此罢休啊,两人抬头,果然见到萧炎的脸色已经彻底阴沉了下来。

萧炎目光阴寒地盯着云棱,心中暴涌的怒火,让他再也听不进去对方任何一句废话。萧炎深吸了一口气,双手翻动,巨大的玄重尺消失在掌中,右手轻探而出,在众人的注视下,青色的火焰袅袅升起。

"今日,交不出人,那便毁了这里吧!"萧炎盯着青色火焰,漆黑的眸子中反射出狰狞的青光,犹如自语的声音中蕴含着满满的杀气,让在场所有人的脸色都微微一变。

"萧炎,给我几天时间,我可以派人帮你寻找,如果真如云棱所说,那你父亲应该并无性命之忧。"见萧炎即将疯狂,云韵急声道。

"不必了。云岚宗的人,我不相信。"萧炎轻轻摇了摇头,低头望着在手掌上轻轻飘荡的青色火苗,"今日,云棱老狗的命,我要定了。"

"萧炎,此事的确是云棱的错,可你这就要取他性命,未免太过分了吧?"云山沉声道,"而且就算你有美杜莎女王帮忙,要击杀云棱,也不太可能吧?今日之事,我可以不计较,你走吧。"

萧炎望着云山,嘴角溢出一抹讥讽,左手也缓缓抬起,掌心一晃,森白色的火焰猛然出现在所有人视线之中。

"这……异火?"望着那团森白色的火焰,众人的瞳孔都猛地一缩。

"云山,是你逼我的。"看着手掌上两种不同颜色的火焰,萧炎低声喃喃道。

双手停顿了一瞬,旋即在所有人的注视下,缓缓靠近。

云岚宗之外,几道流光猛然掠来,旋即停留在一棵巨树上,当他们看到萧炎手中正缓缓靠近的两种异火时,忍不住吸了一口凉气。

"天哪……这家伙真的疯了,他想把云岚宗彻底毁灭吗?云岚宗那些白痴,

怎么把他惹到这个地步了？"

海波东出现在树顶，目瞪口呆地望着青白两色火焰，神情呆滞地呢喃道。

云岚宗之内，所有人都抬头望着那正将两手上的青白火焰缓缓靠近的萧炎，这一刻，饶是那些实力低微的弟子，也感受到些许不安，一股骚动在云岚宗内蔓延开来。

"萧炎，你想干什么？"身为斗宗强者，云山最先感应到那股不安，当下眼睛一瞪，厉声喝道。

没有理会他的喝声，萧炎那充斥着森然杀意的眼睛，死死地盯着两色火焰。随着两种异火开始接触，顿时，双掌之间的空间变得扭曲了起来，一道道犹如闷雷般的炸响从其中传出，震人心魄。

在萧炎身后，美杜莎女王也惊诧地望着他。因为以前有七彩吞天蟒的灵魂压制，所以她对萧炎的确切情况，也仅仅是知晓一些，至于这佛怒火莲，她却半点儿都不知情。

"两种异火相融？这个家伙也太疯狂了吧。"美杜莎女王微皱着眉头。当初，仅仅是青莲地心火，便将她折磨得死去活来，将两种异火相融，将会产生多么恐怖的能量？

"制止他！"

听到萧炎双掌中传来的动静，云山的脸色逐渐变得凝重，他能够察觉到，那两种火焰若是相融的话，威力将非常可怕，当下手掌一挥，沉声喝道。

听见云山下令，早已等候在一旁的云棱几人，背后的斗气双翼顿时一振，旋即身体化为光影，向萧炎射去。

冷冷地望着围剿而来的云棱几人，萧炎轻振背后的紫云翼，身体猛然倒射，退后时，双手上的两色火焰已经开始互相缠绕，一道道青白火焰犹如电流一般，不断地从接触处射出，偶尔从其中溢出一道火焰，落在一些巨树上，顿时，高达几十米的大树，便在一道道震惊的目光中，化成满地灰烬。

天空上，几道人影在下方众人的注视下，不断闪掠追躲。虽然萧炎的紫云翼速度比不上真正的斗气之翼，但是借助灵活的闪避身法以及云棱等人对其手中异火的忌惮，每一次即将落入包围网时，萧炎都会侥幸逃脱。

而在追逃之间，萧炎手中的两种异火已融合了将近大半，那青白火焰宛如一团不断迸射着青白电流的火球。

"哼，这小子倒是猖狂。"望着接连避开云棱等人围捕的萧炎，云山冷哼了一声，脚步朝前一跨，身体瞬移，诡异地出现在萧炎倒退的路线上，右掌探出，掌心吸力暴涌。

然而就在云山打算一举将萧炎擒获时，其面前人影闪动，美杜莎女王挡在了他面前，淡淡地道："云岚宗举全宗之力抓捕一个大斗师，最后竟然还要你亲自动手，是不是太丢脸了？"

"美杜莎女王，莫要真以为老夫怕了你，我只是不想与你起冲突而已。今日萧炎明显是冲着我云岚宗来的，还望你不要多管闲事，否则，我云岚宗可不会任人践踏！"望着拦在面前的美杜莎女王，云山阴沉着脸，喝道。

"如果你有兴趣，我倒乐意陪你试试手。自从掌控这具身体以来，我还真没动过全力呢。"美杜莎女王嫣然笑道，竟然有些跃跃欲试。

脸微微抽搐了一下，云山转头对云韵喝道："韵儿，阻止萧炎手中的异火融合，美杜莎女王，我来拦住！"

"啊？这……"听到云山的喝声，云韵一怔，心中挣扎了一番，竟然站在空中没有什么动作。

"韵儿，你在干什么？萧炎手中的东西太可怕了，若是被他丢进云岚宗，整座山峰都得被轰掉，到时候宗内弟子定然死伤惨重，你如何对得起这宗主之位？"见云韵居然没有行动，云山愣了愣，旋即严厉地喝道。

"是……老师。"脸色一阵变化，在下方弟子的注视下，云韵只得咬牙点了

点头，背后双翼轻振，身体化为一道轻风，闪电般对着萧炎飞去。

见到云韵行动，云山这才松了一口气，转头冷冷地望着美杜莎女王，道："即使我不动手，萧炎也决计不可能顺利地将异火融合。"

"我只是将你拖住而已，至于他究竟能不能成功，那并不关我的事。"美杜莎女王瞥了一眼四处飞掠的萧炎，慵懒地道。

"哼。"冷笑了一声，云山转头将注意力放在上空的追逐赛上，眼睛死死地盯着萧炎的双手。那里，随着两种火焰的融合，一股就连云山也不得不郑重对待的恐怖能量，正在缓缓凝聚着。

背后双翼振动，险之又险地将扑来的云棱躲避开，萧炎脸色一变，眼角白光闪过，只见云韵已宛如鬼魅般出现在自己面前，那双修长的纤手之上附着浓郁白芒，此时，她的双手正直直地对着萧炎掌心中的火球，看这状况，若是被击中的话，好不容易融合的火球恐怕就得溃散了。

狠狠地咬着牙，萧炎的手掌猛地上抬许多，然后振动双翼，旋即用胸膛对着云韵的手掌印了上去。

云韵一怔，黛眉紧皱，紧紧地盯着那对漆黑如墨的眸子，手掌即将碰到萧炎的胸膛时，她心头不由得一软，轻叹了一口气，身形轻摆，手掌贴着萧炎的胸膛，擦飞了过去。

"萧炎，有事我们可以坐下来谈，能不能不要把事情弄得这么僵？"云韵含着哀求意味的声音，传进了萧炎耳中。

"没得谈了，是你云岚宗欺人太甚！血债必须血偿！云棱的命，我必须收！"咬着牙，萧炎急速后退着，冷声道。

"可云岚宗弟子是无辜的，你何苦牵连他们？"云韵的纤手贴着萧炎的肩膀擦飞了过去，看上去惊险万分，却是她故意而为。

"云棱闯我萧家时，有没有想过，因为他，我萧家几百人差点儿全部被杀？难道他们不是无辜的？"萧炎的身体颤抖着，愤怒地道。

"唉……"望着萧炎那布满怒意的脸,云韵张了张嘴,只得轻叹了一声,苦涩地说道,"你现在情绪太激动了,还是等你冷静下来,我们再谈吧。不过,你手中的那东西实在太恐怖了,我不能让你继续凝聚下去,对不起了。"

言罢,云韵振动背后风翼,速度猛然暴增,瞬间便出现在了萧炎身前,顿时,一股熟悉的淡淡幽香飘进了萧炎鼻中。

"和一年前一样的味道。"望着那张近在咫尺的美丽容颜,鬼使神差地,萧炎忽然说了一句。

探出的纤手骤然停滞,云韵的俏脸上,一股绯红突然浮现。

在说出这句话时,萧炎便回过神来,一声叹息后,趁着云韵失神的瞬间,双翼振动,急速退出了云韵的攻击范围。

"狡猾的家伙。"萧炎退后时,云韵也回过了神,脸颊依然带着一抹醉人的酡红,轻啐了一声,抬头望向那飞射而退的萧炎,俏脸却猛然变得苍白。只见此时萧炎手掌中的两色火焰已经完全融合,火蛇四射,好像有什么东西即将破出一般。

"这家伙果然还是弄出来了,唉,赶紧退吧,这一次,云岚宗要损失惨重了。"不远处,海波东望着萧炎掌心中的青白火球,不由得咽了一口唾沫,颤声道。

在众人的注视下,萧炎手中的火球急速转动着,片刻之间,火球忽然崩裂,火光大盛,一朵巴掌大小的青白色火莲,自火球中袅袅升起,最后悬浮在萧炎的右掌之上。

"云棱这浑蛋!"

云山愕然地望着那青白火莲,半响后,忽然狠狠地骂了一声。那火莲中溢出的能量,让他有种想拍死云棱的冲动,云棱怎么专门去惹这种连他都感到棘手的敌人?

"这家伙竟然还有这手?"美杜莎女王也惊愕地喃喃道。

　　脸上带着一抹疯狂，目光死死地盯着掌心中的火莲，萧炎感到一阵眩晕，咬着牙死死地坚持着，他猛地转头，将阴冷的目光投向了下方的云棱。

　　见萧炎望来，云棱心头一颤，此时，他也清楚地感应到了对方手中那火莲的恐怖，当下脸上的冷汗不断滴落，神色十分惊恐。

　　"去死吧！"萧炎咧嘴狞笑，眼睛赤红地咆哮道。

　　"萧炎，我真没伤你父亲，真的！是他自己失踪的！"感受到萧炎的杀意，云棱的脸色惨白，身体急速下降着，尖声叫道。

　　"萧炎，不要！"云韵面色苍白地失声阻止道。

　　盯着云韵那张美丽的脸，萧炎的嘴角溢出一抹苦涩。他轻轻地摇了摇头，低声道："晚了。"

　　手掌微抬，青白火莲缓缓飘浮，萧炎面无表情地轻挥手臂，青白火莲瞬间化为一道火芒，向着下方逃窜的云棱射去。

　　在众人的注视下，青白火莲犹如一道自天外飞来的陨石，带着毁天灭地的气势，划过长空，追上了一脸惊恐的云棱。

　　"爆！"手中印结猛然一动，萧炎面目狰狞地喝道。

　　嘭！

　　喝声落下，青白火莲在一道道惊骇的目光中轰然爆炸，这一刻，宛如天雷般的炸响，响彻了云岚宗方圆几百里！

# 第十九章
## 生死之局

雷鸣巨响炸彻天空，云岚山山顶顷刻间变成一座喷发的火山，炽热的青白火苗化为火浪，呈圆弧形扩散开来。霎时间，云岚山开始剧烈颤抖，一道道巨大的裂缝顺着山壁蔓延，山石滚落，树木焚毁，俨然末日般的景象。

在云岚山山顶的汹涌火浪看起来像是一朵巨大的莲花，方圆百里之内，皆清晰可见。

无数人抬头，满脸震惊地望着那朵在云岚山山顶绽放的火莲，即使相隔了十分遥远的距离，人们也仍然能感受到空气似乎忽然炽热了许多。

形态完美的佛怒火莲，破坏力竟然恐怖如斯。

在云岚山山顶几百米外的天空上，海波东等人现出了身形，望着那绽放在天地间的巨大火莲，感受着那正不断扩散的炽热气浪，众人皆有些口干舌燥。这股力量实在太恐怖了。

"这……这东西，是萧炎施展出来的？"加刑天咽了一口唾沫，脸上的震撼难以掩饰。他虽然一直都极为看好萧炎，但是依然没想到，一个大斗师居然能够施展出连他都感到心悸的恐怖攻击。

在加刑天身旁不远处，法玛苦笑着点了点头。每次见面，这个叫萧炎的青年都会让他们大吃一惊，如今他施展出来的神秘火莲，更是狠狠地震惊了他们。想到这里，法玛心中忽然有些惋惜与后悔，按照萧炎如今展现出来的潜力，其实已经不比整个云岚宗的价值低了。即使为了萧炎得罪云岚宗，也并非完全不划算啊。

"唉，还是海老头儿那老家伙的眼光毒辣啊。"轻叹了一口气，法玛瞥了一眼不远处悬空而立的海波东，在心中道。

"今天的事，是真的闹大了啊，云岚宗究竟干了什么？依萧炎的性子，若非真的被逼急了，不可能做出这么疯狂的事啊。"海波东紧紧地盯着火莲，脸色也有些难看，搓着手苦笑道。

"佛怒火莲的威力巨大，击杀云棱并不难，但毕竟云山在场啊。"海波东清楚地知道，上一次使用了佛怒火莲后，萧炎直接昏迷了过去，若非他出手相救，恐怕连萧炎自己都会被佛怒火莲的余波震死。可如今有云山在场，就算他出手，也决计不可能带着萧炎顺利离开，更何况还有一个云韵在，那难度更是成倍上升。

"唉，小家伙，这次可真是莽撞。"轻叹了一声，海波东看到火莲正逐渐消散，火浪已经开始缓缓消退。

一道道目光看向地动山摇的云岚山山顶，那里是火莲盛开的地方，这般恐怖的爆炸，就算是一名斗皇强者，也难以完全抵挡。

时间缓缓流逝，笼罩着云岚山的火浪终于淡退了下去，目之所及一片狼藉，饶是海波东等人早有预料，也依然忍不住苦笑着摇了摇头。

烟尘消散，巨大的广场犹如发生了地震一般，裂缝向四面八方蔓延开来。原本高耸的大殿，被震垮了大半，广场中央处，那耸立的石碑只剩一小半还插在石板中，石碑的上半部分被火莲轰成了粉末。坐落在广场周围的房屋和大厅，则变成了一片废墟，其中不断响起云岚宗弟子的哀号。

佛怒火莲的破坏力，自然不只是摧毁一些房屋，那半空上呈倒扣碗状的巨大能量罩，大大阻挡了火莲的威力。

巨大的能量罩将整个云岚山都包裹在其中，看其上所流转的能量水波，恐怕就算是一名斗皇强者，也难以将之打破。不过饶是如此，火莲爆炸时渗透进来的残余能量，依然将云岚宗毁得一塌糊涂。

火浪消散后，天空中的萧炎露出了身形。此时他的状况也好不到哪里去，脸色苍白，双掌一片焦黑，呼吸急促，眼睛赤红，目光扫过那巨大的能量罩上，最后视线聚焦在那悬浮在半空中、单手贴着能量罩的云山身上。这将佛怒火莲抵挡下来的能量罩，应该是他的杰作。

虽然将佛怒火莲抵挡了下来，但是云山也消耗不小，原本悠长平缓的呼吸，急促了许多。此时，云山的脸色已经彻底阴沉了下来，眼瞳之中正急速酝酿着暴怒。

阴森的目光从云山身上扫过，最后停留在他左手拎着的人身上，萧炎一怔，嘴角旋即溢出一抹冷笑。原来云山所拎之人，赫然便是那最先受到火莲冲击的云棱，不过看他此时满身鲜血的模样以及越来越虚弱的气息，明显再没有半点儿活路。

忽然感到一阵剧烈的眩晕，萧炎的身体摇晃了几下。他咬牙坚持着，从纳戒中掏出一枚回气丹，丢进嘴里，然后振动双翼，身体急速后退。云棱已死，他必须赶紧离开此地。

"好，好啊。萧炎，这么多年来，你还是第一个将我云岚宗破坏成这副模样的人，我真是看低你了啊。"目光缓缓地扫过下方满地狼藉的云岚宗，云山忽然笑了起来，笑声中隐含着怒意，不难看出，他表面上虽平静，内心却犹如一座即将喷发的火山。

低头看了一眼明显不可能再救活的云棱,云山眼中的怒意更盛。他沉默了一会儿,将之向广场上的几名长老丢了过去,淡淡地道:"去请古河长老出手救治一下,看看能否保住他的命。"

两名长老敏捷地接住云棱,然后赶忙躬身后退。

手掌轻挥,巨大的碗形能量罩缓缓消散,云山深吸了一口气,平静的声音却蕴含着杀意与暴怒,在云岚山上空徘徊不散。

"萧炎毁我宗门,杀我长老,我以云岚宗第八代宗主的身份宣布,从此以后,将其列进云岚宗追杀名单,至死不休!宗门的辱,必须以血洗刷!"

平静的声音久久不散,听到这话的人都愣了许久,方才回过神来,轻叹了一口气,这事果然还是闹到了无可挽回的地步。

半空中,云韵的俏脸逐渐变得苍白。

萧炎冷冷地望着脸色平静的云山,脸上的神情并没有因为他的追杀令而有所变化,他振动背后双翼,只顾急速后退。

"既然你敢来云岚宗击杀云棱,那么就该有走不了的打算,今天,就算美杜莎护着你,老夫也必要你永远留在云岚宗!"眼睛猛然大睁,云山阴声喝道。

随着喝声的落下,云山的身形瞬间消失。

云山的身形消失时,萧炎感觉浑身一冷,立刻强行止住急速后退的身形,向左边强移了半寸。

轰!

萧炎的身形刚动,其先前停留之地,一只干枯的手掌凭空出现,狠狠地击打而来,手掌上所蕴藏的庞大能量竟然将空间震得发出一圈圈能量涟漪。

"感知不错,不过,仅此而已!"淡淡的声音在半空中响起,萧炎的脸色猛然一白,旋即喷出一口鲜血。他扭过头,原来那云山不知何时已经出现在了自己身后,而刚才云山仅仅是轻轻拂了拂衣袖,便将萧炎震成了内伤。

"留下吧。"云山冷冷地看着萧炎,手掌曲成爪形,闪电般对着萧炎的喉咙抓去。

嘭！在云山即将抓到萧炎的一瞬间，一道倩影忽然掠过，一只雪白如玉的纤手轻飘飘地弹在云山手上。两者相触，顿时，一股凶悍无比的能量劲气从接触点爆发。受到这股劲气的冲击，萧炎急忙后退。

"我说过，今天就算美杜莎护着你，也没用！"肩膀微颤，将劲力卸去，云山森冷地望着萧炎面前的美杜莎女王，身体忽然急速地颤抖了起来，随后，两道残影诡异地自云山体内分离出来。

残影离体之后，旋即便分开，绕开了美杜莎女王，对着其身后不远处的萧炎袭去。

"拥有本体功力的分身吗？"看到那两道残影，美杜莎女王的瞳孔微缩。她能够清晰地感知到，这两道残影都拥有极为庞大的能量。

立刻转身，美杜莎女王刚欲去拦住两道残影，云山的本体就诡异地浮现在她身前，将她牢牢困住。

此时，两道残影已经闪电般追上了萧炎，残影的双手间恐怖劲气急速凝聚，旋即对着萧炎的胸口狠狠砸了过去。

"玄冰镜！"喝声突兀地响起，巨大的冰镜凭空出现在萧炎面前。

嘭！拳头狠狠地砸在冰镜上，冰镜霎时轰然爆裂。

"萧炎，快走！"一道白影闪现在萧炎身前，海波东反手一掌，击在萧炎胸口上，一股柔力将之猛地朝着后方推去。

"海波东，既然你要如此，那就休怪我不念旧情了！"两道残影似乎也具备云山的灵智，见海波东出手阻拦，脸色顿时一寒，厉声喝道。

苦笑了一声，海波东也不说话，双手间寒气急速凝聚，旋即化为两道急速旋转的锋利冰刃，背后双翼振动，对着两道残影迎了上去。

"滚！"一道残影脸色阴寒地发出一声怒喝，恐怖的能量自其体内涌出，双手急速结印，右手挥动，一道几丈宽的巨大能量手印，出现在海波东头顶，旋

即狠狠砸了下来。

"大风手印!"

嘭!能量手印砸下时,海波东已快速在头顶上凝聚出了几道冰墙,可能量手印所蕴含的劲气实在太恐怖,随着一道清脆的声响,冰墙轰然爆裂,能量手印结结实实地砸在了海波东身上。

喉咙间发出一声闷哼,海波东的脸色微白,一道鲜血自嘴角流下。他没想到云山这两个诡异的残影,竟然也拥有这般恐怖的力量。

海波东的身体被狠狠地拍落了,两道残影振动身形,再度闪电般追上了逃窜的萧炎。

"小家伙,我尽力了啊,接下来只能看你自己的了。"望着再次追上萧炎的两道残影,海波东只得苦涩地摇了摇头。

在众人的注视下,两道残影一前一后出现在萧炎身旁,残影的双手间恐怖劲气酝酿而出,旋即大喝着,带起一圈圈能量涟漪,一前一后对着萧炎狠狠砸了过去。看这状况,萧炎若是被砸中,定然难逃一死!

强大的劲气将萧炎的衣服压迫得紧贴在身体上,面前的拳头在他瞳孔中急速地放大。

两股劲气形成劲气牢笼,将萧炎困在其中,几乎呈天罗地网之势,让他避无可避。

感受到即将临体的强大劲气,萧炎轻轻叹了一口气,脑袋中的眩晕感越来越烈,他心中清楚,这是施展了佛怒火莲的后遗症。

萧炎感觉眼皮越来越沉重,他微微眨动着双眼,黑暗在恐怖劲气的到达前悄然袭来。

"看来,真的要留在这里了。老师,对不住了啊。"黑暗中,萧炎苦笑着低声喃喃道。

"呵呵,小家伙,你已经做得很不错了,能将云岚宗逼成这番模样,大大出乎我的意料啊。"黑暗中，苍老的声音缓缓响起。那熟悉的温暖声音让萧炎冰冷绝望的心猛然一振，重新注满了生机与活力。

"接下来，便交给老师吧。"

黑暗中，一股磅礴能量轻轻跳动着，沉寂了片刻后，猛然自那无底之处涌出。

天空上，紧闭双目的萧炎身体微微颤抖，瞬间后，骤然睁开双眸，原本漆黑的眸子，此刻一青一白，显得极为诡异。

遥远的天空中，在众人的注视下，云山的两道残影各自挥动着拳头，夹杂着一股让人毛骨悚然的恐怖劲气，狠狠砸向萧炎的脑袋。

就在所有人都以为萧炎定然难逃一死之时，天空上，一圈磅礴劲气涟漪猛然以萧炎为中心破涌而出。劲气涟漪扫过，只见两道连海波东也难以抵挡的分身残影骤然顿住，旋即在下方一道道震惊的目光中，轰然爆裂。

所有人都满脸呆滞地望着天空，就连不远处的加刑天等人，也有些回不过神来。身为斗皇强者，他们能清晰地察觉到那两道残影的强大，那残影并非虚幻的影像，而是云山不知道使用何种秘法召唤出来的能量实体。不客气地说，光是这两道残影，实力就不低于两名斗皇强者。

当然，这只是从残影蕴含能量的雄浑程度来说。若是真的让一名斗皇强者打败两道残影，虽然会很麻烦，但是不会如真的对上两名斗皇强者那般困难。毕竟残影始终是残影，抗打击的能力，远远比不上真正的斗皇强者。

先前海波东吃亏在措手不及，否则也不会一照面就被击退。

"这股力量……"身体悬浮在半空上，海波东愕然地望着萧炎，感知着忽然自其体内涌出的那股磅礴能量，半响后，眼中猛然浮现一抹惊喜，"这家伙终于能够使用那隐藏的力量了吗？"

"怎么回事？萧炎的实力似乎忽然间暴涨了几个阶别？"加刑天转头望向法

犸,震惊地道。

"这个……我也不知道,他体内散发出的气势比我还强。"法犸苦笑着摇了摇头,脸上仿佛有种麻木的神情。这个不到二十岁的青年,在这段时间里,给了法犸太多震撼,如今又是一颗重磅炸弹,法犸都麻木了。

站在一处废墟上,云韵盯着天空中的萧炎,眼神闪烁,纤手忍不住悄悄掩上了微张的红唇。

满地狼藉的广场上,云岚宗弟子傻傻地望着天空。虽然以他们的实力并不清楚云山召唤出的两道残影究竟强到了何种地步,但是从两道残影与海波东的碰撞中,也能够管中窥豹。可是,一名斗皇强者都难以抵抗的强横残影,却被只是大斗师的萧炎给震成了虚无,对于这些一直将云山视为心中神灵的云岚宗弟子来说,打击实在太大了。

整个云岚宗,都在萧炎这次的爆发中,陷入了呆滞与震惊!

残影消散,身为本体的云山立刻有所感应,当下迅速摆脱美杜莎女王的纠缠,脸色凝重地望着不远处的萧炎。

"没想到这家伙竟然还隐藏着这一手,不过你能应付,我自然懒得动手,现在我的灵魂力量,也支撑不了多久了。"美杜莎女王也被那股磅礴的气势惊了一下,转头望着萧炎,低声惊诧地道。

自萧炎体内涌出的磅礴气势逐渐消退,最后完全收敛进了身体之内。他微微低头,被青色与白色火焰充盈的一对眸子,淡漠地看向云山,平静的声音犹如闷雷般在天际响起:"云山宗主不过如此,今日我要离去,你云岚宗还没那实力能拦下我。"

云山阴沉着脸,散发出一股不亚于先前萧炎爆发的气势,轻踏虚空,转眼便出现在萧炎对面,皱眉沉声道:"倒还真的小看了你,没料到你体内居然还隐藏着这般恐怖的力量,难怪一直都有恃无恐。不过我想,这股力量应该并不真正属于你吧?"

以云山的见识,他自然知道,就算天赋再好,吃的丹药再高阶,那也绝对不可能在不到二十岁的年纪,便能够与斗宗强者相匹敌,因此他立刻便察觉出了萧炎这股力量的奇怪之处。

"不管这股力量属于谁,至少它听我指挥。""萧炎"轻抬手掌,森白色火焰涌出,旋即犹如精灵一般,在指尖灵活地穿行跳跃着。

"哼,凭借外物强行提升实力,末等方法而已,我就不信,你能长久地维持这股力量。"云山冷笑道,"不管你究竟实力如何,杀我宗门长老,若是让你就这般顺利离去,那我云岚宗还有何脸面屹立于加玛帝国?"

"你大可试试……""萧炎"脸上一片淡漠,丝毫没有因为云山的话而动摇,他抬了抬眼,手中的白色火焰猛然暴涌。

"这么多年了,我云山想留下的人,还没有能走掉的!"

眼神冰冷,云山的双手迅速结印。而随着其手上印结的形成,周围空间开始波动了起来,一股股狂风在他身旁凝聚。随着淡青色狂风的形成,云山右手指尖处,一股刺眼的白色毫光忽然诡异地浮现。

"嘿,你欺我弟子,今日我倒要看看,就算我实力不足全盛时期十之二三,你又能如何留我?"望着云山指尖若隐若现的白色毫光,"萧炎"轻挑眉头,低声自语地冷笑道。

似是感受到天空上那场即将爆发的恐怖大战,下方的云岚宗弟子赶忙躲到一些巨石之后,而海波东等人为了安全起见,也急速后退了一段距离。这种级别的战斗,就算是攻击余波,也极为可怕,若是被牵扯进去,那就倒霉了。

云韵抬头望着针锋相对的两人,美丽的容颜上忍不住浮现一抹担忧。萧炎就是药岩的事实,把她的冷静击得粉碎,心里如乱麻一般,她甚至忘了安抚乱成一团的云岚宗弟子。

"老师,您……您认识萧炎?"低沉的声音忽然在身旁响起,云韵一惊,转

　　头一看，纳兰嫣然正咬着嘴唇，黯淡的眼睛正直直地盯着自己。

　　看到纳兰嫣然，不知为何，云韵的眼神竟然有些飘忽躲闪，不过她毕竟是一宗之主，片刻后，便强行压住了心头的情绪，微笑着拍了拍纳兰嫣然的肩膀，轻声道："见过几次，不过当时他用的是另外的名字，而且我从未见过他，所以并不知他的身份，刚才见面，才会感到极为惊讶。"

　　"他的确很喜欢用假身份去骗人。"纳兰嫣然苦涩地道。那个让她第一次对同龄人产生佩服之情，甚至是男女之情的男人，竟然也是这个家伙装的，这种打击比让她输了三年之约还要大。

　　闻言，云韵深有同感地点了点头，轻叹了一口气，忽然瞧见纳兰嫣然盯着萧炎的目光，微微一愣，似是察觉到了什么，当下脸色微变，低声道："嫣然，你……你不会喜欢上他了吧？"

　　神情一怔，纳兰嫣然慌慌张张地低下了头，目光躲闪着，强笑道："老师，这怎么可能？我最讨厌他了。"

　　云韵只是盯着那张美丽的脸，也不说话。

　　被云韵盯得久了，纳兰嫣然的美眸忽然泛红了起来。她扑进云韵怀中，心中的委屈终于化为低声哭泣："他的报复果然好狠。老师，我后悔了。"

　　"唉。"叹息了一声，云韵轻轻抚摸着纳兰嫣然柔顺的长发，苦笑道，"我也有错啊，当初不该因为你的软磨硬泡，就答应让你去退婚。否则，也不会有这些事情了。"

　　"老师，我现在该怎么办？"纳兰嫣然抬起头，泪眼婆娑的模样，显得楚楚可怜。

　　云韵一愣，旋即再度苦笑。现在她也正为萧炎的事苦恼呢，况且，现在萧炎与云岚宗敌对已是必然。再者，她和萧炎处过一段时间，知道这个家伙的性子，所以她清楚，萧炎对嫣然恐怕只有厌恶了，退婚的事犹如一把劈天神斧，在两人之间劈开了一道难以跨越的鸿沟，想让萧炎对嫣然有好感，恐怕难如登天。

望着云韵的神情,纳兰嫣然也明白了,她自嘲地摇了摇头,低声道:"我果然是自作孽呢。"

"老师,等这里的事毕,让我进入生死门吧。"脸上带着灰暗之色,纳兰嫣然忽然道。

"你要进入生死门?那道门至少是斗灵级别才能进入。虽然你是能够与生死门起共鸣的人,可此时进去,太危险了。"闻言,云韵错愕地道。

"那里是云岚宗历代宗主的安眠之所,我身为云岚宗之人,想必会受到他们的护佑的。老师,答应我吧,我现在的状态,不适合继续安静修炼了。"纳兰嫣然摇了摇头,道。

"唉……"望着倔强的纳兰嫣然,云韵沉默了一会儿,只得叹息着点了点头,摸着她的长发,轻声道,"生死门本是云岚宗宗主接班人成为宗主前的最后一道考验,若你执意要进去,那之后我便与你师祖商量一下吧。早点接触生死门,对你来说,好处也的确不小。"

见云韵终于答应,纳兰嫣然略微松了一口气,抬头望着天空上与云山针锋相对的青年,美眸中情绪复杂。

此时,天空上一场令整个加玛帝国震动的强者之战即将开始!

周身一道道狂风凝聚,云山手指处的那道白光越来越刺眼,最后,几乎犹如天空上的耀日一般。

"风之极——陨杀!"

某一刻,周遭的空气突然凝固,云山手指突然指向"萧炎",一声厉喝后,手指处的白光暴闪,一道纤细的光线暴射而出。

光线的速度快得有些恐怖,所过之处空间震荡,一道漆黑的痕迹留在蔚蓝的天空上,显得极为刺眼。

这恐怖的斗技,当年云韵与紫晶翼狮王对战时也曾使用过。那一次的攻击,

直接将同为斗皇的紫晶翼狮王全身最坚硬的独角给切断了，可见这神秘斗技的攻击力是何等恐怖。如今这斗技是由云山施展出来的，不管是在气势还是劲气的强横程度上，都远远超过了云韵所施展的。

风之极一出，场外的加刑天等人脸色都变了，旋即犹如逃难一般，赶紧后退了很长一段距离。看来，他们很清楚这一斗技的恐怖，说不定还亲身体验过。

天空上，唯有"萧炎"和美杜莎女王还能面不改色地留在原地。

望着破空袭来的白色光线，"萧炎"轻抬手掌，那缭绕在指尖的森白色火焰猛然腾起，眨眼间便将他的身体完全包裹，他右手微张，巨大的玄重尺再度浮现在掌心，漆黑的尺身爆发出刺眼的强光。

尺身之上的强光越来越烈，到最后，几乎犹如烈日一般，让人不敢直视。

脸色略显凝重，"萧炎"一声低喝，手中的玄重尺猛然对着不远处的云山狠狠劈下。

"焰分噬浪尺！"

喝声响彻天空，一道足有三丈宽的弯月形白色能量刃，自玄重尺顶射出。

白色火焰形成的弯月能量刃飙射天际，一闪而逝，那股骤然而来的炽热之感，让场上的众人犹如处于火浪中。

弯月能量刃带起一道道刺耳的音爆之声，那股一往无前的强悍势头，甚至有种要将天空劈为两半的感觉。

虽然是施展同一种斗技，但是这一次的焰分噬浪尺，比上一次萧炎在云岚宗施展的强横了十倍不止！这便是实力所造就的差距！

弯月能量刃划破长空，在众人的注视下，与那道白色能量光线撞在了一起。刹那间，雷鸣般的巨响在蔚蓝的天空上响起，恐怖的能量冲击波自碰撞处涌出，那股庞大的力量竟然将广场上站立的一些人直接给压趴了。

"这就是斗宗强者的实力吗？果然非同一般啊。"即使相隔甚远，可那迎面而来的能量冲击波，也让加刑天等人脸色微变地再度退后了一段距离。稳下身形后，加刑天抬头，眼神炽热地望着两人交战处。不管怎么说，他也是半只脚踏入斗宗级别的超级强者，可即便如此，在面对真正的斗宗强者时，他依然能感知到那种难以跨越的巨大差距。

"此时的萧炎，怕是也有斗宗实力了吧？不然绝不可能将云山的风之极拦下。要知道，当年云山还是斗皇时，就凭借这招，击杀了出云帝国两名同等级的强者啊。"法玛脸色凝重地道。

"不知你是否发现了，自从萧炎的实力忽然大增之后，他使用的异火就只有那种森白色的火焰了，而那青色火焰，则是半点儿未用。"法玛忽然道。他身为炼药师，自然对火焰最为关注。

"嗯，而且现在萧炎操控那白色火焰的手法，比先前高明了不知多少倍。"加刑天点了点头。

"这家伙，真是让人捉摸不透。"法玛沉思了一会儿，却没有半点儿头绪，只得摇头苦笑道。

加刑天深有同感地点点头，旋即抬头望向那能量涟漪消散处，待他看见安然无恙地站在半空中的萧炎后，道："看来今日云山想留下萧炎，还真是很困难啊。而且，还有个不逊色于萧炎的美杜莎女王在一旁虎视眈眈，若这两人联手，就算是云山，也唯有暂避锋芒啊。"

"现在云山也是骑虎难下，宗门大长老在这么多人面前被击杀，不管对方实力如何，他都必须出手。不然传出去的话，云岚宗的脸就丢大了，毕竟这事可不比上次。"法玛叹息道，"而且双方梁子已经彻底结下了，以云山的性子，他断然不会让一个潜力这般恐怖的未来敌人顺利离开。"

"这事也是云棱自找的，没事竟然跑去乌坦城对付萧家，这不是逼萧炎发疯吗？他以为借着云岚宗的名头便可为所欲为，却没想到这次遇见了个狠角色。"加刑天淡淡地道。

法玛苦笑着摇了摇头，也不想为这事发表意见，抬头望着"萧炎"和云山，

低声喃喃道:"唉,希望别搞出什么伤亡吧,不然的话,对加玛帝国来说,可是大损失啊。"

"嘿,云岚宗宗主,也不过如此。"天空上,"萧炎"轻拂袍袖,将面前最后一道能量冲击波击散,脸上浮现一抹冷笑。

云山脸色冰寒地望着竟然毫发无损的"萧炎",半晌后,缓缓吸了一口气,冷声道:"此时的你,的确很强,不过我相信,透支力量总要付出代价。我的力量属于我自己,而你的力量却是借来的,今日只要拖住你,我就不信,你能一直维持这股力量!我们双方的关系已经难以调和,我不会放任一个日后能够成为斗宗的强者顺利逃脱,让他背负着对云岚宗的仇恨逐渐成长,最后,再来颠覆我云岚宗!"云山的话语中,隐含森冷的杀意。

满场一片安静,云山此话无疑表明了他对萧炎的必杀之心。因为他清楚,一旦萧炎逃脱,就是放虎归山,日后,对云岚宗将是一个极大的威胁。

"萧炎"的脸色微微变了变。云山此话不假,虽然萧炎的身体此时是由药老掌控,但是药老毕竟不能完全控制他的身体。再者,萧炎先前施展佛怒火莲,也消耗了药老不少灵魂力量,若非那株七幻青灵涎的缘故,恐怕这次使用佛怒火莲,又会使药老进入衰弱期。

不过虽然七幻青灵涎的药力让药老未进入衰弱期,但正如云山所说,他不能长时间地用萧炎的身体与云山战斗,等时限一过,他只能收回灵魂力量,到时,失去了他的庇护,萧炎定然难逃一死。

"老师,先撤吧,云山很强,现在的我们,并不能正面击败他。而且,您能出现的时间也不会太久的。"微弱的声音忽然在"萧炎"的脑中响起。

"呵呵,放心吧,虽然我如今实力大减,但光凭那云山,要阻下我,还有些异想天开。"苍老的笑声安抚着萧炎的情绪。

"不过今日这场景,倒的确不能与他硬拼,云岚宗的合击阵法有几分奇妙,若是开启的话，想走，就很麻烦了。那美杜莎女王看似在助你，可若是要她联手击杀云山，她定然不肯。一个斗宗强者的临死反击非同小可，她不可能为了你，冒这般大的险。"略微沉吟了一下，药老轻声道，"也好，今日便不与他过多纠缠了，先撤吧，来日再回此处，老师定帮你讨回公道！"

"呵呵，此次离开，要好长时间之后，才会回到加玛帝国了，到时候便让弟子自己来吧。父亲失踪、家族被迫迁移的耻辱，该由弟子自己洗刷。"微弱的声音中噙着淡淡的仇恨。萧炎将这些仇恨与愤怒全都记在了云岚宗身上。若不是因为他们，父亲不会被追杀出乌坦城，自然也不会忽然失踪。而且，在击杀云棱时，云岚宗的阻拦以及对他表露出的杀意，也让萧炎对这个宗派彻底起了憎恶之心。

"哈哈，有这般豪气，自然是好。"欣慰地笑了笑，药老道，"既然如此，那便先撤吧，我的时间也不多了。"

天空上，"萧炎"缓缓抬头，四下看了看，对着云山大笑道："我先前便说过，我若要离开，你云岚宗，还无人能阻我。"

"猖狂！你真当我云岚宗屹立加玛帝国这么多年，是靠虚名不成？"云山撇了撇嘴角，猛然挥动袍袖，几道白芒自袖间射出。顿时，天空中白芒大盛，无数白丝蔓延，只片刻时间，这些白丝便爬满了天空，形成一张若隐若现的天罗地网，几乎将天空都遮蔽了起来。

"云岚宗众长老听令，结云烟覆日阵！"

一声厉喝，广场上，将近二十道身影闪掠，旋即光亮大盛，一道道白色雾气自这些长老体内涌出，最后在天空中汇聚成一片云海，只不过这一次云海的中央位置是云山。

上一次，斗王级别的云棱凭借云烟覆日阵，将斗皇实力的海波东逼得几乎使出了全力，如今，这主阵之人换成了斗宗实力的云山，无疑这一次的云烟覆日阵威力会更为恐怖。

"撤!"在云烟覆日阵尚未结成时,药老便操控着萧炎的身体,闪电般出现在白色能量网处,手掌上,森白火焰涌出,狠狠地砸在白网上。

嘭!森白火焰砸上白网,却并未将其击破,反而被那柔软的白网给弹射了回来。

"果然有几分诡异。"轻咦了一声,药老手掌挥动,再度召唤出一团森白火焰,然后操控着火焰紧紧地黏附在白网上,此次,火焰并未再被弹回,炽热的温度使白网有些虚幻了起来。

"想走?哪儿有这般容易!"就在白网即将被焚烧出漏洞时,背后却响起云山的冷喝声,随着冷喝而来的,还有一道夹杂着音爆之声的磅礴劲气。

瞬间转身,药老望着那道朝自己射来的白色能量匹练,挥动袍袖,一大团森白火焰自袖中涌出,最后竟然在其面前快速凝成了一块冰镜,那冰镜上还黏附着袅袅白色火焰,冰火相融,互为一体,看上去极为诡异。

轰!

能量匹练重重地砸在冰镜上,两者碰撞处,白色火焰涌上,凡是被它碰触到的能量匹练,都瞬间被冻成了实质冰块。

虽然白色火焰极其诡异,但是那道能量匹练中所蕴含的劲气实在太大,白色火焰攀爬到一半时便力竭,随即,被后面涌来的能量匹练冲击成虚无。

能量匹练击破白色火焰,旋即狠砸在冰镜之上,顿时,后者摇摇欲坠,一道道裂缝布满冰镜,之后咔嚓一声破裂,化为漫天冰屑。

"就算你有异火相助,今日想离开,也绝非易事!"身体悬浮在云海之中,周围浓郁的能量让云山的身体散发着淡淡的毫光。他冷冷地望着"萧炎",双手急速旋转,面前云气蠕动,片刻,那曾经被云棱召唤出来过的巨大云弓再度浮现,只不过这一次,云弓的体积比上一次大了好几倍,一眼望去,犹如射日的巨弓一般。

"这云烟覆日阵,的确有点儿麻烦。"皱着眉头望着那巨大云弓,药老四处看了看，忽然在心中低声对萧炎说了些什么。

片刻，交代清楚后，"萧炎"的身体忽然轻轻一颤，旋即诡异地消失了。

对于"萧炎"的消失，云山并未在意，他微微闭目，双手呈拉弓之状，然后缓缓地扭动着身体，似是在依靠感知力，寻找攻击的目标。

天空上，突兀地陷入了一片安静。

然而，安静并未持续多久，便被打破，只见微微闭目的云山霍然睁开眼睛，拉弓的手不再迟疑，手指一松，弓身上那把巨大的云箭，哧的一声，划开云层，对着某一处空荡荡的地方狠狠地射了过去。

云箭化为一道白色流光，瞬间划破天际，就在其即将射中目标之地时，汹涌的森白火焰忽然席卷而出，宛如天火降临般，呈涟漪状向四面扩散。

轰！

两者相触，又是一道巨响，不过此次森白火焰的阻挡似乎并未取得太大成效，仅仅挡了片刻，恐怖的云箭便破火而入，哧的一声，射穿某处虚空，只是未有半个人影出现，同样也未有鲜血落下。

瞧见云箭射空，云山一怔，旋即脸色骤变，霍然转身，双手舞动，周围云气急速缭绕，转瞬间，便在身前凝固成了一面巨大的白色盾牌。

在白色盾牌成形的一刹那，云海之中，一道黑影突兀地闪现，冷冷地望着云盾后的云山，双手旋动，青色与白色火焰竟然同时出现在掌心中。

望着那两道火焰，云山身体一震，直视着青年的那对眸子，只见原本的分别呈青白两色的眸子居然再度转换成了漆黑。看着那对漆黑眸子，不知为何，云山觉得，现在的萧炎才是真正的他。

"既然你想留我，那便再试试佛怒火莲的味道！"扬起嘴角，萧炎阴声冷笑道。先前，药老暗暗告知他，近身后，由他来施展最猛烈的攻击，因为只有他才能操控佛怒火莲！

话音落下，萧炎的双手猛地对拍在一起。此次有了药老力量的支持，两色

火焰融合的速度比先前快了许多倍,随着一道闷雷声响,巴掌大小的青白火莲,迅速自萧炎掌心升腾而起。

"去!"嘴角弧度越来越大,萧炎一声低喝,火莲射出。云山瞳孔微缩,只能看着那火莲重重地砸在盾牌之上。

嘭!

虽然这次的佛怒火莲没有上次的那般完美,但因为加注了药老那雄浑的力量,所以威力倒丝毫不比先前药老亲自施展的焰分噬浪尺弱。

雷鸣般的爆炸声响起,一朵火莲再度在云海中浮现,周围那些完全由能量构成的云团,被冲击得有些虚幻。

云山的身体急速地下降着,脸色有些苍白。这般近距离的爆炸,他几乎全盘接收了冲击波,即使有云盾保护,他也被震得掉出了云海。而他一旦离开了云海,那大阵自然就不能再使用了。

广场上,云岚宗弟子望着被萧炎震得掉离云海的云山,不禁面面相觑,心中忍不住升起一股寒意。

"师祖……"看着坠落的云山,纳兰嫣然用纤手掩住红唇,失声道。

"不愧是斗宗强者间的战斗啊。那般近距离的火莲爆炸,若是换成我们,至少得丢半条命吧?"法犸苦笑道。

"我还以为萧炎不能再使用青色火焰了,原来是留着当后手。"加刑天摇了摇头,叹息道。

"萧炎的能量,随着时间的推移,似乎越来越弱了。"法犸忽然皱了皱眉头。身为五品炼药师,他的灵魂感知力远远超过一般斗皇强者,因此他第一时间便察觉到了萧炎那细微的变化。

天空上,将云山击落云海之后,萧炎略一迟疑,又猛地一咬牙,双脚轻踏虚空,身体猛然下降,旋即向云山袭去。

"今日,就权当收点利息吧!"双手间,两色火焰急速缭绕而起,萧炎迅速接近了正在坠落的云山。此时的云山，被先前的恐怖爆炸震得体内斗气乱窜，一时难以控制，所以竟然只能眼睁睁地看着萧炎靠近。

"老家伙，你既然都对我下了追杀令，那我就先杀掉你吧！"一声冷笑，萧炎的双掌重重对着云山的胸膛轰出，就在其即将得手时，一道惊慌的声音突然响起："萧炎，不要！"

在声音响起时，一道劲气也对着萧炎的后背袭来。他微皱眉头，转身轻挥手掌，一股白色火焰射出，将那道凌厉剑气焚烧成虚无。他冷眼望着那手持长剑、悬浮虚空的云韵，冷笑道："你也想对我出手？"

"我是云岚宗宗主，云岚宗的声誉，我必须维护，而且云山是我老师，我不可能看着你伤他。"云韵苦笑道。

"你认为如果今日我落到他手中，还有没有活命的机会？"萧炎讥讽道。

云韵陷入沉默，美丽的容颜上尽是挣扎。

手掌轻轻颤抖着，萧炎深吸了一口气，霍然转身，手掌挥动，就欲向云山甩去一道火焰。

看到萧炎的举动，云韵一咬牙，背后风翼一振，手持长剑向萧炎的后背刺了过去。不管如何，身为宗主的她都得全力维护宗门的声誉，她不可能看着云岚宗几代名声被萧炎毁掉。

背后传来的剑气让萧炎心中冷了许多，或许在她心中，自己与云岚宗比起来，根本就微不足道吧。

心中微叹，萧炎缓缓摇了摇头，放弃了追杀云山，转身淡漠地望着攻击而来的云韵。

"小心！"

就在萧炎转身的一刹那，两道急喝声猛地响起，一道出自云韵之口，另一道则是体内的药老在提醒他。

在喝声响起时，萧炎便有所察觉，急忙扭动脑袋，一道白影闪过，旋即面

前出现一张森然的脸，赫然便是先前坠落云海的云山！

"结束了，萧炎！"

拳头带着音爆之声，庞大的压迫力导致拳头周围的空间出现了一道道涟漪。被云雾能量包裹的拳头，犹如一道闪电般，狠狠砸在措手不及的萧炎身上。

噗！

后背被击中，萧炎脸色苍白，终于忍不住喷了一口鲜血，因为这股巨力的推力，萧炎的身体暴退了几十米。

哗……电光石火间，天空上的局势骤然转变，这等变故令下方所有人都满脸惊愕。

"云山，以你的身份，竟然出手偷袭，你也好意思？"望着吐血而退的萧炎，海波东忍不住怒喝道。

一旁，加刑天等人微微皱了皱眉，显然也不认同云山的做法，却并未说什么。

冷着一张脸，云山没有理会海波东。他清楚地知道萧炎具备何种恐怖的潜力，若是放他离去，日后，云岚宗恐怕真的会毁在他手里。所以即使背负骂名，他今日也必须将萧炎击杀！

耳边风声呼啸，萧炎抹去嘴角血迹，冰冷地望着脸色苍白的云韵，手掌翻动，一件淡蓝色的内甲出现在手中，他手握内甲，自嘲地摇了摇头，然后狠狠地对着云韵掷了过去。

"不管你是云芝，还是云韵……日后，我们再没有任何关系！这东西，还给你！"

决绝的话语被斗气包裹着，传进了云韵耳中，顿时，云韵那本就苍白的脸又白了几分。

条件反射般伸手接过淡蓝色内甲，云韵的贝齿紧咬着红唇。她低头望着那虽然布满裂缝，却仍被擦拭得极为干净的内甲，一时间竟然呆住了。

萧炎的身体重重撞在白色能量网上,两色火焰自其背后涌出,火焰碰到,白网急速熔化,旋即萧炎如一颗两色流星般,砸进了那望不见尽头的密林山脉之中。

"哈哈,云山,今日这一掌,我萧炎铭记在心,日后,定要十倍奉还!"

萧炎快速地飞进深山中,他那森然的笑声,却依然徘徊在广场上空,笑声中蕴含的杀意,让一些云岚宗弟子心中寒意大盛。

脸色铁青地望着萧炎消失之地,云山手掌一挥,冷喝声响彻全宗:

"云岚宗众位执事、长老听令,立刻带队进入深山,把萧炎给我找出来。他体内有我留下的特殊标记,绝对逃不了!抓住他,死活不论!"

# 第二十章
## 大逃亡开始

茫茫密林，一眼望去，全是那看不见尽头的葱郁绿色，偶尔一阵轻风吹过，那葱郁的林海之上，一道道巨大的绿浪便由远而近扩散开来，最后又消失在视线尽头，看上去颇为壮观。

林海之上是蔚蓝的天空。空旷的天空上，时不时地飞过几道身影，他们那犹如雄鹰般锐利的目光，仔细地扫视着下方的森林，不过这密林的面积实在太大，加上那连绵起伏的绿浪遮住了视线，因此饶是他们寸寸不落，也依然没有寻找到目标。

几道人影在半空中交换了一下信息，只得无奈地摇了摇头，然后互相打了个手势，彼此分开，又向着四面八方飞去。

茂密葱郁的林海之中，一棵参天大树直插天际，不过在它的周围，比它更高的巨树不知有多少，因此它并不怎么显眼。

在这棵大树顶端的一处树枝上，好像藏了一个人，但周围有茂密的树叶遮掩，一眼望去，还真是难以发现什么。

呼……带着痛楚的粗重呼吸声在树枝上响起，旋即又是一阵细微的咬牙声。片刻，树叶微微抖动，一张紧皱着眉头的脸露了出来。他抬头小心地望了一眼空荡荡的天空，看向先前那几道人影分开的地方，这才微松了一口气，一屁股坐在粗大的树枝上，背靠着树干，额头上冷汗不断流下。

"老师，还在吗？"长长地喘息了几声后，萧炎急忙在心中低声呼唤道。

"嗯……"半晌后，一道略显疲倦的苍老声音在萧炎心中响起，"小家伙，这次情况有点儿不妙啊，接连两次施展佛怒火莲，这般高负荷的消耗，若非你给我服用过七幻青灵涎，恐怕我又得陷入沉睡了。"

萧炎苦笑了一声，道："这次的确是莽撞了，不过父亲失踪……"

"唉，我知道，你这孩子对父亲很在意，不然，以你的性子，倒不至于这般莽撞地闯上云岚宗，并且当众击杀云棱。"药老笑道，"不过你也无须自责，人之一生，总需要保护点什么，若是无欲无求，那还算是人吗？就算成了强者，孤独寂寥也能让人发疯。"

"谢谢老师。"萧炎松了一口气，感激地轻声道。

"呵呵，我们之间还用言谢吗？"药老笑了笑，旋即声音中多了一分凝重，"小家伙，现在我们还在云岚宗的势力范围之内，必须尽快离开。连吃了两记佛怒火莲，云山定然受伤不轻，可云岚宗那些长老和执事也不是吃素的，而且还有个斗皇强者云韵。现在的我，因为那两记佛怒火莲消耗了过多的灵魂力量，不能再像以前那样，随意提供能量供你挥霍了。再者，先前云山的那一击，在你体内残留了一些能量印记，现在我只能尽量压住那些印记能量散发出的波动，若是强行摧毁的话，云山会立刻有所感应。"

萧炎默默地点了点头，握紧拳头，仰起头，透过树叶的密缝，望着蔚蓝的天空。他清楚云山对他的杀意，恐怕云岚宗此刻已经倾全宗之力，来围剿自己了吧？以他现在的状况，顶多能应付一些云岚宗普通弟子，若是被那些执事甚至长老撞见的话，就算能够挡住攻击，可对方若想拖住他，他也逃脱不了。到

时候只要云岚宗的大队伍闻声赶来，他萧炎可能真得葬身这片森林之中了。

"先在深山里躲避一下云岚宗的搜寻部队吧，我受的伤也不轻，若是不先将伤养好，恐怕连逃都成问题。"萧炎抹去嘴角残留的血迹，低声道。

"嗯，也好，炼药师倒是不愁没疗伤药，虽然你这次受伤挺重，但是老师既然已经苏醒了，自然会让你以最快的速度恢复。"药老笑了笑，道。

点了点头，对于药老的炼药术，萧炎绝对有信心，当下手撑着树干，缓缓直起了身子。

"此时在东、南、北面，皆有云岚宗的搜寻队伍，所以你只能往西面的森林里逃了。"药老提醒道，"还有，注意天空上的身影，那些家伙大多是云岚宗长老，实力皆在斗王级别，若是现在不幸撞见他们，那就麻烦了。"

"知道。"应了一声，萧炎小心翼翼地拨开树叶，谨慎地扫视着下方，未发现有任何危险的迹象，这才两手抱着树干，犹如灵猴般急速地滑下。

距离地面尚有几米时，萧炎双手一松，脚掌轻踢树干，身体一个凌空翻滚，然后双手撑着地面，单膝着地，落地的声音几乎微不可闻。

锐利的目光飞快地扫视四周，萧炎起身一头撞进一簇茂密树丛里，然而才刚刚闯进去，面前一道七彩光影忽然闪过，萧炎顿时全身冒着冷汗，停下了脚步。萧炎赶忙朝前看去，旋即忍不住大喜，原来那道七彩光影赫然是已经化为蛇体的七彩吞天蟒。别人或许很难找到躲藏起来的萧炎，可对于一直与萧炎生活在一起的七彩吞天蟒来说，空气中遗留的一丝气息，便足以成为极其明显的指路标。

"嘿，小家伙，轮到你掌控身体了？"萧炎伸出手掌，七彩吞天蟒乖巧地游了过来，对着萧炎嘶嘶地吐着蛇芯子。

"嘿嘿，那就好，那就好……"瞧见七彩吞天蟒的这番动作，萧炎一咧嘴，脸上的欣喜难以掩饰。虽然七彩吞天蟒的实力没有美杜莎女王强，但是这个小家伙可不像那位女王陛下那样喜怒无常，只要给它足够的食物，对萧炎的命令，它定然会拼命执行。而美杜莎女王，先前他与云山大战时，那个女人竟然袖手旁观，萧炎真是气得牙痒痒。

萧炎从纳戒中飞快地取出一瓶伴生紫晶源，然后用小玉棍蘸了几滴，甩进七彩吞天蟒口中，顿时，这个小家伙便活蹦乱跳起来，围在萧炎身旁转了几圈，然后嗖的一声钻进了他的袖子里。

"呼，还好，总算有个保命的护身符了。"轻轻拍了拍袖子，萧炎长长地吐了一口气。有七彩吞天蟒在，就算他遇见云岚宗长老，也不至于被拿了。

"快走吧，好像有人过来了，现在的你不宜和人动手。我观你气息，游浮不定，上下徘徊，倒像实力提升之状，看来这段时间的大战对你好处不小。赶紧找个安静地方，疗伤静养，不然这提升实力的时机，就白白浪费了。"药老的声音忽然在萧炎心中响起。

闻言，萧炎先是一怔，旋即惊喜地点了点头。这恐怕是如今这样的境遇下，为数不多的好消息了，在被四面剿杀的情况下，实力能够提升一分，保命的机会自然也能增加一分。

萧炎微微偏头，望了一眼后方密林，嘴角溢出一抹冷笑，低声道："云岚宗，云山，我们的梁子看来是彻底结下了，希望日后你们不要后悔！如果你们认为我萧炎是那种吃了亏会夹着尾巴乞怜的软骨头，那就错了。"

当年为了一句三年之约，萧炎就忍辱负重历练三年岁月，这般坚韧的心性，使得萧炎犹如草原上的独狼一般，被人伤了，虽暂且退下，但一直紧随其后，犹如幽灵一般，寻找时机，发出那致命一击。

蕴含着森然冷意的声音缓缓落下，萧炎的脚掌一蹬地面，身体化为一道黑影，迅速窜进那幽深的森林之中。

随着萧炎的离开，此地又陷入一片寂静，约莫十分钟后，约莫十道影子猛地自密林中射出。他们手持长剑，脸色凝重地扫视着四周，发现无任何动静后，方才悄悄地松了一口气，彼此对视一眼，皆苦笑着摇了摇头，其中一人右手中

握着的一枚随时待发的信号弹，也被塞进了怀中。对于那连老宗主云山都能击退的恐怖人物，他们这些人自然不敢掉以轻心。

领头的云岚宗弟子缓步走出，长剑挥动，剑光闪烁，在一棵大树的树干上留下了一个晦涩的符印。做完这事后，他方才转头，轻声道："此地已经搜索完毕，再往前，就会进入魔兽山脉的西北面了，那里的魔兽等级不低，搜寻起来难度不小，看来得通知长老们动用飞行部队了。"

说着，他快速从怀中取出一支竹笛，然后放到嘴边，轻轻一吹，顿时，一道尖锐的声音缓缓自笛中传出，随后呈涟漪状，迅速在那广袤的森林之中扩散……